ro
ro
ro

Christiane Franke wurde an der Nordseeküste geboren und lebt immer noch gerne dort. Neben ihren gemeinsamen Projekten mit Cornelia Kuhnert schreibt sie eine weitere Krimiserie um die Wilhelmshavener Kommissarinnen Oda Wagner und Christine Cordes, die im Emons Verlag erscheint.

Cornelia Kuhnert lebt in Hannover und hat dort als Lehrerin gearbeitet. Sie hat bereits zahlreiche Kriminalromane veröffentlicht und Anthologien herausgegeben.

«Küste ist Kult. Wie so oft macht es die richtige Mischung – und die gelingt Christiane Franke und Cornelia Kuhnert besonders gut.» (Krimi Magazin)

«Spannend!» (Neue Presse)

«Endlich ein neues, originelles Ermittlerteam an der Küste.» (Klaus-Peter Wolf)

«Diejenigen, die Ostfriesland lieben, und alle, die dort noch nie gefroren haben, werden von diesem Trio so begeistert sein wie ich!» (Gisa Pauly)

«Wer geglaubt hat, dass er Ostfriesland kennt, wird hier eines Besseren belehrt – und das mit einer saftigen Portion Spannung und vor allem Humor.»
(Margarete von Schwarzkopf)

Christiane Franke & Cornelia Kuhnert

ZUM TEUFEL MIT DEN FIESEN FRIESEN

Ein Ostfriesen-Krimi

Rowohlt Taschenbuch Verlag

3. Auflage Juni 2019
Originalausgabe
Veröffentlicht im Rowohlt Taschenbuch Verlag,
Hamburg bei Reinbek, April 2019

Umschlaggestaltung yellowfarm gmbh, Stefanie Freischem
Umschlagabbildung momanuma/fotolia;
mauritius images, Shutterstock
Satz aus der Dolly bei
Dörlemann Satz, Lemförde
Druck und Bindung
CPI books GmbH, Leck, Germany
ISBN 978 3 499 27601 9

DONNERSTAGABEND

Tjark Ukena beschleunigt sein nigelnagelneues Motorrad, als er den Kreisel bei der Jugendherberge in Neuharlingersiel hinter sich lässt. Er freut sich über die beheizten Handgriffe der Maschine. Was für ein Luxus! Die Sonne scheint zwar, aber im Fahrtwind ist es am späten Nachmittag immer noch ganz schön kalt. Er drückt einen Knopf, durch den sich die BMW nun ganz genau den Straßenverhältnissen anpasst. Ein großes Glücksgefühl durchflutet ihn. Gut, dass er sich diesen Traum erfüllt hat.

Gleich hinter Groß-Holum gibt Tjark noch mehr Gas. Die Landschaft fliegt an ihm vorbei. Er hat das Gefühl, in seinen Adern fließt Benzin. Er spürt die Elemente hautnah. Erst an der Abbiegung nach Werdum drosselt er das Tempo.

Zufrieden setzt sich Rosa Moll hinter das Steuer ihres roten Fiat 500 und macht sich auf den Heimweg. Ihre Kollegin und sie haben in Esens den Plan für den Sachkundeunterricht bis zu den Sommerferien aufgestellt, jetzt muss sie nur noch die Projektwoche mit Leben füllen, dann kann sie richtig Ferien machen.

Irgendwie liegt bereits der Frühling in der Luft. Rosa lässt das Fenster herunter und schnuppert. Schnell fährt sie die

Scheibe wieder hoch. Da hat anscheinend ein Bauer Gülle verspritzt.

Der Platz hinter den Büschen ist ideal. Gut, dass das Grün um diese Jahreszeit schon ausgeschlagen hat, er wird mich nicht bemerken. So, wie er mit der Maschine heizt, muss er sich voll auf die Straße konzentrieren. Er ist kein Typ, der sich an Tempolimits hält.

Ein kurzer Blick auf die Uhr.

Es ist bereits nach fünf. Jetzt kann es nicht mehr lange dauern. Tjarks Termin bei der Bürgerinitiative müsste längst vorbei sein.

Ich habe Zeit.

Und ausnahmsweise habe ich auch Geduld.

Schließlich geht es um alles.

Jedenfalls für mich.

Da. Aus der Ferne ist das Röhren seiner hochgezüchteten Maschine zu hören. Man kann Tjark schon von weitem erkennen. Sein neongelb-schwarzer Helm mit den schwarzen Stoppeln, die an einen Irokesenschnitt erinnern, ist sein Markenzeichen.

Konzentriert lege ich das Gewehr an und ziele. In der Kurve muss er abbremsen. Hier ist er leichter zu treffen.

Jetzt.

Ich drücke ab.

«Er gehört zu mir», singt Marianne Rosenberg ihren Asbach-Uralt-Hit auf NDR 1, als Rosa den Bauernhof in Großmargens hinter sich lässt und in den vierten Gang schaltet. Rosa schmettert gerade «wie sein Name an der Tür», als ihr ein Motorrad entgegenkommt. Ein Lächeln huscht über ihr Gesicht. Kaum wird es ein bisschen wärmer, sind die Biker wieder unterwegs. Lizenz zum Selbstmord, hat Rosa oft beim Anblick der halsbrecherischen Aktionen mancher Motorradfahrer gedacht. «Nie vergess ich unseren ersten Tag … Naaa, naa, naa, na, na, na, na …», trällert sie lauthals, als das Motorrad unvermittelt auf ihre Spur wechselt. Es schießt direkt auf sie zu. Ihr stockt der Atem.

Ohne lange zu überlegen, reißt Rosa das Steuer rum und weicht dem Geisterfahrer aus. Mit größter Mühe gelingt es ihr, den Wagen wieder auf die Spur zu bringen. Sie steigt auf die Bremse, als wolle sie das Bodenblech durchtreten. Im Rückspiegel sieht sie, wie das Motorrad ungebremst weiterrast, auf die Seite kippt und samt Fahrer in die Büsche stürzt.

Ihr ist speiübel. Um ein Haar wäre sie im Graben gelandet. Ihr Herz schlägt bis zum Anschlag, während Marianne Rosenberg ungerührt weitersingt: «Ist es wahre Liebe – uuuhhhuuuhhuuu – die nie mehr vergeht – uhuuuhuu …»

Rosa springt aus dem Auto und rennt zurück. Die chromglänzende Maschine liegt verbeult auf der Seite zwischen zwei Büschen, der Fahrer ein paar Meter weiter daneben. Er rührt sich nicht. Sie rennt zu ihm. «Hallo», ruft sie, «ist bei Ihnen alles in Ordnung?» Keine Reaktion.

Sofort greift sie in ihre Jackentasche, zieht das Handy heraus und wählt die 112. Atemlos meldet sie den Unfall und gibt ihren Standort durch.

«Schnell! Sie müssen sich beeilen! Der Motorradfahrer ist

nicht ansprechbar!» Sie bekommt die Anweisung, den Unfallort abzusichern und sich nicht zu entfernen. Fahrig nickt sie, will noch etwas sagen, aber der Mann von der Notrufleitstelle hat schon aufgelegt. Eilig läuft sie zu ihrem Auto, öffnet den Kofferraum und holt das Warndreieck.

In diesem Moment kommt ihr ein Auto entgegen. Hilfesuchend schwenkt sie die Arme wie in dem Kinderreim vom kleinen Hampelmann. Der Geländewagen hält tatsächlich an, und ein hünenhafter Mann in den Sechzigern steigt aus.

«Brauchen Sie Hilfe?», fragt er besorgt.

«Ja. Nein. Ich nicht. Der Motorradfahrer. Er kam einfach auf mich zugeschossen.» Rosa deutet mit dem Finger auf den Verletzten. «Ich hab die Rettungskräfte bereits alarmiert. Aber vielleicht sollten wir auch Ihr Warndreieck und vielleicht sogar Ihr Auto nutzen, um die Unfallstelle abzusichern. Nicht dass da noch einer reinfährt.»

Der Mann mit Dreitagebart und Nickelbrille öffnet anstandslos die Heckklappe seines Fahrzeugs, drückt Rosa das Warndreieck in die Hand und steigt wieder ein. Augenblicke später steht sein Wagen quer auf der Fahrbahn, und Rosa hat sein Warndreieck ein Stück entfernt aufgestellt. Erleichtert schickt sie ein Stoßgebet gen Himmel, dankbar dafür, die Situation nicht mehr alleine meistern zu müssen.

Henner Steffens sitzt auf der Bank vor seinem Haus. Die Wand hat die frühlingshafte Aprilsonnenwärme der letzten Tage gespeichert, und da kein Wind weht, lässt es sich hier gut aushalten. Vor ihm auf dem Tisch liegt ein Block. Henner kaut nachdenklich auf seinem Bleistift herum. Lange hat er keinen Brief mehr geschrieben. Wem auch? Wohnen ja alle im Ort, die er kennt und mit denen er verwandt ist.

Er blickt angestrengt auf das Blatt Papier. «Liebe Maya» steht da. Und das Datum von heute. Er seufzt. Wie fängt man eigentlich einen Liebesbrief an? Man darf nicht zu aufdringlich sein, aber auch nicht zu zögerlich. Henner hat im Internet geguckt, aber da war nichts, was ihm gefiel. Er seufzt noch einmal. Dann zerknüllt er die Seite und beginnt von vorne. «Meine liebe Maya». Nein. Das ist zu anmaßend. Sie ist ja nicht «seine» Maya. Noch nicht, aber ...

Ein schräges Tröten lässt ihn aufschrecken. Rudi fährt mit seinem neuen Dienstwagen vor. Einer Piaggio Ape, im Volksmund auch Dreirad genannt. Ein Zweitakter. In Silber und Blau blitzt und funkelt der Minikastenwagen mit der Aufschrift POLIZEI, in dem nur zwei Personen Platz haben. Rudi steigt aus und kommt bestens gelaunt auf ihn zu. Augenblicklich muss Henner grinsen.

«Na, was sagste? Ist das geil oder ist das geil? Ich hab ja gedacht, die fahren nur 45, aber der hier bringt es auf 60 Kilometer in der Stunde. Und hat einen Wendekreis von nur sieben Metern! Da staunst du, ne?»

«Jo.» Henner dreht den Block um. Legt den Bleistift darauf und erhebt sich. «Ist schon ein büschen kurios. Aber ein Hingucker. Das muss ich zugeben.»

«Willste 'ne Runde mitfahren? Darfst du heute ausnahmsweise. Ist doch der erste Tag für den neuen Wagen. Und wenn der hier im Bereich gut ankommt, werden in ländlichen Gebieten weitere eingesetzt, hat der Polizeipräsident gesagt. Wir könnten zum Hof deiner Eltern fahren und gucken, ob die alles für morgen vorbereitet haben.» Rudi ist ganz aufgedreht.

«Nee, lass man. In das Ding quetsch ich mich nicht rein.» Henner bemerkt Rudis enttäuschten Blick. «Na gut. Aber nur einmal reinsetzen. Ohne fahren.» Sofort hält Rudi Henner die Beifahrertür auf. Hinters Steuer würde Henner sowieso nicht passen, er ist ja viel größer und breiter als Rudi. Der setzt sich auf den Fahrersitz.

«Ist schon ein komisches Gefühl», sagt Rudi.

«Glaub ich. Wenn man sonst immer richtige Autos fährt, ist der ein büschen lütt.»

«Das meine ich nicht. Ich meine morgen. Wenn mein Vater kommt.» Rudi starrt durch die Windschutzscheibe nach draußen. Genau wie Henner.

«Kann ich verstehen. Immerhin hast du den noch nie gesehen.»

«Wie der wohl reagiert, wenn er von mir erfährt?»

«Tja.»

«Er kommt mit seinen beiden Töchtern, hat er deinen Eltern geschrieben. Also hat er keinen Sohn. Ich meine, außer mir.»

«Sieht so aus.» Henner wirft Rudi einen Seitenblick zu. «Oder der konnte nich mit.»

«Nö, das glaub ich nicht. Mein Vater hat sein Kommen doch schon im Oktober angekündigt. Hätte er einen Sohn, hätte der das auch einplanen können.» Rudi blickt Henner an. «Dann bin ich sein Stammhalter.»

«Aber du heißt doch gar nicht Manninga, sondern Bakker.

Deine Mutter war ja nicht mit ihm verheiratet. Der war doch längst verschollen, ehe sie ihm überhaupt sagen konnte, dass sie schwanger ist.»

«Auch wieder wahr.» Rudi blickt erneut geradeaus. «Vielleicht adoptiert er mich jetzt. Damit ich so heiße wie er. Damit sein Name weiterlebt.»

«Weiterlebt!» Henner grunzt. «Halb Ostfriesland heißt Manninga. Die haben sich damals ganz schön rumgetrieben, diese ostfriesischen Häuptlinge.»

«Spielverderber.»

«Außerdem, Sven heißt doch wie du ‹Bakker›. Müsstest du dann Sven adoptieren, nachdem dein Vater dich adoptiert hat, oder geht das automatisch?»

In diese verzwickte Frage hinein ertönt die Fanfare von Rudis Handy. «Ja, Rosa? ... Unfall? ... Wo bist du? ... Ich komme sofort.» Rudi steckt das Telefon zurück in seine Uniformtasche. «Du musst aussteigen. Rosa ist in einen schweren Unfall verwickelt worden.»

«Um Himmels willen! Ist ihr was passiert?»

«Nee. Ihr nicht, aber einem Motorradfahrer.»

Rudi drückt das Gaspedal durch und schaltet die Sirene ein. Die Leute am Straßenrand starren dem ungewöhnlichen Polizeifahrzeug nach, als Rudi mit Blaulicht, Tatütata und 60 Stundenkilometern an ihnen vorbeibraust.

Nach wenigen Minuten erreicht er die Unfallstelle. Ein Geländewagen steht quer auf der Straße, davor ein Warndreieck. Dahinter der Wagen der Rettungswache. Gott sei Dank sind die schon da. Die können allerdings auch deutlich schneller fahren als er. Es quietscht, als er in die Bremsen steigt und die Ape am Straßenrand zum Stehen kommt. Schnell rennt er zu den Sanitätern, die gerade dabei sind, sich um den Verletzten zu kümmern. Rudi stellt sich neben Rosa. Sie ist blass und steht neben einem Hünen.

«Was ist passiert?»

«Der kam plötzlich auf mich zugerast. Ich hab im letzten Moment das Lenkrad rumreißen können, sonst wäre der voll in mich hineingeknallt. Aber es hat nichts genützt, er hat die Maschine nicht mehr unter Kontrolle gekriegt.» Rosa lässt beim Reden die Rettungskräfte keinen Moment aus den Augen.

Behutsam lösen sie zu zweit den Helm und ziehen ihn ab. Vorsichtig legt der eine den Kopf des Mannes auf den Boden, während der andere sofort mit der Versorgung beginnt.

Der Verletzte kommt Rudi bekannt vor. Natürlich! Das ist doch Tjark, sein Tankwart aus Esens. Von weitem hören sie ein Martinshorn.

«Ich parke besser mal um.» Der Hüne setzt sich in seinen Geländewagen und fährt ihn an den Rand. Dann steigt er wieder aus. Rudi geht auf ihn zu.

«Haben Sie gesehen, wie es zu dem Unfall gekommen ist?», fragt er ihn.

Der Mann schüttelt den Kopf. «Ich habe gar nichts gesehen. Nur die Frau», er zeigt auf Rosa, «die hat wild mit den Händen gestikuliert.»

«Geben Sie mir bitte trotzdem Ihre Personalien.»

«Sicher. Tillmann Tannhäuser. Hier ist meine Visitenkarte.»

Rudi wirft einen Blick darauf und steckt die Karte des

Architekten ein. Schade, dass der nichts gesehen hat. Das macht Rosa zur einzigen Zeugin.

Nachdem Rudi mit Blaulicht losgebraust ist, setzt Henner sich wieder an den Tisch. Es nützt nichts. Vom Hinauszögern ist noch kein Brief geschrieben worden. Er greift zum Bleistift und beginnt zu schreiben.

Liebe Maya,
Du wunderst Dich bestimmt, dass ich Dir schreibe. Aber es gibt einen Grund, und reden kann ich darüber nicht. Das ist mir peinlich. Nein, es hat nichts mit Deinem Yoga-Unterricht zu tun.
Sondern mit Dir.
Du bist eine ganz tolle Frau. Wenn ich in Deiner Nähe bin, wird mir ganz warm, und ich fühle mich sehr wohl. Vor allem, wenn wir morgens allein in Deinem Studio sind und zusammen Tee trinken. Normalerweise mag ich solche Tees ja nicht, aber Deiner schmeckt mir immer ganz besonders gut.
Fühlst Du Dich auch so wohl, wenn ich da bin?
Das würde mich sehr glücklich machen.

Stopp, so darf er es nicht formulieren. Glücklich machen. Damit ist ja sofort klar, dass er sich bis über beide Ohren in Maya verliebt hat. Da könnte sie sich bedrängt fühlen. Mit forschen Strichen streicht er den Satz und ersetzt ihn durch:

Das würde mich sehr freuen. Vielleicht hast Du Lust, mal abends mit mir essen zu gehen? Das muss ja nicht in Neuharlingersiel sein, wir können auch nach Esens fahren. Oder nach Carolinensiel.

Viele Grüße,
Henner Steffens

PS: Zur Sicherheit noch einmal meine Handynummer.

Er nimmt sein Telefon vom Tisch und dreht es um. Die Nummer hat er mit Tesafilm auf die Rückseite geklebt.

Rudi ist völlig erledigt, als er die Haustür aufschließt, obwohl die Zeugenbefragung eigentlich schnell vonstattengegangen ist. Rosa hat nichts weiter gesehen. Nur das Motorrad, das auf sie zugeschossen ist. Seltsam, dass Tjark Ukena die Kontrolle über seine Maschine verloren hat. Keinerlei Bremsspur war zu sehen. Das fanden auch die Kollegen der Unfallforschung eigenartig, mit denen er vor Ort den Hergang zu rekonstruieren versucht hat. Sie haben alles genauestens vermessen und das Motorrad zur eingehenden Überprüfung mitgenommen. Zum Glück hat Bernie Bütefisch, sein Kollege aus Esens, Tjarks Ehefrau über den Unfall informiert. Rudi kann sich schließlich nicht zerreißen.

Gähnend geht er in den Hühnerstall. Er knipst das Licht an. Alle Hühner sitzen eng aneinandergedrückt auf der Stange. Bestens. Er verriegelt die Tür. Nicht dass der Marder sich heute Nacht wieder welche von seinen treuen Eierlegern schnappt.

Zehn Minuten später putzt Rudi sich die Zähne. Aber seine Gedanken kreisen immer noch um den Unfall. Ob Tjark Ukena mit der neuen Maschine überfordert gewesen ist? Hoffentlich ist er morgen vernehmungsfähig und kann seine Aussage machen. Rudi schlüpft in seinen Schlafanzug und schlurft ins Wohnzimmer. Noch eine halbe Stunde vorm Fernseher abhängen und dann ab ins Bett. Der Tag morgen wird anstrengend.

FREITAG

Rosa hat schlecht geschlafen. Immer wieder sind ihr in der Nacht die Bilder vom Unfall durch den Kopf gegeistert. Wie es dem Fahrer wohl geht? Sie muss Rudi nachher unbedingt anrufen. Wie eine Rakete ist das Motorrad auf sie zugeschossen. Hätte sie nicht so geistesgegenwärtig reagiert, wäre das ihr Todesurteil gewesen. So groß ist die Knautschzone ihres Fiat nun auch wieder nicht. Ein Schauer läuft bei diesem Gedanken über ihren Rücken. Vielleicht sollte sie heute im Bett liegen bleiben. Da kann ihr wenigstens nichts passieren. Und die Verabredung heute Nachmittag sollte sie absagen. Nach Autofahren ist ihr im Moment gar nicht.

Das Telefon in der Polizeistation Esens klingelt. Rudis Kollege Helmut Schnepel aus Wittmund ist am anderen Ende der Leitung.

«Moin Rudi. Schlechte Nachrichten. Wir haben gerade einen Anruf aus dem Krankenhaus bekommen. Dein Verletzter hat leider nicht überlebt. Er ist in den frühen Morgenstunden verstorben.»

Diese Nachricht haut Rudi um. Was für ein beschissener Start in das Familienwochenende. Er hat so gehofft, dass Tjark alles gut übersteht und eine Aussage machen kann.

«Schiete. Armer Kerl.»

«Na ja, ob der so arm war, lassen wir mal dahingestellt sein bei diesem Motorrad», erwidert Schnepel trocken. «Auf jeden Fall ist der nicht einfach grundlos von der Maschine gefallen. Im Krankenhaus haben sie eine Schusswunde entdeckt. Die Kugel ist durch den Arm in den Oberkörper eingedrungen und hat die Lunge verletzt. Der Mann hätte auch ohne den Sturz kaum Chancen gehabt zu überleben. Pikanterweise war es dann aber ein Genickbruch, der ihn noch vor den anderen Verletzungen das Leben gekostet hat.»

«Is nicht wahr! Ein Schuss?» Rudi ist entsetzt. «Was soll das denn heißen?»

«Ja, das müssen wir rausfinden. Wie es aussieht, wurde mit einem Gewehr auf ihn geschossen. Hat deine Zeugin eigentlich was gesehen, das uns helfen könnte?»

«Nö, ganz bestimmt nicht. Wenn Rosa gesehen hätte, wie jemand mit einem Gewehr geschossen hätte, wäre das das Erste gewesen, was sie mir gesagt hätte.» Da ist sich Rudi absolut sicher.

«Hat Haueisen sich auch gedacht. Er meint, wir sollen uns mal mit der Frau des Motorradfahrers unterhalten.»

«Weiß die schon, dass ihr Mann tot ist?»

«Ja, sie war wohl dabei im Krankenhaus. Nur von dem Schuss hat ihr noch niemand etwas gesagt. Das wollten sie der Polizei überlassen. Also uns. Da die Ukenas in Esens wohnen, komme ich zu dir in die Polizeistation.»

«Wir können ja dann mit meinem neuen Dienstwagen weiterfahren.»

«Du und dein Spielzeug ... meinetwegen.» Oberkommissar Schnepel lacht hämisch auf, und für einen Moment vergeht Rudi fast der Spaß an der Ape.

Es herrscht Hochbetrieb, als Rosa den Frisörsalon betritt. Der Mischlingshund von Henners Schwester Gudrun stürmt auf sie zu.

«Schecki, aus!», ruft Gudrun in der unverzagten, aber stets vergeblichen Hoffnung, der Hund würde irgendwann einmal auf sie hören. «Moin Rosa! Was für eine Überraschung! Du warst doch erst vor anderthalb Wochen hier. Was dürfen wir denn heute für dich machen?»

Rosa zieht Zeigefinger und Daumen nur wenige Millimeter weit auseinander. «Nur ein bisschen Spitzen am Pony schneiden.»

Gudrun zwinkert ihr zu und zeigt auf einen freien Frisörstuhl. «Musst aber ein büschen Zeit einplanen, siehst ja, wie voll das ist.»

Zufrieden nimmt Rosa Platz. An der anderen Wandseite sitzt Gisela Frerichs neben Sigrid Twenge, beide unterhalten sich mit einer Frau um die fünfzig, die Rosa hier noch nie gesehen hat. Die strahlend weißen Zähne wären ihr aufgefallen. Wie aus der Werbung!

«Das müsst ihr euch mal vorstellen», sagt die Frau aufgebracht. «Als er auf Toilette war, ploppt auf dem Display seines Handys eine Nachricht auf. Da hab ich automatisch draufgeschaut. Hab mir nichts dabei gedacht. Aber als ich dann sah, was da stand, hab ich gedacht, ich trau meinen Augen nicht.»

«Was stand denn da?», fragt Gisela neugierig.

«Ich vermisse dich so, mein Liebster, rufst du nachher noch an? Kuss Marie.»

«Ach du grüne Neune. Der hat 'ne Geliebte», ruft Gisela, offensichtlich begeistert darüber, dass endlich mal wieder was los ist im Ort.

«Das kann ich mir lebhaft vorstellen, dass du da entsetzt warst!», entrüstet sich Sigrid. «Ich würde Ludwig die Hammelbeine langziehen, wenn ich so was bei dem auf'm Handy lesen würde.»

«Natürlich hab ich Nobbi gleich zur Rede gestellt, als er wieder ins Wohnzimmer kam. Aber er hat alles abgestritten. Hat gesagt, er kennt keine Marie, das muss ein Versehen sein. Ich hab ihm natürlich kein Wort geglaubt. Vor allem, weil er seit ein paar Monaten sein Handy nicht mehr einfach so im Flur liegen lässt. Er schleppt es immer mit sich rum und hütet es wie seinen Augapfel. Nur dieses eine Mal hat er es vergessen, weil er so nötig aufs Klo musste.»

«Männer», schnaubt Sigrid und zeigt auf die geöffnete Sektflasche. «Gudrun, schenkst du Beatrix und uns auf diesen Schrecken noch ein Gläschen ein?»

Henner trägt den Brief für Maya in der Innentasche seiner Postbotenjacke. Zweimal schon ist er an ihrem Yogastudio vorbeigefahren, ohne ihr die Post hochzubringen. Kommt Zeit, kommt Rat. Jetzt radelt er erst einmal zum Hof seiner Eltern. Vielleicht kann er seine Mutter abfangen und in Ruhe mit ihr sprechen. Garantiert weiß sie, was zu tun ist, schließlich hat sie mit ihren acht Töchtern jede Menge Erfahrung in Liebesdingen.

Als er den Steffens-Hof erreicht, ist dort alles in wilder Hektik. Seine Mutter steht in ihrer Kittelschürze am Herd und kocht Labskaus, Adelheid packt frisch zubereitete Bratheringe in den Kühlschrank. Mitten in der Küche warten Kisten von Bier, Wein und Mineralwasser darauf, in den Vorratsraum geschleppt zu werden. Der große Tisch ist bereits gedeckt, in zwei Vasen bringen bunte Tulpen Farbe ins Bild. Henner staunt, wie viel Gerda und Heinrich der Besuch des alten Freundes bedeutet, von dem sie bis vor kurzem dachten, er sei tot. Ertrunken beim Untergang des Frachters, auf dem er damals angeheuert hatte.

Nein, sieht Henner ein, seine Mutter hat momentan keinen Kopf dafür, sich mit seinen Problemen zu befassen. Und Probleme sind es ja auch irgendwie nicht. Mit einem schon wieder ziemlich zufriedenen Lächeln verpieselt sich Henner und setzt sich zu seinem Vater auf die Bank vorm Haus. Der alte Heinrich schmökt dort in Ruhe eine Zigarette.

«Na, min Jung, bist ja früh dran heut.»

«Jo.» Henner streckt die Füße von sich. «Wollte Muddern was fragen.»

«Aber?»

«Die is beschäftigt.»

«Jo.» Heinrich Steffens steht auf, drückt die Selbstgedrehte an einem Kantstein der Rabatte aus und steckt sich den Stummel in die Tasche seiner Cordhose. Dann setzt er sich wieder.

«Sach mal, Vadder ...»

Keine Antwort. Nur ein schräger Seitenblick.

«Wenn man einen Brief geschrieben hat, sollte man den auch abgeben. Oder?»

Der Hofhund Butscher nähert sich mit langsamen Schritten und lässt sich zu Heinrichs Füßen nieder. Kurz streichelt der Alte den Hund. «Wenn es wichtig ist, schon.»

«Jo.» Henner grinst. Dann steht er auf. «Danke.»

«Dafür nich.»

Beschwingt schnappt Henner sich sein Postfahrrad. Er weiß jetzt, was er zu tun hat.

Rudi parkt die Ape direkt vor dem Reihenhaus im Neubauviertel.

«Von der Größe her passt der echt gut zu dir», sagt Schnepel, als er die Beifahrertür zuschlägt und hämisch grinst.

Rudi verkneift sich eine Erwiderung. Hätte er bloß nicht vorgeschlagen, mit seinem neuen Dienstwagen zu fahren, dann hätte er sich Schnepels dumme Sprüche erspart.

Ein schmaler Pflasterweg führt durch den Vorgarten der Ukenas. Hier blühen blaue Perlhyazinthen und weiße Tulpen, dazwischen stehen ein paar mit Moos umwickelte Osterhasen, wie Henners Schwester Adelheid sie in ihrem Andenkenlädchen in Neuharlingersiel verkauft. Rudi klingelt. Dreimal.

«Seltsam, niemand zu Hause», sagt er.

In diesem Moment öffnet sich die Tür des Nachbarhauses.

«Die Petra ist in der Tanke», sagt eine ältere Frau. «Schrecklich, schrecklich ist das mit Tjark.» Sie seufzt, dabei hebt und senkt sich ihre große Brust. «Der war bestimmt wieder viel zu schnell unterwegs. Der kannte ja kein Tempolimit, wenn der auf seiner Maschine saß. Petra hat immer Angst davor gehabt, dass er mal einen Unfall baut. Aber dass das nun gleich so schlimm kommt ...» Sie guckt betroffen und verschwindet wieder im Inneren des Hauses.

Schweigend fahren Rudi und Schnepel zur Tankstelle am Ortsrand, die Tjark Ukena und seine Frau in zweiter Generation betreiben. Petra Ukena steht hinter der Ladentheke und reicht einem Kunden die Tankquittung. Der steckt sie ein und verschwindet mit einem knappen Gruß. Die Witwe ist blass und sieht übernächtigt aus. Dunkle Ringe liegen unter ihren Augen. Als sie die beiden Polizisten erblickt, wischt sie sich die herablaufenden Tränen von der Wange.

«Mein Beileid, Frau Ukena», kondoliert Rudi. Er kennt das Ehepaar seit Jahren, weil er gern an dieser unabhängigen Tankstelle tankt. Und da der TÜV auch die angeschlossene Werkstatt betreut, hat seine Ente hier schon mehrmals das neue Siegel erhalten.

«Danke. Sie wundern sich bestimmt, dass ich hier stehe. Aber ich hab auf die Schnelle keine Vertretung für den Laden gefunden.» Petra Ukena zieht die Nase hoch. «Und der Betrieb muss doch weiterlaufen. Zwei Kunden holen gleich ihre Autos ab. Tjark hat sie gestern Morgen noch repariert.» Sie schnieft. «Dieses verdammte Motorradfahren. Ich war von Anfang an dagegen, dass er sich wieder so einen Bock kauft. Denk an die Kinder, habe ich ihm gesagt. Die brauchen dich noch. Aber Tjark hat das weggewischt: ‹Die neue Technik ist sicher. Auf Knopfdruck passt sich die Maschine der Straßenlage an.› Alles Schwachsinn, wenn Sie mich fragen.»

«Wo sind Ihre Kinder denn jetzt?», fragt Rudi behutsam.

«Bei meinen Eltern. Sind ja Ferien. Ich hab denen noch gar nicht gesagt, dass ihr Papa ... dieses verdammte Motorrad!

Diese verdammte Raserei!» Jetzt beginnt sie hemmungslos zu weinen. Rudi tritt einen Schritt auf sie zu, unsicher, was er jetzt machen soll.

Schnepel hingegen bleibt ungerührt. «Wie es nach dem aktuellen Ermittlungsstand aussieht, ist Ihr Mann nicht wegen zu hoher Geschwindigkeit von der Fahrbahn abgekommen, Frau Ukena. Auf ihn wurde geschossen.»

Ungläubig wandert ihr Blick von einem Polizisten zum anderen. «Auf Tjark wurde geschossen?»

«Alles deutet darauf hin, dass er während der Fahrt angeschossen wurde, auch wenn die Schussverletzung nicht tödlich war. Erst durch den Sturz hat er sich das Genick gebrochen. Das war dann sozusagen die Folge des Schusses.»

Petra Ukena lehnt sich an das Zigarettenregal hinter ihr und schließt die Augen. Sie ist noch blasser geworden. Kein Wunder! Schnepel hat sich mal wieder wie der Elefant im Porzellanladen benommen. Der Chef sollte ihn in solch sensiblen Angelegenheiten nicht mehr einsetzen. Schnepel kann schlechte Nachrichten einfach nicht einfühlsam überbringen.

Rudi macht einen Schritt auf Tjarks Frau zu und faltet die Hände unbeholfen auf der Theke. Nicht dass die jetzt noch in Ohnmacht fällt!

«Geht's?», fragt er.

«Muss ja.» Petra Ukena setzt sich auf den Hocker hinter der Kasse.

«Hatte Ihr Mann Feinde?», fragt Schnepel ungerührt weiter, kaum dass die Frau sitzt.

«Feinde?», flüstert sie und schüttelt ungläubig den Kopf. «Tjark ist ein Automechaniker. Kein Ganove. Nur weil eine alte Karre trotz Reparatur nicht durch den TÜV kommt, schießt doch keiner auf ihn.»

«Und sonst? Denken Sie nach», drängt Schnepel. «Es müsste jemand sein, der gut mit einem Gewehr umgehen kann.»

«Gewehr?», murmelt sie. «Wir sind beide im Schützenverein, aber da gibt es keinen, mit dem Tjark Streit hatte.»

«Sicher?»

Schnepels Frage geht Rudi durch Mark und Bein. Auch Petra Ukena scheint der lauernde Unterton aufgefallen zu sein.

«Ganz sicher. Im Schützenverein ist Tjark sehr beliebt.» Sie streckt selbstbewusst ihr Kinn vor. Doch im nächsten Moment legt sie nachdenklich die Stirn in Falten. «Seit er allerdings der Fraktionsvorsitzende der ‹Frechen Friesen› ist, gibt es durchaus mal den einen oder anderen Ärger.»

«Dazu würden wir gerne ein bisschen mehr erfahren. Los, Rudi, schreib mit!» Schnepel reibt sich die Hände. Jetzt ist er ganz in seinem Element.

Nach dem Frisörbesuch fühlt Rosa sich deutlich besser und für den Tag gewappnet. Auch sieht sie keinerlei Grund mehr, ihre Verabredung mit dem Historiker zu verschieben. Es ist sowieso ein Glücksfall, dass sie auf die Schnelle jemanden gefunden hat, der sich so gut mit der ostfriesischen Geschichte auskennt wie Wilko Onneken. Er gilt als *der* Experte für das Häuptlingswesen in Ostfriesland. Als das Thema für die Projektwoche vor den Osterferien verkündet wurde, hatte sie gestutzt. Häuptlinge kannte Rosa bislang nur bei den Indianern. In der Gegend von Hannover, wo sie herkommt, hat es Herzöge, Fürsten, ja sogar Könige gegeben. Jeder von ihnen wäre über die Bezeichnung «Häuptling» beleidigt gewesen.

Ob es schon etwas Neues über den Unfall gibt? Vielleicht ruft sie Rudi einfach an. Sie zögert. Lieber nicht. In letzter Zeit reagiert er immer so verärgert, wenn sie ihn bei der Arbeit stört. Seit er weiß, dass sein Vater noch lebt, ist der irgendwie völlig durch den Wind.

Von der Tankstelle aus fahren Rudi und Schnepel direkt zum Vorsitzenden des Schützenvereins. Sie treffen Otto Landwehr in seinem Büro an.

«Furchtbar, das Ganze. Einfach nur furchtbar. Die arme Petra! Ich weiß gar nicht, wie sie das alleine schaffen will. Die Tankstelle. Und die Kinder.»

«Hatte Tjark Ukena Streit mit jemandem aus dem Verein?», fragt Schnepel.

«Nein. Er kam eigentlich mit jedem gut aus. Hat stets mitgeholfen, unsere Feiern zu organisieren, und ist bei der letzten Boßelpartie sogar Kohlkönig geworden. Kohlkönigin war Antje-Marie Plumhoff.» Otto Landwehr hält inne. Nach einem Moment des Nachdenkens sagt er: «Klar gab es den einen oder anderen, der mit der Politik der ‹Frechen Friesen› nicht einverstanden war, wir haben ja auch Mitglieder von anderen Parteien in unserem Verein. Da kommt es schon mal vereinzelt zu kleinen Wortgefechten, aber meistens lassen wir die Politik außen vor.»

«Gibt es denn jemanden, mit dem Ukena sich besonders gestritten hat?», hakt Schnepel sofort nach.

«Nee. Das kann ich Ihnen beim besten Willen nicht sagen. Tut mir leid. Da fragen Sie man lieber seine Frau.»

«Das haben wir schon», gibt Schnepel zu.

«Na dann ...» Landwehr guckt zur Tür.

Diesen Wink versteht selbst Schnepel.

«Okay. Dann fahre ich jetzt nach Wittmund und erstatte Haueisen Bericht», sagt Schnepel, kaum dass sie wieder in der Ape sitzen und zurück zur Polizeidienststelle fahren. Als Rudi von der Straße auf den Parkplatz abbiegt, wird Schnepel hektisch.

«Diebstahl! Man hat meinen Wagen geklaut!», brüllt er. Und tatsächlich: keine Spur von Schnepels Auto.

«Das gibt's ja nicht», sagt Rudi verblüfft. «Wer klaut denn einen Einsatzwagen direkt vor der Polizei? Da gibt's bestimmt eine plausible Erklärung.» Er steigt aus, läuft auf die Tür der Station zu und grinst. Bernie hat das Pappschild aufgehängt, auf dem die Notfalltelefonnummer steht, die man anrufen kann, wenn gerade niemand da ist. «Haste deinen Autoschlüssel in der Tasche?», fragt Rudi ins Blaue.

«Quatsch. Der beult doch nur die Hose aus. Den hab ich auf deinen Schreibtisch gelegt», antwortet Schnepel schroff.

«Na, dann haben wir des Rätsels Lösung.» Rudi schließt die Dienststelle auf, nimmt das Pappschild ab, hängt es wieder an den Haken links neben der Glastür und betritt die Station. Ein Din-A4-Zettel liegt auf seinem Schreibtisch. *Bin zu einem Auffahrunfall gerufen worden. Hab Schnepels Auto genommen, der Schlüssel lag ja hier.*

Verschmitzt hält Rudi das Blatt Papier hoch. «Siehste, is nich geklaut. Da is Bernie mit unterwegs.»

Erbost schnaubt Schnepel. «Was fällt dem ein?! Na, der wird mich noch kennenlernen! Ruf den an. Der soll auf der Stelle zurückkommen.»

Rudi zuckt mit den Schultern und wählt Bernies Handynummer. Doch der geht nicht dran.

«Und wie komme ich jetzt nach Wittmund?», fragt Schnepel sauer.

«Ich fahre dich. Mit der Ape.»

Widerstrebend stimmt Schnepel zu. «Nützt ja nichts. Aber wehe, wenn der Bütefisch mir das nächste Mal in die Finger kommt!»

Sie sind gerade losgefahren, da hat Rudi eine Idee. «Wollen wir noch einmal an der Unfallstelle vorbeifahren und schauen, ob wir da was entdecken können?»

Schnepel schüttelt genervt den Kopf. «Tsss. Rudi, die Spusi wird uns was husten, wenn wir da rumlaufen und Spuren vernichten!»

Als wenn Rudi da rumtrampeln würde. Er hätte es einfach nur interessant gefunden, die Unfallstelle mit eigenen Augen noch einmal genauer unter die Lupe zu nehmen. Jetzt, wo feststeht, dass das Motorrad nicht wegen eines Fahrfehlers von der Straße abgekommen ist. Und wenn man einfach nur auf dem Asphalt steht, vernichtet man doch keine Spuren. Aber er hält lieber den Mund. Schnepel legt das dann doch nur wieder falsch aus.

Hauptkommissar Haueisen erwartet Rudi und Schnepel in seinem Büro im Kommissariat in Wittmund.

«Mit dem Spielzeugauto dauert es eben», nörgelt Schnepel, der immer noch sauer auf Bernie Bütefisch ist.

Haueisen übergeht Schnepels Bemerkung.

«Also, gibt es irgendetwas, was wir der Presse präsentieren können? Die sitzt mir natürlich im Nacken, wie Sie sich vorstellen können. Immerhin handelt es sich bei dem Toten um den Fraktionsvorsitzenden der ‹Frechen Friesen›.»

«Ja, Chef», beeilt sich Schnepel zu sagen. «Seine Frau sollten wir auf jeden Fall im Auge behalten. Sie ist Mitglied im Schützenverein und hat eine Waffe. Zur Tatzeit war sie mit ihren kleinen Kindern alleine. Sagt sie. Aber vielleicht hat sie die auch nur vor einem Video geparkt, und die Lütten haben nicht mal mitbekommen, dass sie eine halbe Stunde nicht im Haus war.»

Haueisen runzelt die Stirn. «Meinetwegen, behalten Sie sie im Auge. Und überprüfen Sie die Waffe. Aber in meinen Ohren hört sich das gelinde gesagt ein wenig dürftig an.»

«Außerdem hat sie davon gesprochen, dass ihr Mann in den letzten Wochen darüber geklagt hat, dass er wegen der politischen Ansichten der Wählergemeinschaft verbal attackiert wurde. Und nicht nur einmal. Rudi, hol deinen Notizblock raus und lies vor, was sie uns gesagt hat.»

«Einer hat ihren Mann als Ewiggestrigen bezeichnet, der lieber wieder zurück zu seinem Stammtisch gehen soll», fasst Rudi den ersten Notizpunkt zusammen. «Das finde ich noch vergleichsweise harmlos. Letzte Woche gab es einen Facebook-Eintrag, den sie uns gezeigt hat: ‹Überleg dir gut, wie du nächste Woche abstimmst. Wir wissen, wo du wohnst. Ohne dich und deine Wählergemeinschaft war das Klima in den Ratssitzungen besser.›»

«Interessant», murmelt Haueisen. «Andererseits ... Politik lebt vom verbalen Schlagabtausch. Sehen Sie sich nur die

Diskussionen in den Talkshows im Fernsehen an.» Er schaut durchs Fenster seines Büros auf den Park vor dem Kommissariat und scheint nachzudenken.

«Na ja, aber zwischen verbalem Schlagabtausch und persönlichen Bedrohungen gibt es schon einen Unterschied», wendet Rudi ein, kaum dass Haueisen seinen Blick wieder auf Schnepel und ihn richtet. «Dann war da noch die Drohung, ihm die Hütte anzuzünden. Das klingt nicht ganz so harmlos. Und die Schraubenzieherkratzer an der Fahrertür seines Autos sind ja auch nicht ohne. Frau Ukena hat sich immer noch maßlos darüber aufgeregt, als sie uns davon erzählt hat. Vor vier Wochen ist das passiert.»

«Dafür hat man aber niemanden belangen können», wirft Schnepel schnell ein. «Das kann genauso gut ein Böser-Jungen-Streich gewesen sein. Mir hat man auch mal den Kotflügel zerkratzt und den Beifahrerspiegel abgetreten. Und ich bin kein Politiker.»

Nö, aber ein Blödmann, denkt Rudi und schaut auf seine Notizen. «Neben den Pöbeleien in den sozialen Netzwerken wurde zudem in der Mitmachzeitung gegen die Politik der ‹Frechen Friesen› gewettert.» Rudi hebt die Stimme. «Ich denke, wenn diese Wählergemeinschaft von allen Seiten unter Feuer genommen wurde, sollten wir mal mit dem Vorsitzenden der Gruppe reden. Vielleicht weiß der etwas.»

«Gute Idee, Bakker!» Haueisen nickt ihm eifrig zu. «Fassen wir also zusammen, was wir wissen. Erstens: Bei dem Unfall gab es keine Bremsspuren, obwohl das Motorrad technisch in Ordnung war, wie mir die Kollegen von der KTU vorhin mitgeteilt haben. Zweitens: Auf Tjark Ukena wurde geschossen. Vermutlich aus größerer Entfernung. Die Ergebnisse der kriminaltechnischen Untersuchung liegen zwar noch nicht vor, aber es handelt sich mit größter Wahrscheinlichkeit um eine Langwaffe.»

«Mit dem Vorsitzenden des Schützenvereins haben wir bereits gesprochen. Wir haben ihn gleich nach dem Gespräch mit der Witwe aufgesucht. Tjark und Petra Ukena sind dort nämlich Mitglieder», sagt Schnepel diensteifrig. «Beide ...»

«Tjark war dort sehr beliebt», unterbricht Rudi ihn, damit kein falscher Zungenschlag in das Gespräch kommt. «Er war mit allen gut Freund.»

«Behauptet der Vorsitzende zumindest. Aber ich habe da so meine Zweifel. Vielleicht stecken die alle unter einer Decke.»

Rudi runzelt die Stirn. Unter einer Decke stecken? Wobei? Schließlich ist Tjark erschossen worden. Schnepels Verschwörungstheorien gehen ihm jetzt schon wieder gehörig auf den Keks. Haueisen ignoriert Schnepels Vorstoß zum Glück auch.

«Lassen Sie uns gemeinsam nachdenken. Warum wurde auf das Opfer geschossen? Könnte es der Querschläger eines Jägers gewesen sein, war alles ein unglücklicher Zufall? Oder war es Absicht? Aber wo liegt dann das Motiv?» Haueisen trommelt mit den Fingerspitzen nervös auf seiner Schreibtischplatte herum.

«Ein Querschläger bei der Jagd kommt kaum in Frage», widerspricht Schnepel, «es ist Schonzeit. Wenn, dann war es ein Wilderer.» Er schlägt die Arme vor der Brust übereinander und nimmt die Pose Wichtigtuer ein.

«Die Schonzeit gilt nicht für Schwarzwild», belehrt Haueisen Schnepel nun seinerseits. «Die wurde wegen der Bedrohung durch die Afrikanische Schweinepest aufgehoben.»

«Meinetwegen. Vielleicht hat da jemand legal oder illegal gejagt, und es gab tatsächlich einen Querschläger, aber der Jäger möchte natürlich nicht, dass man ihn drankriegt.» Schnepel verharrt in seiner Lieblingspose. So schnell gibt er nicht auf.

«Lassen wir die Sache mit dem zufälligen Querschläger einfach mal so im Raum stehen. Von wo wurde geschossen? Das ist die entscheidende Frage. Aufgrund der neuen Sachlage habe ich die Spurensicherung zum Unfallort geschickt. Hoffentlich finden die etwas, was auf den Täter hinweist.» Er hebt seine Augenbrauen und sieht Schnepel und Rudi schulmeisterlich an. «Sie waren doch nicht etwa noch einmal vor Ort und haben Spuren zertrampelt?»

Glück gehabt. Rudi wirft Schnepel einen schnellen Blick von der Seite zu.

«Natürlich nicht», sagt Schnepel.

«Außerdem muss der Schütze ja etwas weiter weg gestanden haben, also nicht an der Unfallstelle, da hätten wir ohnehin keine Spuren zerstört», redet Rudi schnell weiter, damit Schnepel nicht noch auf die Idee kommt, auszuplaudern, dass Rudi eigentlich genau dort hat hinfahren wollen. «Die Zeugin hat nichts von einem Schuss gesagt und von jemandem mit einem Gewehr auch nicht.»

«Die Zeugin ... Sagen Sie doch gleich: Frau Moll. Es wundert mich übrigens schon gar nicht mehr, dass gerade sie die Zeugin ist. Egal, was in Neuharlingersiel los ist, überall hat sie ihre Finger im Spiel.» Haueisen macht keinen Hehl daraus, dass er Rosa nicht unbedingt mag.

«Sie kann ja nun nichts dafür, dass der Motorradfahrer den Unfall hatte, als sie die Straße entlangfuhr», empört sich Rudi.

«Du kannst es drehen und wenden, wie du willst: Wo diese Frau auftaucht, ist für Ärger gesorgt», stößt Schnepel ins gleiche Horn wie Haueisen.

«Das tut jetzt nichts zur Sache», beendet Haueisen Schnepels Tirade. «Nehmen Sie sich den Vorsitzenden dieser Friesenpartei vor. Wenn es Anfeindungen gegeben hat, wird Ukena mit ihm darüber gesprochen haben. Wäre ja nicht das erste Mal, dass ein politisches Motiv hinter einer Tat steckt. Wie heißt der?»

«Thomas Sackschewsky», antwortet Rudi wie aus der Pistole geschossen. Schließlich verfolgt er sehr genau die politischen Geschehnisse in der Region. Vor allem seit Henners Schwager und Ina, Henners jüngste Schwester, da kräftig mitmischen.

«Wenigstens einer, der sich mit politischen Parteien auskennt», sagt Haueisen mit einem Seitenhieb auf Schnepel. «Gut, dann kümmern Sie sich mal, meine Herren. Aber flott!»

Der Häuptlingsexperte Wilko Onneken wohnt in einem kleinen Bauernhaus aus roten Ziegeln, zwei Kilometer außerhalb von Neuharlingersiel. Der renovierungsbedürftige Resthof liegt etwas abseits. Rosa hat keine Mühe, mit Hilfe des Navigationsgeräts den Zufahrtsweg zu finden. Die schmale Straße windet sich an Büschen und schief gewachsenen Bäumen vorbei und endet auf dem Hof, direkt neben einem Schuppen. An der Stirnseite des Gebäudes hängt ein Betonschild: Gerd Onneken und Mathilde Onneken geb. Tönnjes. Erbaut 1934.

Die Holztür erweckt den Eindruck, als habe man sie seit damals nicht repariert, und der Putz der seitlich daneben stehenden Garage blättert ab. Nun denn. Sie ist ja nicht hier, weil sie Fotos für ein Lifestyle-Magazin machen will. Beherzt schmeißt sie die Autotür zu und läuft zum Eingang. Ehe sie klingeln kann, wird ihr bereits geöffnet, und ein blonder Mann streckt ihr seine Hand entgegen.

«Moin, Frau Moll. Ich hab Sie kommen sehen. Herein in die gute Stube. Der Tee ist frisch aufgegossen.» Der Mann in den Vierzigern lächelt sie an. Die Grübchenfalten auf seinen Wangen sehen irgendwie süß aus. Überhaupt ist er eine richtig stattliche Erscheinung. Davon hat Henners Schwester gar nichts gesagt, als sie ihr den Kontakt vermittelt hat. Ob er verheiratet ist? Rosa schielt auf seine Hand, während sie ihm durch die Diele in die Küche folgt. Sie kann keinen Ring an seinem Finger entdecken.

Vom Küchenfenster aus hat man einen freien Blick auf die Felder, die sich bis zum Horizont erstrecken.

«Schön haben Sie es hier, Herr Onneken», sagt Rosa und bewundert den alten Kachelofen und das geschnitzte Küchenbüfett. Innen macht das Haus einen wesentlich gepflegteren Eindruck als von außen. «Ihre Frau scheint ein Händchen für die Einrichtung zu haben.»

«Nein, nein», lacht er. «Eine Frau gibt es nicht. Das ist noch die Einrichtung meiner Eltern. Als die vor zwei Jahren kurz hintereinander gestorben sind, bin ich wieder hierhergezogen und habe alles so gelassen, wie es ist. Mein jüngerer

Bruder würde ja am liebsten verkaufen und den Erlös aufteilen, aber zum Glück bin ich der Ältere und habe das Sagen.» Wilko Onneken grinst breit.

Vermutlich geht es wieder um dieses ostfriesische Höferecht, kombiniert Rosa. Eine Besonderheit dieses Landstrichs, die sie nach wie vor merkwürdig findet.

«Es ist sehr nett, dass Sie sich Zeit für mich nehmen», sagt Rosa und lächelt, während der Gastgeber ihr Kandis in die Tasse schaufelt und dann den Tee darübergießt. Eigentlich nimmt sie ja keinen Zucker, ostfriesische Teezeremonie hin oder her. Aber besser, sie hält einfach die Klappe. «Keine Frau» hört sich nämlich schon mal sehr gut an.

«Ich habe schon ein paar Unterlagen für Sie herausgesucht.» Wilko Onneken zeigt auf ein altes Buch und ein paar Scherben, die in Ziplockbeuteln danebenliegen. «Bevor wir aber in die Geschichte der Häuptlingsfamilien einsteigen, muss ich Ihnen meinen neuesten Fund zeigen.»

Thomas Sackschewsky staunt nicht schlecht, dass Rudi in Begleitung von Schnepel vor seinem Büro auf dem Campingplatz steht.

«Rudi, was machst du denn hier?», wundert er sich. «Ist was passiert?»

«Nein, alles in Butter. Wir kommen wegen des Unfalls gestern», sagt Rudi. Schnepel ist ausnahmsweise still. Bei quasi Familienangehörigen hält er sich tunlichst zurück. Das ist abgemachte Sache.

«Schlimm, das mit Tjark.» Sacky, wie er im Familien- und Freundeskreis genannt wird, ist sichtlich betroffen. «Aber der ist auch immer richtig geheizt. Dennoch. Mensch, das tut mir für Petra und die Lütten so leid.» Dann scheint ihm zu dämmern, dass es einen Grund geben muss, weshalb die Polizei mit ihm reden will, wo er doch weder verwandt noch verschwägert mit Tjark ist. «Wie kann ich euch denn helfen?»

«Ihr Parteifreund wurde quasi vom Motorrad geschossen», eröffnet Schnepel das Gespräch.

Sacky wird blass.

«Uns interessiert, wie massiv die Anfeindungen und Attacken tatsächlich waren, von denen Petra Ukena berichtet hat. Sie sagte, sie wüsste nicht, ob ihr Mann in diesem Zusammenhang auch Post, also tatsächliche Drohbriefe, bekommen hätte, sie habe davon nur immer mal am Rand etwas mitbekommen, weil er sie wohl nicht beunruhigen wollte.»

«Sie meinen, man hat es bewusst auf Tjark abgesehen?», fragt Henners Schwager, seine Stimme klingt plötzlich belegt.

«Wir ermitteln in alle Richtungen.» Rudi bemüht sich, einen beruhigenden Ton in die Befragung zu bekommen. «Es könnte natürlich auch der Querschläger eines Jägers gewesen sein. Aber wir dürfen nicht außer Acht lassen, dass Tjark für die Politik der ‹Frechen Friesen› heftig attackiert worden ist. Es ist nicht auszuschließen, dass dort ein Motiv für die Tat liegen könnte. Weißt du mehr darüber?»

Sacky sieht sie nachdenklich an. «Das mit den verbalen Angriffen stimmt. Gar nicht zu reden von Facebook und so. Die Leute schalten auf stur und wollen uns einfach nicht verstehen. Das gilt sowohl für das geplante Logistik-Zentrum als auch für den Windpark. Natürlich muss man alternative Energiequellen finden, aber deshalb dürfen die vielen Windparks unsere schöne Landschaft nicht einfach verschandeln. Geht doch nur mal rüber auf die Ostfriesischen Inseln. Von dort hat man einen prächtigen Blick auf die ganzen Propeller, mit denen die Küste vom Jadebusen bis zum Dollart vollgepfropft ist. Nein, das ist kein schöner Anblick, das verstümmelt unsere Natur! Ihr werdet verstehen, dass gerade ich als Leiter des Campingplatzes das nicht gutheißen kann. Deswegen bin ich in diese Wählergemeinschaft eingetreten. Weil dort alle so denken wie ich. Das kam natürlich bei den etablierten Parteien nicht gut an. Die wollen Windparks auf Teufel komm raus, um die Subventionen zu bekommen – und sich frei nach dem Motto «Ostfriesland zuerst» die Vorreiterrolle in Sachen Windenergie-Anlagen sichern. Aber das sehen nicht alle so. Wir bekommen jede Menge Rückmeldungen von Menschen, die im Bereich dieser Anlagen leben. Sie sprechen von gesundheitlichen Beeinträchtigungen durch die Ventilationsgeräusche, durch Schlagschatten, der die Fenster ihrer Häuser im Sekundentakt verdunkelt ...» Sacky redet sich richtig in Rage, und seine Augen blitzen vor Zorn.

Schnepel unterbricht ihn mitten in seinem Wortschwall. «Gibt es jemanden, dem Ihr Widerstand gegen diese Anlagen ganz besonders bitter aufstößt?»

«Und ob!» Sacky schnaubt. «Da muss ich nicht lange nachdenken. Frido Freiherr von Ihlow! Der feine Herr hat schon versucht, uns zu bestechen, damit wir im Rat für seine Bürgerenergiegesellschaft stimmen. Verstehen kann ich's, immerhin sind wir das Zünglein an der Waage im Rat. Ob wir den Daumen heben oder senken, ist überlebenswichtig für Ihlows Projekt.»

Hoyko Manninga steht am Fenster seines Hotelapartments und beobachtet das muntere Treiben rund um das Neuharlingersieler Hafenbecken. Früher ist hier lange nicht so viel los gewesen. Dafür haben mehr richtige Krabbenkutter im Hafenbecken gelegen, jetzt dient ein Teil der Flotte nur noch dazu, Ausflugsfahrten für Touristen anzubieten. Man muss sich eben dem Wandel der Zeit stellen. Das hat er genauso gemacht. Auch Hoyko verdient inzwischen sein Geld in Kanada mit Urlaubern.

Sein Blick bleibt am Café Störmhuus hängen. Auf der Dachterrasse muss er unbedingt mit seinen Töchtern eine Rumflockentorte essen. Dazu ein Kännchen Tee. Auf dem Stövchen serviert. Mit dickem Kandis. Seine damalige Freundin hat die Rumflockentorte für ihr Leben gern gegessen. Was Helga wohl heute macht? Ob sie geheiratet und Kinder bekommen hat? Ob sie noch im Ort wohnt? Er wird Heinrich und Gerda nach ihr fragen, die beiden wissen bestimmt, was aus ihr geworden ist. Schließlich hat sie als Magd auf dem Steffens-Hof gearbeitet.

Ein bisschen regt sich sein schlechtes Gewissen bei dem Gedanken an Helga schon. Aber auf dem Meer vergisst man die Daheimgebliebenen schnell. So viele neue Eindrücke. Ein anderes Leben. Frei, nur dem Wind und den Wellen ausgeliefert. «Seemann, deine Heimat ist das Meer», summt er vor sich hin. «Deine Freunde sind die Sterne, über Rio und Shanghai …»

Im Badezimmer des Apartments rauscht der Föhn und erinnert an einen aufbrausenden Sturm.

«Seid ihr bald so weit?», ruft Hoyko seinen beiden Töchtern zu. Himmel, was das immer dauert, bis die ausgehfertig sind. Ava, die Ältere, streckt ihren Kopf heraus. «Wir sind gleich fertig, Dad.» Sie haucht ihm einen Luftkuss entgegen. «Livia weiß nur noch nicht, was sie anziehen soll.»

«Stimmt gar nicht», ruft ihre Schwester. «Ich nehme das Kleid, das ich vorgestern in München gekauft habe.»

Wilko Onnekens Augen leuchten, als er den Beutel mit dem Tonstück hochnimmt und ihn vor Rosas Augen hält. «Dieses Stück ist mindestens 700 Jahre alt, wenn nicht noch älter. Ich habe es gestern auf unserem Acker gefunden. Es ist der endgültige Beweis, dass hier die Burg unserer Vorfahren gestanden hat. Ich schicke es nachher dem Amt für Denkmalschutz. Die haben schon andere Fundstücke aus diesem Areal, aber das hier ist besonders wertvoll. Da ist eine Zahl eingeritzt.» Stolz schwingt in seiner Stimme mit. «Jetzt gibt es keine Ausrede mehr. Die müssen mit den Ausgrabungen beginnen.»

«Eine Burg», sagt Rosa staunend. «Auf Ihrem Land? Wie spannend.»

«Ja, das ist es. Leider sehen das nicht alle so. Die Politiker und Unternehmer möchten am liebsten die gesamten Flächen mit Industrie vollbauen. Dabei hat ganz Ostfriesland die Chance, deutsches Kulturerbe zu sein. Nicht nur das Wattenmeer und das Teetrinken. Und wenn wir jetzt hier die Onneken-Burg freilegen, wird es eine weitere Attraktion geben! Ich sehe das schon vor mir: Die Mauerreste, die den Grundriss der ehemaligen Burg zeigen. Mir schwebt ein Museum drumherum vor. Interaktiv müsste es sein, und natürlich mit Restauration.» Er schenkt noch einmal Tee nach. «Entschuldigen Sie meine Begeisterung für das Fundstück, wahrscheinlich kann niemand außer einem Historiker überhaupt ermessen, was das für mich bedeutet.»

Rosa nickt. Er hat recht. Sie würde sich erst Gedanken um ein Museum machen, wenn tatsächlich feststeht, dass dieses kleine Stück Ton zu einer Burg gehört hat.

Onneken fährt fort: «Und nun sagen Sie mir, was Sie genau über die Häuptlinge wissen möchten.»

«Na ja, wie schon gesagt: Im Rahmen der Projektwoche möchte ich meinen Schülern die Geschichte Ostfrieslands näherbringen. Und da sind die Häuptlingsfamilien und ihre Beziehungen zueinander natürlich besonders spannend. Vielleicht hätten Sie Lust, zu uns in die Schule zu kommen und den Schülern etwas darüber zu erzählen?»

In diesem Moment ertönt die Miss-Marple-Melodie ihres Handys. Schiete, sie hätte es lautlos stellen müssen. Sie nimmt das Telefon aus ihrer Tasche und wirft einen Blick auf das Display. Rudi. Wenn er während seiner Arbeitszeit anruft, muss es wichtig sein. Mit einer entschuldigenden Handbewegung nimmt sie das Gespräch an.

«Sach mal, Rosa …», fängt Rudi ohne Begrüßung an.

«Rudi, wie schön, dass du anrufst», fällt sie ihm ins Wort. «Ich wollte mich auch schon bei dir melden, um zu fragen, wie es dem Motorradfahrer geht.»

«Der ist heute Nacht gestorben.»

Rosa braucht einen Moment, um diese Nachricht sacken zu lassen.

«Wie schrecklich», stammelt sie dann. «Der arme Kerl ...»

«Jo, kann man wohl so sagen.»

«Das ist aber lieb, dass du mich informierst. Danke, Rudi.»

«Da nich für, aber ich wollte was anderes wissen. Ist dir gestern eigentlich etwas aufgefallen, bevor das Motorrad auf dich zugerast kam? Hast du da etwas ... Besonderes gehört?»

«Nein. Es hat draußen gestunken, deshalb hab ich mein Fenster ganz schnell wieder hochgemacht. Außerdem habe ich laut Musik gehört», fällt ihr noch ein.

«Okay. Danke.» Rudi klingt enttäuscht.

«Wieso? Was hätte ich denn hören sollen?»

«Einen Schuss.»

«Einen Schuss?» Verdutzt hält Rosa inne, und auch Wilko Onneken sieht sie aufmerksam an. «Wieso einen Schuss?»

«Das darf ich dir nicht sagen. Das sind Ermittlungen. Da muss man in alle Richtungen denken.»

«Meinst du, da könnte ein Jäger sein Ziel verfehlt haben? Aber da war kein Reh oder so. Und einen Jäger habe ich auch nicht gesehen. So etwas meinst du doch?» Sie zögert kurz. «Oder steckt mehr dahinter?»

«Wie gesagt, Dienstgeheimnis.»

«Nee, das kannst du mit mir nicht machen. Erst so komische Fragen stellen und mich dann am langen Arm verhungern lassen!»

Rudi beendet das Telefonat trotzdem.

Fassungslos starrt Rosa auf ihr Handy. Hat etwa jemand absichtlich auf den Motorradfahrer geschossen? Hat er deshalb die Kontrolle über seine Maschine verloren? Das wirft ja ein ganz anderes Licht auf die Sache.

«Was ist denn passiert?», fragt Wilko Onneken. «Sie sehen plötzlich so blass aus.»

«Ach, wissen Sie, es geht um den Unfall gestern. Ich war Zeugin. Ein Motorrad raste direkt auf mein Auto zu. Im allerletzten Moment habe ich ausweichen können.» Aufgedreht berichtet Rosa in allen Details, was sie gestern auf der Straße erlebt hat. Die Häuptlingsfamilien müssen warten.

Das versteht Wilko, den sie nach der dritten Tasse duzt. Sie holen das mit den Häuptlingen morgen einfach nach. Dann sucht er auch ein paar Zeichnungen von ostfriesischen Burgen heraus.

Grübelnd schaut Ludwig Twenge aus dem Fenster und versucht seine Gedanken zu ordnen. So ein Nachruf ist keine einfache Sache. Besonders, wenn der Tote noch relativ jung war. Aber immerhin hat er als Fraktionsvorsitzender der «Frechen Friesen» für jede Menge Unruhe in der Samtgemeinde Esens gesorgt. Allein dieser Feldzug gegen die Windräder. Das war nicht ohne. Und wie Ludwig findet, auch nicht gerechtfertigt. Irgendwoher muss der Strom aus der Steckdose ja kommen, wenn schon die Atomkraftwerke abgeschaltet werden. Aber soll er das in einen Nachruf schreiben? Kritik ist da eigentlich nicht gern gesehen. Vielleicht sollte er lieber über den Motorradclub schreiben, der sich über Jahre an Tjarks Tankstelle getroffen hat. Die Werkstatt war zu der Zeit ja quasi das Vereinsheim. Daran erinnert sich Ludwig noch genau. Damals hat er im Fernsehgeschäft gearbeitet und ist jeden

Tag nach Esens gependelt. Das waren noch Zeiten! Aber er will nicht klagen. Seine Arbeit an der Mitmachzeitung macht ihm großen Spaß. Und er bekommt viel Anerkennung dafür. Auf seiner Facebook-Seite hat er über 200 Freunde. So viele hatte er als Fernsehtechniker nicht. Ludwig schaut auf den Monitor seines Computers. «Tjark Ukena war ein begeisterter Motorradfahrer», tippt er. «Bis vor zehn Jahren leitete er den Motorradclub MC Freesen.» Seine Finger huschen nur so über die Tasten.

Plötzlich hält er inne. Ist nicht vor Jahren mal was zwischen den Freesen und einem anderen Motorradclub gewesen? Ludwig erinnert sich nur dunkel daran. Darüber sollte er noch einmal recherchieren.

Wieder schaut er hinaus und beobachtet das Treiben rund um das Hafenbecken. Vielleicht ist der Hinweis mit dem Motorradclub im Nachruf aber sowieso keine gute Idee. Schließlich hat Tjark sich ja mit dem Motorrad totgefahren.

Gegen halb sieben fährt der Mercedes mit Münchener Kennzeichen die Einfahrt zum Steffens-Hof hoch.

«Sie kommen», ruft Vaddern, der als Wachposten mit Henner auf der Bank vorm Haus sitzt. Gerda Steffens und ein Großteil von Henners acht Schwestern stürzen fast augenblicklich aus dem Haus, und es fehlt nicht viel, dass sie Spalier stehen, als Hoyko Manninga und die beiden jungen Frauen aussteigen.

Das ist also Rudis Vater, denkt Henner. Er sieht aus wie ein alter Seebär. Breite Schultern, weiße Haare, das Gesicht von der Sonne gegerbt. Er trägt einen hellen Rollkragenpullover und einen Zweireiher in Marineblau mit goldenen Knöpfen. Ein wenig erinnert er Henner an den lange schon verstorbenen Schlagersänger Hans Albers. In den fünfziger Jahren war das ein großer Star. Ein gerahmtes Foto von ihm hängt in Adelheids Andenkenlädchen. Ähnlichkeit mit Rudi hat der Mann aber irgendwie nicht, findet Henner. Zumindest nicht auf den ersten Blick.

Lächelnd tritt Hoyko Manninga auf Mudder Steffens zu.

«Gerda!» Er nimmt sie in den Arm und drückt ihr links und rechts einen Kuss auf die Wangen. «Gut siehst du aus! Du hast dich kein bisschen verändert!»

«Du kleiner Charmeur.» Gerda kichert noch, als Hoyko bereits zu Vaddern getreten ist.

«Heinrich. Schön, dich zu sehen. Lang ist's her.»

«Jo.» Vaddern greift nach Hoykos ausgestreckter Hand, schüttelt sie und schlägt ihm auf die Schulter. Dann dreht Hoyko sich zu den beiden Frauen um.

«Das sind meine Töchter. Ava, Livia, das sind meine ältesten Freunde: Gerda und Heinrich. Und ihre Kinder. Sind noch 'n paar dazugekommen, seit ich das letzte Mal hier war, oder?» Er zwinkert Heinrich zu. «Du alter Schwerenöter.»

«Hello», sagen die beiden dunkelhaarigen Frauen und treten ein bisschen verlegen neben ihren Vater. Wahrscheinlich verstehen die nicht mal Deutsch, so als Kanadierinnen. Das ist dann ja auch ganz schön schwierig, wenn man von den Gesprächen nichts mitbekommt. Für ihn wäre das auch nichts. Überhaupt nichts. Darum würde er auch nie nach Frankreich fahren. Auch England oder Amerika kommen nicht in Frage. Wo er doch schon Schwierigkeiten hat, die Touristen aus Bayern und Sachsen zu verstehen. Nee, er bleibt lieber in Ostfriesland. Die Inseln hier sind allesamt schön und haben auf ihre eigene Art jede für sich einen besonderen Reiz.

Hoyko steht inzwischen vor Adelheid. «Mensch Mädel, was bist du groß geworden.» Er drückt Henners älteste Schwester an sich. «Als ich dich das letzte Mal gesehen habe, hast du noch die Grundschule besucht.»

Rudis Hände sind schweißnass, als er sich dem Steffens-Hof nähert. Er weiß noch gar nicht genau, wie er sich nun verhalten soll. Haben Gerda und Heinrich ihrem alten Freund inzwischen gesagt, dass er einen Sohn und auch schon einen Enkel hat?

Als er mit der kleinen Ape die Auffahrt hinauftuckert, wünscht er sich für einen Moment, er hätte den Umweg über zu Hause gemacht und sich umgezogen. Was soll sein Vater nun von ihm denken?

Er parkt hinter dem großen Mietwagen und fühlt sich noch unwohler. Vor dem Haus herrscht ein wahrer Volksauflauf. Fast alle Schwestern von Henner sind da, natürlich die alten Steffens und ... sein Vater. Mit den Halbschwestern.

Rudi atmet tief ein und gibt sich einen Ruck. Augen zu und durch, spornt er sich an. Mit forschem Schritt nähert er sich der Gruppe.

«Tut mir leid, dass ich erst jetzt komme, ich hatte noch zu tun, wie ihr seht. Bin nicht mal zum Umziehen gekommen.»

Hoyko Manninga streckt Rudi die Hand entgegen. «Du

bist sicher ein weiterer Sohn des Hauses? Die Steffens haben ja wirklich für reichlich Nachwuchs gesorgt.»

Rudi blickt hilfesuchend zu Vadder Steffens.

«Nein», sagt der und räuspert sich. «Das ist nicht meiner. Das ist deiner.»

Plötzlich ist es mucksmäuschenstill, nur eine Amsel trällert ihr Lied in der Kastanie. Hoyko Manninga wirkt wie vom Donner gerührt. Das sieht Rudi ihm an der Nasenspitze an. Der scheint wirklich nichts von ihm gewusst zu haben. Rudi fühlt sich unbehaglich und weiß nicht, was er jetzt machen soll. Er hatte sich vorgestellt, er würde seinen Vater einfach in den Arm nehmen. Den Vater, nach dem er sich so viele Jahre gesehnt hat. Aber Wunschdenken und Realität stimmen nun mal nicht immer überein. Und irgendwie kriegt er das mit dem In-den-Arm-Nehmen in diesem Moment nicht hin.

«Mein Sohn?», fragt Hoyko ungläubig. «Ich habe einen Sohn?» Verwunderung und Skepsis liegen in seinem Blick. Aber auch ein bisschen Vorwurf. «Warum hat mir niemand etwas gesagt? All die Jahre. Wo ist Helga?»

«Wir hatten ja deine Adresse nicht», kontert Gerda bemüht freundlich. «Hättest dich ja auch mal melden können. Was meinst du, was Helga alles versucht hat, um dich zu finden. Aber es war vergebens. Wir haben nur erfahren, dass der Frachter mit Mann und Maus untergegangen ist, auf dem du gefahren bist. Wir dachten, du wärst tot.»

«Aber da war ich doch schon lange nicht mehr an Bord. Ich habe in Kanada abgemustert.»

«Nu kommt man mal erst alle rin», schlägt Gerda vor. «Das ist kein Thema, das man draußen und im Stehen besprechen sollte. Jetzt gibt's einen Begrüßungsschluck, und danach redet sich alles viel lockerer.»

Hoyko Manninga zögert, dann nimmt er Rudi spontan in den Arm. «Mein Sohn.» Er drückt ihn fest an sich. «Gib mir etwas Zeit. Ich muss das erst mal verdauen.»

Rudi schluckt vor innerer Anspannung. Sein Mund ist ganz trocken, obwohl er auf diese Begegnung vorbereitet war. Seinen Vater jedoch hat es kalt erwischt. Man kriegt ja nicht alle Tage einen erwachsenen Sohn als Begrüßungsüberraschung präsentiert.

Die beiden jungen Frauen blicken von einem zum anderen.

«Dad, ist alles okay?», fragt Livia. «Wer ist Helga, und wieso ist dieser Mann dein Sohn?»

Hoyko tritt zwischen seine Töchter und legt ihnen die Arme um die Schultern. «Ich erklär es euch später. Wenn ich es selbst begriffen habe.»

Als alle endlich in der guten Stube stehen, reichen Henners Schwestern das Begrüßungsgetränk in Longdrinkgläsern auf einem Tablett herum. Henner nippt daran und findet den Geschmack gewöhnungsbedürftig. Was ist das denn für'n neumodisches Zeug?

«Das ist Eierlikör mit Gin, Wodka und Orangensaft!», erklärt Adelheid stolz. «Wir sagen ‹Plüschsofa› dazu.»

Plüschsofa. So'n Kram können sich auch nur Frauen einfallen lassen. Und dieses Gesöff hier mag er gar nicht. Er ist mehr für Bier oder einen Klaren. Im Unterschied zu Livia.

«Oh, der Drink ist wonderful!», ruft sie. «Ich habe so was noch nie getrunken.» Sie trägt ein tiefausgeschnittenes Dirndl. Denkt die etwa, in Deutschland rennen alle rum wie im Münchener Hofbräuhaus?

«Das glaub ich gern», sagt Adelheid. «Es ist …»

In diesem Moment klopft Vaddern mit der Gabel an sein Glas und unterbricht Adelheids Erklärungen. Er schaut seinen alten Freund an.

«Willkommen bi uns to Huus, Hoyko Manninga. Das war ja mal 'ne Überraschung, als dein Brief kam. Da hat es dich also nach Kanada verschlagen. Wer hätte das gedacht! Obwohl, 'n büschen böse sind wir schon auf dich. Du hättest dich wirklich mal melden können.»

Auf den Magen geschlagen hat Hoyko die Neuigkeit, dass er in Rudi einen Sohn hat, offenbar nicht. Er füllt sich zum zweiten Mal den Teller mit Labskaus und nimmt einen weiteren Rollmops. Auch seine Töchter langen ordentlich zu. Hoyko erzählt dabei von ihrem Leben in Kanada. Alle drei arbeiten in einem Viersternehotel mit eigenem Bootssteg. Am Little Joe Lake. Nicht weit von Ottawa. Voller Stolz berichtet Hoyko, dass das Haus sich seit über sechzig Jahren im Familienbesitz seiner vor zwei Jahren verstorbenen Frau befindet und ständig erweitert worden ist.

«Wir haben uns auf deutsche Veranstalter spezialisiert», sagt Hoyko.

Ach, deshalb sprechen Ava und Livia so gut Deutsch.

In professionellem Tonfall zählt Hoyko einzelne Touren auf, die sie anbieten. Zwischendurch wirft er Rudi immer wieder Blicke zu, als wollte er sagen: Ich wusste ja nichts von dir.

Gefehlt hast du mir trotzdem, denkt Rudi. Dann gibt er sich einen Ruck und steht auf. «Heute ist ein besonderer Tag. Meinen Vater plötzlich vor mir stehen zu sehen, ist ...» Rudi ringt nach Worten. «Ich freue mich, dass du hier bist. Und ich freue mich, plötzlich zwei kleine Schwestern zu haben. Du hast übrigens auch einen Enkel ... Er heißt Sven und wird in Kürze 18. Leider ist er gerade nicht im Ort, aber ich hoffe, ihr bleibt lange genug, damit ihr ihn kennenlernen könnt, er kommt in ein paar Tagen zurück.»

«Auch noch einen Enkel! Incredible! Unglaublich!» Hoyko strahlt.

Rudi wendet sich nun Vadder und Mudder Steffens zu. «Ich möchte mich an dieser Stelle einmal ganz laut und deutlich bei euch beiden bedanken. Ihr habt mich wie euren eigenen Sohn großgezogen. Und bei euch verrückten Mädels!» Er blickt Adelheid, Bärbel, Clara, Doro, Engeline, Friederike, Gudrun und Ina der Reihe nach an. «Ihr seid wie Schwestern für mich.»

Jetzt schimmern nicht nur Rudis Augen. Auch bei Heinrich, Gerda, Henner und seinen Schwestern glitzern die Tränen. Bei Hoyko laufen sie sogar. Seinen Töchtern scheint die Situation peinlich zu sein. Ava hält ihr Glas hoch.

«Kann ich noch ein ‹Plüschsofa› haben?»

SAMSTAG

Schon beim Aufwachen weiß Rosa, dass das heute nicht ihr Tag ist, auch wenn die Sonne scheint, dass es eine helle Freude ist. Rosa spürt immer noch eine Mordswut in sich. Rudis Verhalten gestern war ja wohl das Allerletzte! Erst ruft er sie an, fragt, ob sie etwas Außergewöhnliches oder gar einen Schuss gehört habe und legt dann einfach auf, ohne ihr zu erklären, was es damit auf sich hat. Das kann er doch nicht machen! Und das Unverschämteste: Auf keine ihrer zahlreichen WhatsApp-Nachrichten hat er geantwortet. Auch Henner, dem sie schon so oft Essen gekocht und Marmeladen vorbeigebracht hat, verschwindet zum Familientreffen mit Rudis Vater auf dem Steffens-Hof. Er hätte sie doch mitnehmen können! Er weiß genau, dass sie Rudis Familie auch gern kennenlernen möchte. Aber das interessiert anscheinend weder Rudi noch Henner. Typisch Männer. Denken immer nur an sich!

Als sie um elf ins Bett gegangen ist, war Henner noch immer nicht zu Hause. Was sind das bloß für Freunde! Gut, dass sie nächste Woche den Golfkurs gebucht hat. Es wird Zeit, dass sie neue Leute kennenlernt.

Gegen zehn Uhr steht Rosa am Küchenfenster und starrt nach draußen. Den Käfig ihres Beos Pepe hat sie bereits gesäubert, den Müll heruntergebracht und sogar das Treppenhaus gewischt, in der Hoffnung, Henner in seiner Wohnung rumoren zu hören. Sie lauscht. Unten ist alles still. Hatte er nicht gesagt, dass er heute frei hat? Schläft der etwa noch? Dann muss es ja heiß hergegangen sein auf dem Hof. Oder hat sie es mal wieder falsch verstanden, und er ist schon mit der Post unterwegs?

Wütend beobachtet sie die Wolken, die der Wind über den Himmel treibt. Genau so würde sie in diesem Moment am liebsten Henner und Rudi vor sich hertreiben. Am besten, sie macht erst einmal einen langen Spaziergang. Gegen den Wind an, dann kann sie sich abreagieren.

Die Wellen der Nordsee umspülen die kleine Steinpyramide im Watt, Kinder planschen kreischend mit den Füßen im Wasser, zwei Kiter rasen über die Wellen, lassen sich vom Wind für einen Sprung in die Luft ziehen, um dann sicher wieder mit ihren Brettern zu landen. Eine kleine Familie spielt am Strand Ball.

Pastor Burkhard Bornschein sitzt im Seelsorge-Strandkorb NHS 111 und genießt die frühlingshafte Idylle. Die Kurverwaltung hat extra für die Ostergäste schon einen Teil der Strandkörbe aufgestellt, auch die Surfschule Windloop hat ihr Domizil wieder aufgeschlagen. Wie schön, dass Ostern dieses Jahr so spät liegt und das Wetter mitspielt. Letztes Jahr fiel das Fest auf das letzte Märzwochenende, und es war noch lausekalt.

Er wirft einen Blick auf die Uhr. In zehn Minuten wird sein Gesprächspartner kommen. Normalerweise gibt es die Seelsorge am Strand nur dienstags, mittwochs und freitagsvormittags, aber auf Wunsch kann man auch einen anderen Termin vereinbaren. Und bei schönem Wetter hält Bornschein sich ohnehin gern am Strand auf. Den Blick hinüber nach Spiekeroog oder rechts nach Wangerooge zu richten, wo bei gutem Wetter der Westturm und der neue Leuchtturm erkennbar sind, weitet auch den inneren Horizont. Davon ist er felsenfest überzeugt.

Bornschein greift zu seinem Fernglas. Er liebt es, die Aktivitäten der Kiter vom sicheren Beobachtungsposten im Strandkorb zu beobachten. Obwohl das selbst mit Vergrößerung immer noch weit weg ist. Vielleicht sollte er sich auch mal dichter heranwagen und die Sprünge von einem Motorboot aus verfolgen. So eins, wie das, was jetzt ganz langsam angetuckert kommt, darf er bestimmt auch fahren. Das ist eine gute Idee. Gleich Montag wird er sich erkundigen. Er hält das Glas an die Augen und verfolgt den Sprung einer Kiterin, die sich in der Luft dreht und dann elegant landet. Er drückt auf den Auslöser, um das zu fotografieren. Wie sie über das Wasser flitzt! Bornschein ist begeistert und lässt sie nicht aus den Augen. Jetzt. Sie hebt ab. Wieder drückt er auf den Auslöser.

Mit ihrer Daunenweste über dem Wollpullover und einem bunten Tuch um den Hals ist Rosa bestens gegen den Wind gerüstet. Sie läuft am Hafen an den Stahl-Robben und Möwen vorbei, den sogenannten Hösti-Skulpturen unterhalb des Cafés Inselblick, und stapft dann den Deich hinauf. Am Strand herrscht ganz schön viel Betrieb. Kein Wunder. Nach dem langen und grauen Winter sehnen sich die Menschen nach Sonne, und das Nordseewasser ist heute passenderweise auch schon da. Über den Wind freuen sich bestimmt nicht alle Strandbesucher, aber für Surfer und Kiter ist er eine Wonne. In etlichen Strandkörben tummeln sich Sonnenhungrige, manche mit Buch, andere schauen einfach nur zum Wasser. Große Badetaschen und einige Bollerwagen lassen vermuten, dass sich die Gäste auf einen langen Strandtag vorbereitet haben. Kinder buddeln im Sand, ein paar Mutige wagen sich ins Wasser. Ein Vater lässt mit seinem Sohnemann einen Drachen steigen.

Rosa marschiert direkt auf die Strandbude der Kiter, den Windloop, zu. Die jungen Leute schrauben immer noch an den Palettenmöbeln herum, auch wenn sie bereits vor ein paar Tagen die Saison eingeläutet haben.

«Ich hätte gerne einen Latte Macchiato», bestellt sie bei dem jungen Mann mit Rastalocken und Surferhose, der sie hinter dem Verkaufstresen freundlich begrüßt.

Augenblicke später sitzt Rosa mit ihrem bis obenhin gefüllten Kaffeeglas in einem freien Strandkorb der Kiteschule und genießt die Aussicht. Auf dem Wasser ist einiges los. Die bunten Drachen der Kiter setzen Farbtupfer am Himmel. Ob Maya dabei ist? Insgeheim beneidet Rosa ihre Yogalehrerin. Wie gerne würde sie selbst mit dem Brett über die Wellen fliegen und sich eins mit den Elementen fühlen. Sie hat es nur einmal mit Windsurfen versucht, das liegt aber schon über zehn Jahre zurück – und war mehr als nur kläglich. Sie ist mitten auf dem Maschsee in Hannover ins Wasser gefallen und hat es nicht geschafft, das Segel wieder hochzuziehen. Schrecklich hat sie sich dabei gefühlt. Unfähig und ausgeliefert. Der Surflehrer musste sie damals mit dem Boot an Land holen. Das war so peinlich!

Bei Tjark ist die Sache leichter gewesen. Mit dem sicheren Stand hinter den Büschen war es einfacher, ruhig zu zielen. Selbst auf ein bewegtes Objekt. Ein Motorrad ist schließlich keine Blume an der Schießbude.

Hier auf dem Wasser ist es deutlich schwieriger. Die Wellen lassen sich nicht glattziehen. Dazu der Wind. Aber wenn der nicht wäre, wäre auch sie nicht da.

Jetzt kommt sie direkt auf mich zu, dieses Luder. Sie hat alles noch viel schlimmer gemacht. Aber jetzt ist Schluss. Die treibt ihr Spiel nicht länger. Jetzt. Sie setzt zum Sprung an.

Ich drücke ab. Einmal. Zweimal. Sicher ist sicher.

Sie fällt ins Wasser. Alles wird gut. Ich gebe Gas und brause davon. Gischt spritzt hinter dem Boot hoch.

Ein warmes Gefühl durchrieselt mich. Mein Herz pocht kräftig. Ha! Nummer zwei!

«Ihr habt gedacht, ihr seid unbesiegbar», rufe ich in die aufspritzende Gischt, «aber das seid ihr nicht!»

Plötzlich hängt die Kiterin so komisch im Geschirr. Sie gerät ins Trudeln. Was ist passiert? Warum kriegt sie den Kite nicht in den Griff? Sie fällt ins Wasser, jetzt versinkt sie. Um Himmels willen! Mit dem Fernglas sucht Pastor Bornschein die Frau. Das Motorboot kommt in sein Sichtfeld. Der Fahrer dreht den Motor auf und fährt mit voller Kraft davon. Bornschein wundert sich. Sind die beiden zusammengestoßen? Nein, das kann nicht sein. Die waren viel zu weit auseinander. Und dann ist da noch dieser Knall gewesen. Er sucht weiter im Fernglas nach der Kiterin.

Da.

Der Gleitschirm treibt auf dem Wasser. Von ihr keine Spur. Verdammt. Bornschein springt auf, aber er ist nicht der Einzige, der den Vorfall beobachtet hat. Einige Menschen sind an die Wasserkante gerannt, ein junger Mann in der roten DLRG-Montur schmeißt sich gerade auf sein Surfboard und paddelt los. Beruhigt beobachtet Bornschein den Rettungseinsatz. Es wird schon alles gutgehen.

Rosa beobachtet das muntere Gewimmel auf dem Wasser. Gerade ist ein Kiter ins Wasser gestürzt. Von den anderen Wassersportlern hat keiner den Absturz registriert. Alle sind mit sich selbst beschäftigt. Gerade macht einer einen besonders kunstvollen Sprung, schafft es aber nicht, wieder sicher zu landen, fällt kopfüber ins Wasser und umklammert im nächsten Moment sein Brett. Im Unterschied zu dem vorher abgestürzten Kiter. Der ist immer noch nicht wieder aufgetaucht. Rosa konzentriert sich nun voll und ganz auf den Gleitschirm, der auf dem Wasser treibt. Von dem Kiter sieht man nichts. Dafür strömen vorne am Strand immer mehr Menschen zusammen. Hektische Rufe dringen bis zu Rosa vor. Sie erkennt einen Rettungsschwimmer von der DLRG, der auf einem gelb-roten Surfbrett in Richtung des treibenden Gleitschirms paddelt, als säße ihm der Teufel im Nacken.

Rosa lässt ihren Kaffee stehen und flitzt zu der Menschentraube.

«Was ist denn passiert?», fragt sie atemlos, als sie dort angekommen ist.

«Da ist einer ins Wasser gefallen», sagt ein junges Mädchen im Trainingsanzug.

«Das hab ich auch gesehen», antwortet Rosa. «Aber so was kommt vor. Das ist ja nicht ungewöhnlich.»

«Doch! Denn der kommt nicht wieder hoch», widerspricht jemand.

Wieder ein anderer: «Der treibt ab.»

Jetzt sieht auch Rosa das bunte Tuch langsam wegtreiben. Aber den Kiter kann sie immer noch nicht entdecken. Hoffentlich ist dem nichts passiert.

Der Rettungsschwimmer ist nur noch wenige Meter entfernt. Endlich ist er da. Der Mann macht Zeichen in Richtung Festland. Rosa dreht sich um. Ein Transporter mit einem Rettungsboot fährt an den Strand, im nächsten Augenblick wird das Schlauchboot der DLRG ins Wasser gelassen. Schon braust es in hohem Tempo zu dem Rettungsschwimmer, der sich inzwischen um den Kiter bemüht. Rosa kneift die Augen zusammen. Allem Anschein nach schneiden die Lebensretter die Schnüre vom Gleitschirm ab. Dann muss der Kiter wohl ohnmächtig sein, wenn er sich nicht selbst aus dem Geschirr – oder wie das heißt – lösen kann. Nun wird er ins Boot gehoben, das augenblicklich mit vollem Tempo zurück an den Strand düst. In diesem Moment trifft der Notarzt ein.

Rosa schiebt sich dichter heran, aber die Rettungsschwimmer verscheuchen alle Schaulustigen und heben eine Sichtschutz-Plane hoch, um Neugierige abzuhalten. Rosa stellt sich auf die Zehenspitzen. Viel sieht sie nicht. Nur die nackte Brust. Die verunglückte Person ist kein Mann, sondern eine junge Frau. Der Notarzt startet die Wiederbelebungsmaßnahmen. Es ist beängstigend still. Keiner der Umstehenden sagt ein Wort. Jetzt hört man den Arzt zählen: 26-27-28-29-30. Dann ist es ruhig bis zum nächsten 26-27-28-29-30. Nach einer Weile steht er auf und schüttelt den Kopf. Schweigend packt er seine Sachen zusammen. Ein Sanitäter telefoniert, und zu viert halten sie weiter die Sichtschutz-Plane. Das sagt ja schon alles.

Ohne lange nachzudenken, tippt Rosa die Kurzwahl für Rudis Handynummer ein. Jetzt ist keine Zeit, um nachtragend zu sein.

«Rudi, du musst sofort an den Strand kommen. Hier ist gerade eine Kiterin tot von der DLRG geborgen worden.»

«Ach, Rosa, das passiert schon mal. Die verschätzen sich mit der Tide und dem Wind und surfen einfach zu nah am Land. Da gab es schon die schlimmsten Verletzungen.»

«Rudi, ich hab gesagt, die ist tot! Nicht verletzt!»

«Jo. Das hab ich gehört. Aber solche Unfälle kommen nun mal vor. So ist das Leben. Das sagt ja schon ein altes Sprichwort: Sport ist Mord. Du, ich hab jetzt keine Zeit, ich sitze gerade mit meinem Vater und meinen Schwestern zusammen. Bis dennchen.» Wieder drückt Rudi das Gespräch weg. Ohne Rosa die Gelegenheit zu einer Antwort zu geben.

Bis dennchen? Wie ist der denn drauf? Augenblicklich beginnt ihre Wut erneut zu brodeln. Na, der soll ihr bloß mal wieder mit einer Bitte kommen!

Rudi ist froh, dass er Rosa so zügig am Telefon abgefertigt hat. Nun, wo er gerade seinen Vater und die Schwestern kennengelernt hat, möchte er auch ein bisschen Zeit mit denen verbringen. Da sollte gerade Rosa Verständnis für haben. Sie weiß doch, dass er sich extra das Wochenende freigenommen hat. Sogar seinen Chef hat er darüber informiert, dass es sich um eine wichtige Familienangelegenheit handelt. Nun sitzen sie schon seit einer halben Stunde am Küchentisch auf dem Steffens-Hof und blättern durch die alten Fotoalben, die Mudder Steffens herausgesucht hat. Hoyko betrachtet die Babybilder, die Rudi auf dem Arm seiner Mutter Helga zeigen, ganz besonders aufmerksam. Was dabei wohl in seinem Kopf vorgeht? Anzumerken ist ihm jedenfalls nichts.

«Und das ist Rudi beim Laternenumzug.» Mudder Steffens zeigt auf das Foto in der Mitte der Seite.

«Wie süß», kichert Ava und stupst Rudi in die Seite.

Süß? Na ja. Er kann sich gut an diesen Tag erinnern. Die Kerze kippte in seiner Laterne um, und sein selbstgebastelter Mond ging in Flammen auf. Adelheid hat ganz schnell draufgetreten, damit nicht noch seine Jacke Feuer fing.

«Sieh mal hier», ruft Livia.

Rudi schaut auf das Foto, das ihn bei den Bundesjugendspielen zeigt. Er bekommt gerade die Ehrenurkunde überreicht. Doch bevor er erklären kann, was das ist, klingelt sein Handy erneut. Dass Rosa aber auch nie Ruhe geben kann!

«Verdammt noch mal, ich hab heute meinen freien Tag», zischt Rudi ins Telefon.

«Das wüsste ich aber.»

Rudi zuckt zusammen. Denn am anderen Ende der Leitung ist nicht Rosa, sondern sein Chef.

«Bakker, fahren Sie sofort zum Strand in Neuharlingersiel. Dort gibt es eine Tote», befiehlt Haueisen.

«Unfälle beim Kiten kommen vor», antwortet Rudi lax. Hat Rosa etwa auch Haueisen mobilisiert? Wie peinlich. Die kennt wirklich keine Schmerzgrenzen mehr.

«Ach, Sie wissen schon Bescheid?»

«Jo, ich habe gerade einen Anruf bekommen.»

«Aber wissen Sie auch, dass die Tote zwei Schusswunden hat?»

Jetzt ist Rudi baff. Davon hat Rosa nichts gesagt.

«Los. Setzen Sie Ihren Hintern in Bewegung! Das gesamte Team ist bereits unterwegs. Unterstützen Sie die Rettungskräfte dabei, alles abzusichern und die Schaulustigen zu verscheuchen.»

Maya ist nicht da. Irgendwie ist Henner direkt ein wenig erleichtert. Kurz überlegt er, ihr den Umschlag einfach so in den Briefkasten zu stecken, dann lässt er ihn aber doch in der Innentasche seiner Uniformjacke. Ist besser, wenn er ihr den Brief persönlich in die Hand drückt. Sonst sieht das so feige aus.

Von der ganzen Aufregung ist er richtig hibbelig. Er braucht jetzt erst mal einen ordentlichen Tee. Spontan ändert er seine übliche Route und radelt hinüber zum Hof seiner Eltern. Soweit er weiß, wollten Rudi und sein Vater sich dort treffen, und Muddern hat immer einen Pott Tee auf dem Herd.

Mit Schwung fährt er die kleine Steigung zum Hof hinauf. Wie so oft sitzt sein Vater auf der Bank vorm Haus. Hofhund

Butscher liegt träge daneben. Henner steigt vom Rad und bockt seine Berta auf.

«Moin Vadder. Ist Hoyko gar nicht da?» Er setzt sich neben ihn.

«Doch, sind alle drin. Is mir aber zu voll. Und die ollen Kamellen muss ich mir nich anhören. Hab sie ja miterlebt.» Heinrich Steffens wirft seinem Sohn einen schrägen Blick zu. «Alles in Ordnung?»

«Warum fragst du?»

«Is doch sonst nich deine Zeit.»

«Nee. Aber ... ich brauch jetzt 'nen kräftigen Tee.»

«Hast du den Brief abgegeben?»

«Die war nich da. Und in den Briefkasten wollt ich den nicht stecken.»

Vaddern knufft ihn in die Seite. «Dann geh man rin. Muddern hat sicher Tee fertich.»

«Jo.» Henner steht auf und dreht sich zur Tür, da kommt Rudi ihm entgegengestürmt.

«Moin und tschüs!» Schon saust er zu seiner Ente.

«Was ist denn mit dir los?», ruft Henner verwundert.

«Notfall. Einsatz am Strand. Tote Kiterin mit Schussverletzungen.» Augenblicklich wird Henner von Angst gepackt. Maya kitet doch auch! Hoffentlich ist ihr nichts passiert! «Ruf mich an, wenn du mehr weißt!», brüllt er Rudi hinterher.

«Mach ich.» Rudi nimmt seine Uniformjacke von der Rückbank und schlüpft hinein. «Gut, dass ich die noch im Auto hab. Grad gestern hab ich sie aus der Reinigung geholt, weil Bernie mir seinen Kaffeebecher aus Versehen über den Latz gegossen hat», ruft er und startet den Wagen.

Erst hat er es so eilig, und jetzt labert er rum, denkt Henner und trollt sich in die Küche. Was es wohl heute Leckeres zu essen gibt?

Rosa wundert sich nun doch, als sie Rudis Ente über den Strandweg fahren sieht. Er springt aus dem Auto und hetzt mit einer Rolle Absperrband unter dem Arm hinunter zum Strand, wo sie jenseits der Sichtschutzmauer der Rettungskräfte steht. Mittlerweile ist auch der Wagen des Bestatters eingetroffen.

«Dafür, dass du dich für einen Unfall nicht zuständig fühlst, bist du nun aber ganz schön schnell da», zischt sie ihm zu, als er sich an ihr vorbeidrängelt. «Was hat dich denn umgestimmt?»

«Platz da.» Er ignoriert ihre Frage, schiebt sie beiseite, läuft auf den abgesperrten Bereich zu und ruft laut: «Polizei! Bitte entfernen Sie sich, und behindern Sie unsere Arbeit nicht.» Dann spricht er leise mit einem der Rettungssanitäter.

Rosa kapiert nicht, warum er nun so ein Aufhebens macht, wo es doch gerade *nur* ein Unfall gewesen ist, aber bitte schön.

Tatsächlich folgen einige Leute Rudis Anweisungen, sofort ist mehr Platz. Nach Rücksprache mit dem Notarzt gibt Rudi dem Bestatter ein Zeichen. Daraufhin öffnet der die Heckklappe seines Kombis, und zusammen mit einem Kollegen bringen sie die dunkelblaue Bahre heran. Das war's dann wohl. Tragisch. Einfach nur tragisch. Da geht jemand zum Wochenendsport und kommt dabei ums Leben. Rosa atmet tief ein. Nein, Kitesurfen ist ihr entschieden zu riskant. Da bevorzugt sie Yoga. Da kommt es nicht auf Power an. Obwohl: Es gibt sogar Power Yoga. Den Kurs hat sie aber lieber nicht belegt.

Ohne auf Rudi zu warten, macht sie sich auf den Heimweg. Der Blödmann kann sie mal! Bei ihm dauert es sicher ohnehin noch länger, und außerdem ist sie gleich mit Wilko verabredet. Wenigstens einer, der sich auf sie freut. Da sollte sie ihre vom Wind zerzausten Haare vorher noch richten und auch das Make-up auffrischen.

Unschlüssig steht Rudi neben der Toten. Ihr Neoprenanzug ist halb heruntergezogen. Einer der Rettungskräfte hat ihr ein Handtuch über den nackten Oberkörper gelegt. Zum Glück ist es nicht Maya. Die Nachricht hat er schon per SMS an Henner geschickt. Ist ja richtig niedlich, dass der sich Sorgen um ihre Yogalehrerin macht.

Rudi betrachtet das Gesicht der Toten. Wer sie wohl ist? Einen Ausweis wird sie wohl kaum dabeihaben. Aber vielleicht kennt sie jemand vom Windloop. Diese Kiter sind ja eine eingeschworene Gemeinschaft.

Entschlossen rennt er hinüber. Hinter dem Verkaufstresen steht ein junger Mann mit Rastalocken. Der hat Rudi am letzten Sonntag einen Kaffee verkauft. Diese Haare vergisst man nicht.

«Kommen Sie bitte mit, vielleicht können Sie mir bei der Identifizierung der verunglückten Person helfen», fordert Rudi ihn auf und zückt seinen Dienstausweis aus dem Portemonnaie.

«Klar! Julia, kannst du hier mal übernehmen», ruft der junge Mann seiner Kollegin zu. Gemeinsam laufen sie zur Absperrung hinüber.

«Kennen Sie die Frau?», fragt Rudi, als sie neben der Leiche stehen.

Der Mann wirft einen Blick auf die Tote, sein Mund zuckt. «Das ist Plummi. Antje-Marie Plumhoff. Die ist oft hier. Wohnt in Wittmund. Ist eine supergute Kiterin. Ich kann gar nicht fassen, dass die einfach so ... Wie konnte das denn passieren? Haben Sie den Kite? War der defekt?» Er starrt auf die Tote. «Aber das hätte Plummi doch gemerkt, bevor sie gestartet ist. Plummi war nie leichtsinnig.»

«Wenn Sie den Drachen meinen, ja, den haben wir natürlich sichergestellt. Die Kollegen der Kriminaltechnik werden ihn untersuchen.» Das sagt Rudi jetzt einfach so, aber wenn es Schusswunden gibt, wird ja immer alles überprüft. «Wissen Sie, ob Frau Plumhoff verheiratet war? Oder in einer Beziehung lebte?»

«Keine Ahnung. Hier war sie immer allein. So gut kannten wir uns dann auch wieder nicht. Ich weiß nur, dass sie in Wittmund wohnt.»

«Danke schön. Sie haben uns sehr geholfen.» Von den Schüssen sagt Rudi erst einmal nichts.

Kaum ist der Leichenwagen weg, zerstreut sich die Menschenmenge. Rudi findet dieses sensationslüsterne Getue ziemlich abstoßend, aber vielleicht hat ja jemand sachdienliche Hinweise. Er schnappt sich das Megaphon der DLRG und brüllt hinein: «Dringender Aufruf! Dringender Aufruf! Die Polizei bittet um Ihre Mithilfe! Jeder, der etwas gesehen hat, was im Zusammenhang mit dem Unfall der Kiterin stehen könnte, wird gebeten, sich umgehend bei mir zu melden! Ich bleibe an der Stelle, an der wir die Frau geborgen haben, Sie erkennen mich an meiner Polizei-Uniform. Weitere Kollegen werden gleich eintreffen und Ihre Hinweise entgegennehmen.» Nicht wirklich zufrieden reicht Rudi dem Mann im roten Trainingsanzug das Megaphon zurück. «Es war zumindest einen Versuch wert, oder?»

«Auf jeden Fall», sagt der Rettungsschwimmer und deutet auf den Strand. «Sehen Sie, es hat sich gelohnt.»

Tatsächlich kommen einige Badegäste auf sie zu. Ein Strahlen breitet sich auf Rudis Gesicht aus. Da hat er ja instinktiv das Richtige gemacht.

Rudi hört sich aufmerksam die Beobachtungen der Strandbesucher an und macht sich Notizen in seinem kleinen Heft.

«Im Boot saßen zwei Männer», sagt eine Frau mittleren Alters. «Das habe ich ganz genau gesehen.» Beim Beschreiben gerät sie ins Stocken. Sicher ist sie sich nur, dass das Boot weiß war.

Ein Mann jenseits der Rentnergrenze unterbricht sie. «In dem Boot saßen vier Leute. Zwei Pärchen, das weiß ich genau. Ich habe nämlich Augen wie ein Luchs. Da können Sie meine Holde fragen.»

«Nein, eine Frau saß im Boot», widerspricht ein anderer.

Jetzt schiebt sich ein jüngerer Mann zu Rudi vor. «Hören Sie, im Boot saßen zwei Frauen. Und ein Hund. Ein Setter. Das weiß ich genau, weil mein Opa auch so einen hatte.»

Rudi notiert sich auch das. Dann wendet er sich dem nächsten Zeugen zu.

«Am Strand hab ich nichts Verdächtiges gesehen, aber der andere Kiter, der hat sich gar nicht um die Verletzte gekümmert. Den sollten Sie sich mal vornehmen.»

Zehn weitere Zeugen berichten noch von ihren Beobachtungen. Als Haueisen und Schnepel eintreffen, ist Rudis Oktavheft gut gefüllt.

«Irgendwas, das uns weiterbringt?», fragt Haueisen.

Rudi schüttelt den Kopf. «Leider nicht. Allerdings weiß ich inzwischen zumindest, wie die Tote heißt: Antje-Marie Plumhoff. Sie wohnt in Wittmund.»

«Und sonst?»

«Bislang deutet alles darauf hin, dass die Schüsse von einem Motorboot gekommen sein müssen, das anschließend mit hoher Geschwindigkeit davongefahren ist. Das Boot haben mehrere Leute gesehen.»

«Gibt es von dem Boot wenigstens genauere Beschreibungen? Fabrikat, Farbe. Wer war an Bord?», will Haueisen wissen.

«Leider nicht. Auch bei der Anzahl der Personen, die sich angeblich darauf befanden, gibt es starke Schwankungen. Zwischen einer Person und vier Personen mit Hund ist alles gesehen worden. In der Farbe allerdings waren sich sämtliche Zeugen einig. Es war weiß.»

«Ein weißes kleines Motorboot ist ja nun wirklich kein besonderes Erkennungsmerkmal», giftet Schnepel Rudi an, und der giftet augenblicklich zurück: «Dann mach's doch besser, du Klugscheißer! Ich hab heute außerdem meinen freien Tag.» Er drückt dem verdutzten Schnepel das Oktavheft in die Hand. «Namen und Adressen sowie Handynummern der Zeugen sind notiert. Mein Vorschlag wäre, die

Sportboothäfen der Küste und der nächstgelegenen Inseln nach einem Boot abzufragen, das in der letzten Stunde dort festgemacht hat. Oder dort noch festmachen wird, wenn es nicht Spiekeroog oder Wangerooge ansteuert, sondern sich eine andere Insel aussucht.»

«Gute Idee, Bakker. Schnepel, veranlassen Sie das», sagt Haueisen.

Sofort spürt Rudi Rückenwind. «Und dann kannst du auch gleich nachfragen, ob vielleicht eines der dort beheimateten Boote fehlt.» Er baut sich vor dem Chef auf. «Brauchen Sie mich jetzt noch? Sie wissen ja, ich habe an diesem Wochenende eine dringende Familienangelegenheit zu klären. Deswegen habe ich mir ja auch freigenommen.»

Bevor Haueisen reagieren kann, ätzt Schnepel dazwischen: «Ach, ist deine Denise reumütig aus dem Ruhrgebiet zurückgekehrt und fleht um Wiederaufnahme?»

Rudi wirft seinem Kollegen einen Blick zu, in den er all den Abscheu legt, den er Schnepel gegenüber in diesem Moment empfindet. «Denise und ich verstehen uns eigentlich ganz gut, auch wenn wir getrennt sind. Vor allem wegen Sven, der verbindet uns. Das ist bei dir und Susanne ja nicht der Fall. *Du* hast es nicht mal geschafft, Vater zu werden.» Rudi schnalzt mit der Zunge. «Wohnt Susanne eigentlich immer noch in der Ferienwohnung? Oder hat sie sich inzwischen eine eigene genommen?»

«Jetzt hören Sie beide aber mal auf! Wir sind hier doch nicht im Kindergarten. Und Bakker, vergessen Sie Ihr freies Wochenende. Bei Mord hört der Spaß auf. Wir haben zwei Tote. Ich werde Druck bei der Rechtsmedizin und der KTU machen. Aber ich fresse einen Besen, wenn es bei den Projektilen keine Übereinstimmung gibt. Ich instruiere die Kollegen wegen der Bootssuche. Sie fahren mit Schnepel zu den Angehörigen der Toten. Versuchen Sie auch herauszubekommen, ob es eine Verbindung zwischen Antje-Marie Plumhoff und Tjark Ukena gibt.»

Rudi beißt die Zähne zusammen und verkneift sich einen Kommentar. Ade, freies Wochenende.

Wilko fegt den Hof, als Rosa vorfährt. Deutlich zeichnen sich seine Oberarmmuskeln unter dem weißen T-Shirt ab. Als er zur Begrüßung auf sie zukommt, graben sich die Grübchen wieder tief in seine Wangen. Das sieht so süß aus.

«Ich hab schon auf dich gewartet. Der Tee ist frisch aufgegossen.»

Sie folgt ihm in die große Wohnküche und nimmt Platz. Wilko setzt sich ihr gegenüber hin und greift zur Kandiszange, um ihr den Zucker in die kleine Tasse zu legen, aber Rosa ist schneller und deckt die Tasse mit ihrer Hand ab.

«Danke, ich trinke lieber ohne.»

«Echt?», fragt er verwundert.

«Ja, echt.» Sie lächelt ihn an.

Kaum ist der Tee eingegossen, legt Wilko los – und nach der dritten Tasse kennt Rosa die wichtigsten Häuptlingsstämme in Ostfriesland.

«Ukena, Kankena, Manninga, Cirksena», liest sie einige der Namen vor, die sie sich aufgeschrieben hat. Sogar Rudis Vater trägt so einen alten Häuptlingsnamen. «Hören die alle mit ‹a› auf?»

«Nicht alle, aber viele. Es gibt auch die Wiemkens. Und

die tom Broks. Die stellten einst sogar den ersten Häuptling im Brookmerland. Und sie waren eng mit dem Piraten Klaus Störtebeker verbunden. Als Erster überhaupt hat ihm Widzel tom Brok Zugang zum Hafen in Marienhafe gewährt und dadurch den Zorn der Hansestädte auf sich gezogen.»

Als Wilko Rosas verwunderten Blick auffängt, ergänzt er: «Das ist aber verdammt lange her. Wir reden vom 14. Jahrhundert.»

Nach der vierten Tasse raucht Rosa der Kopf von all den Streitereien, Schlachten und Entführungen zwischen den Häuptlingsfamilien.

Aber Wilko kommt jetzt richtig in Fahrt. Er erzählt von Geschäften der Häuptlingsfamilien mit Söldnern und Seeräubern und den darauffolgenden Strafexpeditionen der Hansestädte.

«Focko Ukena war damals der mächtigste Häuptling in Ostfriesland, dem haben die von allen Seiten ordentlich eingeheizt, bis er schließlich unterging.»

«Irre. Das ist ja total spannend», sagt Rosa fasziniert, obwohl sie sich all die Namen und Verbindungen gar nicht merken kann. Wie gut, dass sie das Meiste mitgeschrieben hat. «Und deine Familie war da mittenmang?»

«Allerdings. Die Burg, die ich unter dem Acker vermute, wurde wahrscheinlich in einer dieser Auseinandersetzungen zwischen 1400 und 1500 zerstört.»

Wilko rollt eine Karte auf und legt eine alte Zeichnung daneben.

«So hat die Häuptlingsburg vermutlich ausgesehen, ganz ähnlich der Sibetsburg im heutigen Wilhelmshaven, die 1435 geschleift wurde.» Er zeigt auf Wälle und Wassergräben.

«Geschleift?»

«Ach so, ja, klar.» Wilko grient, und wieder ist Rosa hin und weg von seinen Grübchen. «Das heißt dem Erdboden gleichgemacht. Ist nur harmloser ausgedrückt. Jedenfalls ist sich die Gemeinde gar nicht der Tragweite meiner Entdeckung bewusst. Wenn hier tatsächlich die Häuptlingsburg derer von Onneken gewesen ist, müssen wir die freilegen. Vielleicht können wir dann hier so etwas wie die Störtebeker-Festspiele aufziehen. Die Touristen werden in Scharen kommen, beliebt, wie Ostfriesland in den letzten Jahren als Reiseziel geworden ist.» Seine Begeisterung lässt Wilko immer schneller reden, bis er abrupt mit der Faust auf den Tisch haut. «Nur sind die von der Gemeinde und vom Amt für Denkmalpflege einfach zu blöd, das Potenzial zu erkennen, diese desinteressierten Beamtenärsche.» Er blinzelt Rosa zu. «Aber denen werde ich es noch zeigen!»

Nach der Postrunde fährt Henner noch einmal beim Yogastudio vorbei. Im Frisörsalon darunter herrscht Hochbetrieb. Seine Schwester Gudrun winkt ihm durch die Scheibe zu. Er winkt zurück und guckt dabei unauffällig zu den Fenstern im ersten Stock hoch. Maya scheint da zu sein, das mittlere Fenster ist weit geöffnet. Gott sei Dank. Ihr ist nichts passiert. Bis Rudis SMS kam, hat er keinen ruhigen Gedanken fassen können, sondern ist nur durch Mudders Gemüsegarten getigert. Richtig Angst hat er um sie gehabt. Und deshalb sollte er ihr jetzt den Brief bringen. Entschlossen drückt er die Haustür auf und nimmt schon die erste Stufe, da hört er das Aufheulen eines Staubsaugers. Sofort bleibt er stehen.

Das hört sich nach Hausputz an. Nee, nee, sagt er sich. Besser, er stört Maya nicht beim Saubermachen. Mit einem Hauch von Erleichterung steigt er auf sein Dienstrad und fährt mit klopfendem Herzen nach Hause.

Er ärgert sich über sich selbst, als er Berta durch die Gartenpforte schiebt. Das war ganz schön blöd von ihm, nicht hochzugehen. Wenn er möchte, dass Maya den Brief liest, muss er ihn ihr auch geben. Sonst kann er den gleich noch mal schreiben, das Datum steht ja drauf – und wie sieht das denn aus, wenn er ihr einen Brief überreicht, der zwei Wochen alt ist. Ob er doch noch mal zurückfährt? Sein Blick fällt auf die Fahrradspeichen. Die sind total dreckig und verrostet. Die müsste man dringend mal saubermachen.

Zehn Minuten später hat er eine Plane im Hof ausgebreitet. Er hebt das schwere Postfahrrad hoch, dreht es um und stellt es kopfüber darauf. Mit dem Wasserschlauch spritzt er erst einmal den groben Dreck weg, dann wischt er mit einem feuchten Putzlappen jede Speiche einzeln ab. Dabei wird er ruhiger, sein Herz wummert nicht mehr ganz so doll.

«Was machst du denn da?», fragt Rosa, die wie aus dem Nichts aufgetaucht ist. Er hat so konzentriert gearbeitet, dass er ihr Auto gar nicht hat kommen hören.

«Siehste doch. Fahrradputzen.»

«Hab ich ja noch nie bei dir gesehen.»

«Deswegen wurde es auch Zeit.»

Vorsichtig taucht Henner einen Topfreiniger ins Wasser und bearbeitet damit die Speiche. Ako Pads sind ein Geheimtipp seines Vaters. Damit kriegt man Flugrost ab. Das braune Wasser spritzt nach allen Seiten, sogar bis an seine

Nasenspitze. Hätte er vorhin bloß bei Maya geklingelt, dann hätte er es hinter sich und wäre nicht auf so dämliche Gedanken wie Fahrradputzen gekommen.

Rosa holt sich einen Gartenstuhl heran. In sicherem Abstand stellt sie ihn auf, um nichts von den Dreckspritzern abzubekommen. «Weißt du eigentlich, dass ich vorgestern in einen schweren Unfall verwickelt war?»

«Jo. Hat Rudi gestern Abend erzählt.»

«Fast wäre es um mich geschehen gewesen», sagt Rosa mit dramatischem Augenaufschlag. «Das Motorrad ist direkt auf mich zu ...»

«Weiß ich. Hat Rudi erzählt. Schlimme Sache.»

«Na, dann habe ich ja wenigstens gestern Abend für Gesprächsstoff gesorgt, wenn ich schon nicht selbst eingeladen war.»

Das klingt jetzt ziemlich spitz, findet Henner. Warum eigentlich? Verstehe einer die Frauen. Sofort springen seine Gedanken zu Maya. Sein Herz wummert wieder, als er an sie und den Brief denkt.

«Henner, hörst du mir eigentlich zu?»

«Jo.»

«Der Motorradfahrer hat den Unfall nicht überlebt. Und das war übrigens auch kein normaler Unfall, auf den ist geschossen worden.»

«Weiß ich.» Henner sieht kurz auf, dann schrubbt er die nächste Speiche. Sein Herz schlägt wieder ruhiger.

«Findest du das nicht auch seltsam?»

«Jo.»

«Und heute Morgen ist eine Kiterin auf dem Wasser bei einem Sprung verunglückt. Die ist ertrunken. Das hab ich vom Strand aus gesehen. Man hat sie mit dem Boot bergen müssen. Das war vielleicht ein Auflauf! Die Rettungskräfte haben Sichtschutzplanen gehalten, damit sie in Ruhe behandelt werden konnte.»

«Auf die ist auch geschossen worden.» Henner wendet sich dem Vorderrad zu.

«Auf die ist auch geschossen worden!?», ruft Rosa entsetzt. «Das hat Rudi mir gar nicht gesagt! Ich war doch am Strand. Hab sogar kurz mit ihm gesprochen! Das ist ja ein Ding der Unmöglichkeit, wie der sich mir gegenüber verhält! Als wäre ich eine x-beliebige Zeugin. Der hat völlig vergessen, dass ich für ihn die Mordfälle aufkläre.»

Henner schnappt sich das nächste Pad. «Rudi hat was von Schussverletzungen gesagt. Er hat am Mittag einen Anruf bekommen und ist wie von der Tarantel gestochen aus dem Haus gelaufen.»

«Schussverletzungen?», unterbricht Rosa ihn.

«Sach ich doch. Ich meine, hat Rudi gesagt.»

Rosa springt auf und läuft wütend vor Henner auf und ab. Ihre Hände sind zu Fäusten geballt. «Dieser Mistkerl! Dass auf die Frau auch geschossen wurde, hat er mit keinem Ton gesagt. Dabei wäre das das Mindeste gewesen, dass er mich darüber informiert. Ich wäre doch nie vom Strand weggegangen, wenn ich das gewusst hätte. Na, dem werde ich nachher die Meinung geigen.» Sie stampft mit dem Fuß auf. In diesem Moment ertönt die Miss-Marple-Melodie. Rosa zieht das Handy aus ihrer Westentasche. Rudi.

«Sach mal, Rosa», kommt er wieder ohne Begrüßung direkt zur Sache. «Hast du das Boot in der Nähe der Kiterin eigentlich auch gesehen?»

«Du kannst mich mal so was von», keift sie und drückt Rudi weg. Gleich fühlt sie sich besser. Aber nur kurz. Welches Boot? Wovon redet er?

Verdutzt starrt Rudi das Telefon an. Was war das denn? Die hat sie ja nicht alle.

«Na», sagt Schnepel süffisant, «ist deine Freundin nicht gut auf dich zu sprechen?»

«Die hatte grad keine Zeit.» Rudi steckt das Telefon weg. «Was ist, wollen wir los? Die Adresse der Eltern in Esens haben wir ja nun.»

«Ich bin schon lange bereit. Wir müssen allerdings mit deinem Wagen fahren; ich bin mit dem Chef hergekommen.»

«Kein Thema.»

Antje-Marie Plumhoffs Mutter wird ganz blass, als sie Rudi und Schnepel vor der Tür sieht.

«Guten Tag, Frau Plumhoff», grüßt Schnepel und zeigt ihr seinen Dienstausweis. «Wir haben leider keine guten Nachrichten für Sie. Können wir reinkommen?»

Frau Plumhoff erstarrt.

«Sind Sie allein, oder ist Ihr Mann auch da?»

«Er sitzt in der Stube», sagt sie leise, dreht sich um und geht vor.

Wenig später hat Schnepel die Eltern der jungen Frau über den Tod ihrer Tochter informiert. Beide halten sich an den Händen, richtig rührend ist das. Rudi mag sich nicht vorstellen, was in den beiden vorgeht.

«Wir müssen Sie das jetzt fragen», sagt Schnepel unsensibel wie immer, «aber hatte Ihre Tochter Ärger mit jemandem? Vielleicht Beziehungsstress? Wurde sie gestalkt? Können Sie sich jemanden vorstellen, der auf Antje-Marie geschossen hat?»

Martina Plumhoff schüttelt den Kopf. «Nein. Da gab's keinen Ärger. Weder privat noch im Dienst. Wenn, dann wüsste ich davon. Meine Tochter hat ihren Job als Redakteurin bei der Sonntagszeitung gern gemacht und war überall beliebt. Sie ist ... sie war so ein fröhlicher Mensch, so optimistisch ...» Martina Plumhoff schluchzt auf.

«Meist werden solche Taten ja aus emotionalen Gründen begangen», doziert Schnepel. «Über 80 Prozent sind Beziehungstaten. Hat Ihre Tochter vor kurzem eine Beziehung beendet, und ihr Partner konnte sich nicht damit abfinden?»

«Nein. Antje-Marie und ihr vorheriger Freund haben sich vor über einem Jahr getrennt. Die beiden waren einfach zu jung, als sie damals zusammengekommen sind. Gerade fünfzehn. Irgendwie hat sich die Beziehung im Laufe der Jahre mehr in Richtung Freundschaft entwickelt. Mit Edo hat sie sich nach wie vor gut verstanden. Er ist zwischenzeitlich aus Wittmund weggezogen, sie hat ihn lange nicht mehr erwähnt. Außerdem war Antje-Marie ...» Martina Plumhoff hält inne und sieht ihren Mann fragend an.

Thorsten Plumhoff nickt, als wenn er ihr die Erlaubnis zum Reden geben würde.

«Antje-Marie war frisch verliebt.»

Im Raum ist es ganz still, nur das Ticken der alten Standuhr ist zu hören.

«In wen?», fragt Schnepel in das Schweigen hinein.

Martina Plumhoff knetet ihre Hände. «Das hat sie uns nicht verraten. Sie sagte, wir würden uns sicher aufregen, und das wollte sie uns ersparen. Der Mann ist verheiratet.»

Rudi wirft Schnepel einen überraschten Blick zu. Gibt es hier vielleicht eine Verbindung zu Tjark Ukena? Zur Sicherheit macht er sich ein paar Notizen in sein Oktavheft.

Zufrieden legt Ludwig Twenge das Telefon zur Seite. Kontakte zu Informanten zahlen sich eben aus. Und sein Draht zur Rettungswache in Neuharlingersiel ist außerordentlich gut. Einer der Rettungsassistenten ist ein Cousin zweiten Grades seiner Frau. Der hat ihm gerade unter dem Siegel der Verschwiegenheit erzählt, dass Antje-Marie Plumhoff gar nicht ertrunken ist, wie es die Leute in der Bäckerei erzählt haben. Gut, dass er sich nicht auf dieses Gerede verlassen, sondern selbst noch einmal nachgehakt hat, bevor er den Artikel für die Mitmachzeitung und für Facebook geschrieben hat. Die Plumhoff war zudem quasi eine Kollegin von ihm. Da gilt es besonders achtsam zu sein, wenn man einen Nachruf schreibt. Immerhin der zweite in zwei Tagen. Und jedes Mal wurde geschossen. Zwei Schüsse haben die Plumhoff getroffen, hat der angeheiratete Cousin ihm eben am Telefon verraten. Ob es dieselbe Waffe wie bei Tjark Ukena gewesen ist? Von der Polizei gibt es noch nichts Offizielles. Aber das heißt gar nichts. Die sind eh immer schwer von Kapee.

Zögerlich tippt er die ersten Wörter.

Treibt ein Serienmörder sein Unwesen in Ostfriesland?

Das ist doch schon mal eine gute Überschrift. Weiter geht's. Schnell huschen seine Finger über das Tablet.

Erst wurde der Fraktionsvorsitzende der «Frechen Friesen» von seinem Motorrad geschossen, jetzt traf es beim Kiten die Journalistin Antje-Marie Plumhoff, die auch die Facebook-Seite der Wählervereinigung betreut. Gibt es einen Zusammenhang zwischen den beiden Morden? So viel steht fest: Beide waren mit Höchstgeschwindigkeit unterwegs. Er auf dem Motorrad, sie auf dem Surfbrett. Die Polizei tappt wie immer im Dunkeln. Deshalb brauchen wir Ihre Hilfe. Haben Sie eine Vermutung, wer dahintersteckt? Haben Sie etwas gesehen? Nur zu, schreiben Sie uns.

Zufrieden reibt sich Ludwig die Hände und postet den Beitrag in der Mitmachzeitung und auf Facebook. Jetzt muss er nur noch abwarten. Am besten, er kocht sich erst mal einen Tee.

«Sie können sich vorstellen, dass uns das nicht gefallen hat.» Thorsten Plumhoff spricht das erste Mal, seit sie in der Wohnung sind. Er klingt erbost. «Ein verheirateter Mann! Der nutzt mein Mädchen nur aus. Man kennt das doch: Die Kerle versprechen den jungen Dingern das Blaue vom Himmel, aber scheiden lassen sie sich am Ende nie.»

«Thorsten. Bitte.» Martina Plumhoff legt ihrem Mann die Hand auf das Knie. Wütend fegt er sie beiseite und steht auf. Sicher seine Art, mit dem Verlust umzugehen, denkt Rudi.

Plumhoff stellt sich ans Fenster und blickt hinaus. «Wer weiß, was wirklich vorgefallen ist zwischen Antje-Marie und diesem Typen. Vielleicht hat sie ihn unter Druck gesetzt? Hat gedroht, sie würde seiner Frau was sagen – und der ist dann durchgedreht.»

«Thorsten! Bitte!»

«Kannte Ihre Tochter eigentlich Tjark Ukena?», fragt Rudi. Verwundert blickt Martina Plumhoff ihn an.

«Ach, daher weht der Wind!» Thorsten Plumhoff dreht sich um. «Sie glauben, Ukena und Antje hatten was miteinander? Wie kommen Sie denn auf den?»

«Unsinn», fährt seine Frau dazwischen. «Antje hat für den nur den Blog geschrieben. Für diese Wählergemeinschaft. Das ist ein netter Kerl, ich hab den mal auf einer Wahlveranstaltung erlebt. Bei der Diskussion um das Logistik-Zentrum.»

«Wie kommen Sie auf Ukena?», beharrt Thorsten Plumhoff auf seiner Frage.

«Auf den ist auch geschossen worden», sagt Rudi. «Ihn hat es beim Motorradfahren erwischt.»

Pastor Bornschein legt das Neue Testament zur Seite. Er hat die passende Stelle für seine Predigt gefunden und tippt den Text in den Computer: «Gott ist bereit und willig, jedem zu vergeben, der ihn darum bittet. Die Bibel sagt in Psalm 86, Vers 5: ‹Denn du, Herr, bist gut und gnädig, von großer Güte allen, die dich anrufen.› »

Bornschein ist immer froh, wenn er alles frühzeitig für die Predigt vorbereitet hat. Es kann ja jederzeit mal etwas dazwischenkommen, und dann steht er am Sonntagmorgen plötzlich ohne Thema da. Davon hat er schon schreckliche Albträume gehabt. Nicht ganz so schlimme wie der Mann, der sich heute Morgen für die Sprechstunde angemeldet hatte. Den belastet schon seit zehn Jahren ein Fehler, den er gemacht hat. Einer, der tödliche Folgen gehabt hatte. Damals ist er Kranführer gewesen. Eisenstangen lösten sich und fielen aus drei Meter Höhe herunter. Direkt auf einen 16-jährigen Praktikanten. Der war auf der Stelle tot. Seitdem träumt der Mann Nacht für Nacht davon. Mit solch einer Schuld zu leben muss schrecklich sein.

Bornschein speichert den Text ab und öffnet Facebook. Ludwig Twenge hat etwas geschrieben. Er überfliegt die Zeilen und stutzt schon nach den ersten Worten. Auf die Kiterin wurde geschossen. Das hat er überhaupt nicht mitbekommen. Obwohl ... da hatte es ein eigenartiges Geräusch gegeben. Er schließt die Augen und sieht die Szene wieder genau vor sich. Sie ist mit dem Brett gesprungen. Es hat geknallt. Dann ist sie gestürzt. Bornschein versucht, sich an jedes Detail zu erinnern. Da ist doch noch etwas gewesen. Genau. Das Boot. Er hat noch gedacht, dass er sich so eins auch mal ausleihen will. Weiß ist es gewesen. Erst kam es angetuckert, dann brauste es mit hoher Geschwindigkeit davon. Der Mann am Ruder hat einen Hut getragen. Auch dieses Bild sieht er wieder genau vor sich.

Ist das nun etwas, das er Ludwig oder der Polizei mitteilen sollte? Eher nicht, er könnte ja nicht einmal genau sagen, wie der Mann ausgesehen hat. Groß ist er gewesen. Zumindest wirkte es im Boot so. Das hilft aber garantiert nicht weiter. Es gibt ja auch Sitzriesen, die zwar einen langen Oberkörper, aber kurze Beine haben. Außerdem waren da noch so viele andere am Strand. Die haben das doch auch gesehen.

Andererseits hat er alles durch das Fernglas beobachtet. Und fotografiert. Er sollte die Bilder einfach mal herunterladen. Wer weiß, wie gut die Aufnahmen geworden sind.

Zehn Minuten später starrt er auf die Fotos. Das Boot kann man gut erkennen, den Mann weniger. Der große Hut verdeckt das Gesicht.

Zur Polizei geht er jedenfalls damit nicht. Die haben ihn im letzten Herbst dermaßen unfreundlich behandelt. Mit denen redet er nicht freiwillig. Andererseits ... wenn es darum geht, ein Verbrechen aufzuklären, muss er helfen. In der Bibel steht: Du sollst nicht töten.

Schweren Herzens gibt er sich einen Ruck. Er wird zumindest Rudi Bakker anrufen. Montag. Vorher kann er den Beitrag von Ludwig Twenge kommentieren. Und seine Beobachtung mitteilen. Vielleicht guckt ja auch die Kripo drauf, was Ludwig schreibt, dann haben die die Info heute schon.

Im Büro von Hauptkommissar Haueisen in Wittmund herrscht Schweigen, nachdem Rudi und Schnepel ihm von dem Gespräch mit Antje-Marie Plumhoffs Eltern berichtet haben. Nun kratzt sich der Chef nachdenklich den Kopf.

«Ein namenloser verheirateter Mann. Soso.»

«Garantiert war das Tjark Ukena», prescht Schnepel vor. «Und seine eifersüchtige Ehefrau könnte die beiden umgebracht haben.»

«Kann sein», sagt Haueisen, «muss aber nicht. Wenn die Eltern nicht wissen, wie der Mann heißt, bedeutet das ja nicht, dass nicht andere Bescheid wissen. Darum sollten Sie sich kümmern. Denn ansonsten haben wir nicht viel.» Haueisen berichtet, dass die Nachfragen der Kollegen in den Häfen nichts gebracht haben. Viele Schiffe sind bei dem guten Wetter ein- und ausgelaufen. Ein weißes Boot, auf das die eher vagen Beschreibungen der Zeugen zutreffen, konnte nicht identifiziert werden.

«Das war eine gute Idee, aber leider Fehlanzeige», kommentiert Haueisen. «Ob die Kaliber der Patronen übereinstimmen, steht noch nicht fest, mit Emterbäumlers Obduktionsbericht können wir morgen rechnen.»

Auf der Rückfahrt von Wittmund geht Rudi das Gespräch noch einmal in Gedanken Schritt für Schritt durch. Viele lose Fäden hängen in der Luft. Immerhin will Haueisen einen Durchsuchungsbeschluss für Antje-Maries Wohnung beantragen, um so vielleicht herauszufinden, wer der geheimnisvolle Liebhaber war. So weit, so gut. Aber Rudi geht der Ausdruck auf Thorsten Plumhoffs Gesicht nicht aus dem Kopf, als er erfahren hat, dass auch auf Tjark Ukena geschossen wurde. Plumhoff scheint ein aufbrausender Mann zu sein.

Was ist, wenn der Mann sich nicht im Griff hat? Vielleicht vermutet er – wie Schnepel auch –, seine Tochter wäre die Geliebte von Ukena gewesen und die beiden seien von dessen eifersüchtiger Ehefrau erschossen worden.

Dieser Gedanke lässt ihm keine Ruhe. Schnepel hat ihm auf der Fahrt ins Kommissariat in leuchtenden Farben ausgemalt, wie Petra Ukena als Todesschützin vorgegangen ist. «Sie hat das Motiv und die Mittel», hat Schnepel felsenfest behauptet, obwohl noch nicht mal bewiesen ist, dass Tjark und Antje-Marie überhaupt ein Paar gewesen sind. Und Petra Ukena kann er sich auch nicht als schießwütigen Racheengel vorstellen. Sie ist Mutter von drei Kindern. Da sagt ihm schon sein Bauchgefühl, dass das nicht passt. Wenn

Plumhoff jedoch, so aufbrausend, wie der vorhin gewesen ist, zu Petra Ukena hinfährt? Nicht auszudenken! Besser, Rudi bereitet sie vorsichtig darauf vor, dass sie unangenehmen Besuch bekommen könnte.

Kurzerhand beschließt er, nicht direkt nach Hause zu fahren, sondern noch eben bei Petra Ukena vorbeizuschauen.

Die Tankstelle ist verwaist, als er in Esens eintrifft. *Wegen eines Trauerfalls geschlossen*, liest er auf dem Schild an der Tür. Also fährt er weiter zu ihrem Reihenhaus. Auch hier ist niemand. Dann wird sie wohl bei ihrer Mutter sein. Das ist gut, dort sind die vier im Moment sowieso am besten aufgehoben.

Beruhigt fährt Rudi nach Hause. Vielleicht hat er sich auch in etwas hineingesteigert. Jetzt freut er sich darauf, dass er heute Abend mit seinem Vater und seinen Schwestern zum Essen ins Restaurant geht. Ganz allein. Nur er und seine Familie.

Er grinst breit. Nur seine Familie. Das klingt klasse.

Burkhard Bornschein staunt. Schon 57 Leute haben Ludwigs Beitrag mit «Gefällt mir» markiert. Es gibt 26 Kommentare, die er in der vagen Hoffnung liest, ein anderer könnte dieselben Dinge beobachtet haben wie er.

Doch die meisten Beiträge sind nichtssagend. «RIP. Rest in Peace. Ruhe in Frieden.» Manche Leute müssen auch zu allem ihren Senf dazugeben.

«Meine Gedanken sind bei ihrer Familie und ihren Freunden», schreibt Ber Lu. Ob Ber Lu die Tote überhaupt gekannt hat? Dieses Facebook ist schon grenzwertig. Was die Leute da alles von sich geben, wie sie sich privat entblößen. Ihre Ängste, Sorgen und Gefühle nach außen tragen ... Immerhin ist Ludwigs Facebook-Seite öffentlich. Da kann jeder alles sehen.

Bornschein klickt auf «Kommentieren». Wie gut, dass er nicht mit seinem richtigen Namen hier angemeldet ist. Wie viele andere auch, hat er sich ein Pseudonym ausgesucht. Vor einiger Zeit hat er allerdings seinen Benutzernamen in Sonnenschein 111 geändert. Das passt besser zu seinem Namen und dem Seelsorgestrandkorb. Innerhalb von fünf Minuten hat er seine Beobachtungen niedergeschrieben. Und auch erwähnt, dass er sie durch ein Fernglas gemacht hat. Dazu lädt er ein Foto hoch. Dann drückt er die Enter-Taste. Sein Kommentar ist online.

Pünktlich um 18 Uhr betritt Rudi das Restaurant des Hotels, in dem sein Vater und seine Halbschwestern abgestiegen sind. Weil es so am bequemsten ist, hat er gleich dort einen Tisch reserviert. Rudi freut sich auf das Essen, sein Magen rumort schon seit Stunden. Den ganzen Tag musste er sich die Hacken ablaufen. Zeit, etwas Vernünftiges zu essen, war nicht drin.

Hoyko sitzt schon mit Ava und Livia an einem Tisch direkt am Fenster. Mit Blick auf den Hafen, wo die Kutter alle fest vertäut liegen. Es ist schon ein besonderes Gefühl, jetzt zwei eigene Schwestern zu haben. Auch wenn es nur Halbschwestern sind.

Ava winkt ihm zu. Die Mädels tragen beide Dirndl. Ihres ist rot, das von Livia blau. Immerhin sitzt sein Vater nicht im Trachtenanzug da. Das hätte noch gefehlt, drei Pseudo-Bayern in der Familie zu haben.

«Moin», sagt Rudi und streckt allen zur Begrüßung die Hand hin. Das aber lassen seine Halbschwestern nicht gelten. Sie stehen auf und drücken ihm links und rechts Küsschen auf die Wangen. Wenigstens sein Vater bleibt sitzen. Er ist eben ein waschechter Ostfriese, auch wenn er schon lange in Kanada wohnt.

«Das muss ja ein aufregender Tag für dich gewesen sein», sagt Livia und zieht ihn neben sich auf den freien Stuhl. «Was ist mit der Toten und den Schüssen? Du musst uns alles erzählen. Es ist ja so spannend bei euch. Jeden Tag ein Toter.»

Spannend? Also, auf diese Art von Spannung kann Rudi gern verzichten.

«Die Frau liegt im Eiskeller der Rechtsmedizin und wird morgen obduziert. Aber davon will ich nun gar nicht mehr reden. Darf ich übrigens auch gar nicht. Jetzt ist für mich Feierabend. Schlimm genug, wenn ich mich den ganzen Tag damit beschäftige.» Und vor allem Schnepel stundenlang ertragen muss, denkt Rudi.

Die Bedienung kommt und reicht ihm die Speisekarte.

«Darf ich Ihnen auch schon etwas zu trinken bringen?», fragt sie ihn. Er nickt mit Blick auf die Getränke der anderen. Sein Vater hat einen Humpen Jever vor sich, Livia einen Longdrink, Ava eine Cola.

«Ein großes Jever, bitte.»

«Nullvier oder Nullfünf?»

«Nullfünf. Ich hab Durst!»

«Gerne.» Die Bedienung entfernt sich.

Rudi wirft einen Blick auf die angebotenen Gerichte. «Habt ihr schon gewählt?»

Hoyko und die Mädels nicken.

«Was denn?»

«Verraten wir nicht. Das erfährst du erst, wenn wir bestellen», sagt Livia verschmitzt. «So machen wir es immer, damit jeder von jedem probieren kann.»

Na ja. Hat eben jeder so seine Eigenarten. Rudi blickt wieder in die Karte. «Verratet ihr mir wenigstens, ob ihr eine Vorspeise esst?»

Hoyko erbarmt sich und erklärt: «Wir essen alles: Vorspeise, Suppe, Hauptgericht. Und vielleicht noch einen Nachtisch. Aber einen Kaffee unbedingt.»

«Gut.» Schnell steht Rudis Wahl fest.

Als die Bedienung die Speisenwünsche notiert, rattert er herunter: «Vorweg ‹Zartes Matjesfilet auf Graubrot›, dann die ‹Sieler Fischsuppe› und als Hauptgericht die ‹Nordseescholle Finkenwerder Art›.»

Hoyko lacht. «Genau das habe ich mir auch ausgesucht.» Nachdem seine Schwestern ebenfalls bestellt haben, sagt Rudi:

«Ich habe vorhin mit Sven telefoniert. Der freut sich so darauf, euch kennenzulernen! Er hat gesagt, nun hat er auch einen eigenen Opa und eigene Tanten. Nicht nur geliehene. Sven kommt schon am Mittwoch zurück. Extra einen Tag eher. Und das will bei ihm wirklich was heißen. Schließlich hat er seit letztem Jahr auf die Berlinfahrt mit seinen Kumpels gespart.»

«Das ist ja wunderbar», freut sich Hoyko. «Wir freuen uns auch sehr, ihn kennenzulernen! It's so great! Da wollte ich meinen Töchtern meine Heimat zeigen und finde einen Sohn und einen Enkel! Wie schade, dass ich nicht viel eher gewusst habe, dass es euch gibt!»

Das macht Rudi ein wenig verlegen. Am besten, er wechselt schnell das Thema, bevor es zu sentimental wird. «Und bei euch? Was steht morgen an?»

«Wir besichtigen unsere Burg», sagt Livia und kichert dabei wie ein pubertierendes Mädchen.

«Eure Burg?»

«Die Manningaburg in Greetsiel», erklärt sein Vater. «Der Vorschlag kam von Adelheid. Sie hat gemeint, das wäre das perfekte Ausflugsziel. Und als Ava und Livia gehört haben, dass es in Ostfriesland eine Burg mit unserem Namen gibt, waren sie gleich Feuer und Flamme. Hast du Lust, uns zu begleiten?»

«Lust schon. Aber der Chef hat mir das freie Wochenende gestrichen. Ihr wisst ja, wir stecken tief in den Ermittlungen. Da kennt der kein Pardon.»

Rosa wälzt sich im Bett von einer Seite auf die andere, sie kann einfach nicht einschlafen. Zwei Tote. Beide Male wurde auf die Personen geschossen. Sie ist schon ganz kirre, weil sie nicht weiß, was da vor sich geht. Seit Stunden kribbelt es in ihrer Nase. Und das ist kein Heuschnupfen.

Da geht etwas nicht mit rechten Dingen zu. Das ist völlig klar.

Blöderweise ist Rudi verschlossen wie eine Auster.

Bei diesem Gedanken schmeißt sie sich auf die andere Seite. Ihr Blick fällt auf den Nachttisch. Das Handy blinkt.

Eine neue Nachricht. Um diese Uhrzeit? Vielleicht hat Rudi es sich ja anders überlegt und will endlich offen mit ihr über die Fälle reden. Sie um Hilfe bitten.

Rosa greift nach dem Handy. Aber die Nachricht ist nicht von Rudi, sondern von Wilko. «Hast du Lust, dir morgen die Manningaburg von mir zeigen zu lassen?»

Manningaburg. Davon hat Rosa ja noch nie was gehört. Allerdings taucht der Name Manninga in letzter Zeit dauernd auf. Bei den Häuptlingen, in Rudis Familie ...

«Gerne», schreibt sie zurück. «Wann?»

Wo sie das Handy nun schon mal in der Hand hat, schaut sie auch gleich bei Facebook rein. Ludwig hat mal wieder etwas gepostet. Sie stutzt. Was ist das denn? Im Unterschied zu Rosa ist er seit Stunden bestens über die Schussverletzungen der Kiterin informiert. Er hat sogar zur Mithilfe aufgefordert und gebeten, sich zu melden, wenn jemand etwas gesehen hat, das für die Ermittlungen hilfreich sein könnte. Die Kommentare waren dann aber eher das übliche Blabla. RIP. Mein Beileid. Schlimme Sache. Nur einer hat etwas gesehen. Sonnenschein 111. Durch sein Fernglas vom Strandkorb aus. Interessiert liest Rosa den Beitrag noch ein zweites Mal. Schade, dass der Typ nicht mit seinem richtigen Namen bei Facebook angemeldet ist. Schnell schickt sie ihm eine Freundschaftsanfrage. Zu gerne würde sie mit ihm sprechen. Ob Rudi das auch schon gesehen hat?

SONNTAG

Blind tastet Rudi nach dem Wecker. Dieses elektronische Gedudel raubt ihm noch den letzten Nerv, andererseits würde eine angenehme Melodie ihn nicht aufwecken. Das hat er schon versucht. Endlich hat er die Taste zum Abschalten gefunden. Er drückt darauf, und es ist wieder still. Mit einem Auge schielt er auf das Display. *So 7:20*. Sonntag! Oh Mann. Wie gern würde er sich noch mal die Bettdecke bis über beide Ohren ziehen und seinen Gedanken nachhängen.

Ist gestern doch später geworden als geplant. Nach dem Essen hatten sie sich eigentlich schon verabschiedet, aber sein Vater und die Schwestern wollten unbedingt noch mit ihm ins Dattein, nachdem er von der Kneipe mit dem Schiffsbug als Theke erzählt hat. Ava und Livia haben einfach nicht lockergelassen.

«So etwas haben wir noch nie gesehen!», hat Ava gerufen.

Also sind sie rüber und haben einen Absacker getrunken. Einen Seehund. Das war die Idee von Dörte, seiner alten Sandkastenfreundin, die mit ihrem Kollegen Norbert Freese an der Theke stand und sich mordsmäßig gefreut hat, Rudis Verwandtschaft kennenzulernen. Rudi hat sich ein bisschen gewundert, dass die zwei abends zusammen unterwegs sind. Bislang hatte er nicht den Eindruck, als ob die beiden sich auch privat gut verstehen. Aber Nobbi ist in letzter Zeit überhaupt wie ausgewechselt. Seit er zu den Young-Yoga-

Boys Neuharlingersiel gestoßen ist und regelmäßig bei den Yoga-Stunden mitmacht, kommt Rudi gar nicht aus dem Staunen heraus, was Nobbi neuerdings alles unternimmt. Sogar eine Harley-Davidson hat er sich im letzten Oktober gekauft.

Nach dem zweiten Seehund ist Rudi aber nach Hause gegangen. Er weiß ja, wie diese Abende enden. Und schließlich muss er heute fit sein. Haueisen hat für neun Uhr fünfzehn eine Dienstbesprechung angesetzt. Wat für'n Schiet! Widerstrebend steht Rudi auf und geht unter die Dusche.

Gutgelaunt macht sich Rosa auf den Weg zum Bäcker. Sie freut sich auf den Ausflug mit Wilko. Das wird bestimmt ein wunderbarer Tag! Beim Aufwachen schien schon die Sonne in ihr Schlafzimmer. Auf Anhieb hat sie die weiße Hose gefunden, die sie anziehen wollte. Der pinkfarbene Pullover und das rosa-weiße Tuch passen perfekt dazu. Sie pfeift fröhlich vor sich hin, als sie Rudi in Uniform aus seinem Haus kommen sieht. In Uniform? Nicht in Jogging-Klamotten? Sie vergisst ihren Unmut Rudi gegenüber.

«Guten Morgen!», ruft sie ihm zu.

«Moin.»

«Was ist mit dir denn los? So früh am Sonntag in Uniform?»

«Muss um neun in Wittmund sein. Der Chef hat 'ne Sondersitzung anberaumt. Es hat gestern wohl noch einen Hinweis gegeben, dem wir nachgehen sollen.»

«Ach, das ist ja schade, dann hast du gar keine Zeit für deine Familie», sagt Rosa und bemüht sich um einen neutralen Tonfall. Schließlich gefällt es ihr ganz und gar nicht, dass Rudi sie in den letzten Tagen bei allem so außen vor lässt.

«Nö.»

«Sag mal, warum hast du mir nicht erzählt, dass die Frau am Strand auch erschossen wurde?», beschwert sie sich.

«Rosa, hör auf. Ich hab keine Zeit für Kindereien. Hätte ich dir das am Strand sagen sollen, wo es alle Umstehenden gehört hätten? Was meinst du, was dann los gewesen wäre?»

Eine Frau mit Hund fährt auf einem Fahrrad auf sie zu. Sie braucht gar nicht zu treten, so sehr zieht der Hund an der Leine.

«Hast du auch wieder recht», sagt Rosa, als die Frau vorbei ist. «Trotzdem: Du hättest zumindest mal kurz zurückrufen können. Ich kam mir ganz schön blöd vor. So abgehängt. Das tat mir weh.» Tut es noch immer.

Rudi reagiert nicht, sondern schließt nur die Tür seiner Ente auf. Ohne auf ihre Bemerkungen einzugehen!

«Sogar Ludwig weiß das schon mit den Schüssen. Hab ich auf seiner Facebook-Seite gesehen.»

«Hat er wohl mal wieder den Polizeifunk abgehört.» Rudi macht Anstalten einzusteigen.

«Warte! Einer hat das kommentiert.» Rosa tritt ganz dicht an Rudi heran. «Der hat geschrieben, er hat durchs Fernglas geguckt und gesehen, dass auf dem Boot ein Mann war. Ein Großer mit Sonnenbrille und Hut.» Herausfordernd guckt sie ihn an. «Weißt du das auch schon?»

«Echt? Steht da auch ein Name? Also, weißt du, wer das geschrieben hat?»

«Leider kein Name. Nur Sonnenschein 111. Und das Profilbild ist der Strand mit Strandkörben. Keine Ahnung, wer dahintersteckt. Aber er hat ein Foto hochgeladen. Guck!» Schnell zieht sie ihr Handy aus der Tasche und öffnet die Seite.

Neugierig wirft Rudi einen Blick darauf. «Na, viel kann man ja nicht erkennen. Ich werde Ludwig bitten, dem Typen zu schreiben, dass der sich an uns wenden soll. Vielleicht hat der weitere Details zu dem Boot gesehen, die uns weiterhelfen.»

Enttäuscht zieht Rosa einen Flunsch. «Das kann ich doch auch machen. Geht sogar vom Handy aus. Da guck ich ganz schnell bei Facebook rein. Hier ...» Schon tippt sie mit dem Finger auf dem Display herum. «Was hältst du davon, wenn wir beide noch eben zusammen frühstücken, während ich das mache und bevor du nach Wittmund fährst? Sven ist doch in Berlin, da wirst du kaum was Ordentliches gegessen haben, so wie ich dich kenne. Wie gefällt es Sven denn? Wie lange bleibt er noch?»

«Er kommt schon einen Tag früher zurück, er möchte unbedingt seinen Opa und seine Tanten kennenlernen. Berlin gefällt ihm ansonsten gut. Megageil, wie er das ausdrückt. Es ärgert ihn bloß, dass er im Hard Rock Café kein Bier bekommen hat, obwohl er schon über 16 ist.»

«Na, wenn er sonst keine Sorgen hat. Was ist? Kommst du mit?»

«Geht nicht. Hab ich doch gesagt, ich muss gleich in Wittmund sein.»

«Na denn ... aber vergiss bitte nicht, mich künftig gleich zu informieren, wenn etwas Wichtiges passiert ist.»

Die Guten-Morgen-Sonntagszeitung hat Henner schon ausgelesen, und die Kanne Tee ist auch längst leer. Neben ihm im Bett liegen lauter zerknüllte Briefbögen. Alle fangen mit «Liebe Maya» an. Um sicherzugehen, dass sein Brief auch vernünftig verfasst ist, hat er ihn noch mal aufgemacht und sich überlegt, ihn doch anders zu formulieren. Was Besseres ist ihm aber auch nicht eingefallen, darum steckt er den alten Brief in einen neuen Umschlag und schreibt «Für Maya» darauf. Keinen Absender, er will ihn ihr ja selbst geben. Wenn das nur nicht so schwer wäre.

Mit eher lahmem Schwung steigt er aus dem Bett, klaubt die Papierbögen zusammen und stopft sie in den Mülleimer. Gut, dass niemand sieht, wie schwer er sich mit dem Schreiben tut. Dann geht er unter die Dusche. Dort rasiert er sich in aller Gründlichkeit und vergisst auch nicht, hinterher die Glasscheiben ordentlich abzuziehen und trockenzureiben. So, wie es seine Mutter ihm beigebracht hat. Und wie es Tante Hildegard, seine Vermieterin, liebt.

Was soll er zum Überbringen eines so wichtigen Briefes anziehen? Seine Postuniform geht nicht. Ist ja Sonntag. Und er nicht im Dienst. Außerdem ist es eine Privatangelegenheit. Andererseits: Wenn er eine Briefmarke draufklebt, den Brief in einen Briefkasten wirft, dann kriegt er ihn Dienstag normal mit der anderen Post zum Zustellen. Dann könnte er das Private in Berufliches umswitchen. Er seufzt. Aber das wäre feige. Unentschlossen steht er in seinen karierten Boxershorts vorm Kleiderschrank, greift schließlich zu Jeans, T-Shirt und dem dunkelblauen Seemannspullover. So wie meistens, wenn er nicht in Dienstkleidung unterwegs ist. Darin fühlt er sich am wohlsten. Und nur, weil er gleich den Brief zu Maya bringt, muss er sich schließlich nicht verkleiden. Außerdem wüsste er auch gar nicht, mit was. Außer fünf Jeans hat er nur noch die kurzen Sommerhosen und einen schwarzen Anzug für Beerdigungen. Der ist für die Briefübergabe aber nun wirklich nicht angebracht.

«Tja, meine Herren, es haben sich erfreuliche Dinge ergeben», sagt Haueisen zufrieden, als Rudi und Schnepel vor seinem Schreibtisch sitzen. Er dreht den Bildschirm seines PCs in ihre Richtung.

«Sie haben Ihr Desktop-Bild erneuert», lobt Schnepel sofort. «Schönes Urlaubsbild!»

Das ist ganz klar die Nordsee. Ein paar Kiter, ein paar Surfer und ein Boot sind zu sehen. Rudi ist sich völlig sicher. Sieht aus wie der Strand in Neuharlingersiel.

«Unsinn! Das ist ein Foto von gestern! Ein Urlauber hat es gemacht und uns per Mail geschickt.» Haueisen zoomt zum Boot. Je größer, desto unschärfer wird das allerdings.

«Viel kann man ja nicht erkennen», sagt Rudi enttäuscht.

«Das stimmt», erwidert Haueisen, «aber die Kollegen der Technik übernehmen das. Die kriegen da sicher mehr Schärfe rein.»

«Geht das denn?», fragt Rudi verwundert.

«Keine Ahnung. Aber wenn das jemand schafft, dann die. Außerdem ist das nicht alles. Heute Morgen kam noch ein zweites Bild.» Haueisen lässt das Foto verschwinden, um gleich darauf mit einem «Ta-ta-ta-taaaa» ein neues erscheinen zu lassen. Darauf ein Kiter im Sprung, dahinter ein Boot, eine Person mit Hut und Sonnenbrille. Etwas unscharf zwar, aber erkennbar.

«Das ist er!», ruft Rudi aus. «Rosa hat es mir vorhin schon gezeigt.»

«Ihre Frau Moll hat Ihnen das Bild gezeigt?», fragt Haueisen ungläubig. «Wie kommt sie denn daran?»

«Über Facebook», antwortet Rudi. «Ludwig Twenge hat in seiner Mitmachzeitung und in den sozialen Netzwerken dazu aufgerufen, sich zu melden, wenn jemand was gesehen hat. Und da hat einer dieses Bild hochgeladen.»

«Kennt sie den Namen des Absenders?», fragt Schnepel.

«Nö, ist kein richtiger Name, nur ein Pseudonym. Sonnenschein 111.» Als Rudi Schnepels gehässigen Blick auffängt, schiebt er sofort hinterher: «Das nützt uns zwar jetzt nicht viel, aber Rosa will Ludwig bitten, dem Facebook-Freund zu schreiben, dass er sich zu erkennen geben soll. Vielleicht kommen wir auf diese Art weiter.»

«Burkhard Bornschein.» Haueisen lehnt sich auf seinem Stuhl zurück und verschränkt die Arme mit einem zufriedenen Grinsen vor der Brust.

«Wie?», fragt Schnepel.

«Der Mann heißt Burkhard Bornschein.»

«So wie unser Pastor?», fragt Rudi verdutzt.

«Es *ist* der Pastor», bestätigt Haueisen. «Er hat das Bild heute früh geschickt. Gestern hat er im Seelsorge-Strandkorb auf einen Gast gewartet und durch sein Fernglas die Kiter beobachtet.»

«Wie will er da denn das Foto gemacht haben?», fragt Schnepel abfällig. «Mit dem Fernglas?»

«Pastor Bornschein schreibt, er hat ein ... Moment, wie

heißt das noch gleich?» Haueisen dreht den Bildschirm wieder zu sich und hantiert mit der Maus. «... Digitalkamera-Fernglas.» Haueisen grinst breit. «Gut, das Foto ist zwar etwas verwackelt, aber wir haben nun gleich doppelt die Bestätigung, dass es nur eine Person auf dem Boot gab. Und zwar eine männliche.»

«Aber man sieht keine Waffe. Der Pastor oder der andere haben nicht zufällig noch weitere Aufnahmen? So beweist das ja nicht wirklich was», gibt Schnepel zu bedenken.

«Ach was, Sie Schwarzseher! Natürlich beweist das was. Wir müssen jetzt nur noch das Boot finden, dann werden die Kriminaltechniker es untersuchen. Und garantiert finden sie Schmauchspuren. Dann haben wir eins, zwei, drei unseren Täter. Der Heimathafen ist Accumersiel, und es scheint ‹Meernixe› zu heißen, wenn ich das richtig sehe. Ich ruf da jetzt mal an.» Haueisen greift zum Telefonhörer. Zwei Minuten später hat er alles geregelt. «Prima», sagt er zum Hafenmeister. «Dann schicken wir jetzt die Kollegen der Kriminaltechnik zu Ihnen. Wenn Sie so nett sind, darauf zu achten, dass die ‹Meernixe› nicht rausfährt ...» Haueisen greift zu einem Kugelschreiber. «Wissen Sie, wem das Boot gehört?» Er notiert, was ihm diktiert wird. «Gut. Danke für Ihre Hilfe. Schönen Tach noch.» Damit legt der Chef auf. «Glück gehabt. Wir müssen gar nicht weit fahren. Der Bootsbesitzer wohnt hier in Wittmund. Ich kenn den sogar. Das ist der Besitzer der Neptun-Apotheke. Claus Hansen heißt er.» Er reicht Schnepel den Zettel. «Hier, seine Privatadresse. Dann mal ab durch die Mitte!»

Mit flauem Gefühl im Magen steht Henner eine halbe Stunde später vor der Tür des Yogastudios. Zum Frühstücken hat er keine Kraft gehabt, sein Magen war wie zugeschnürt. Der Brief hat die ganze Zeit wie eine Zentnerlast vor ihm auf dem Küchentisch gelegen.

Und nun steht er hier. Jetzt gibt es kein Zurück. Die Tür ist nur angelehnt. Ob sie ihn erwartet? Maya redet ja andauernd von überirdischen Schwingungen. Vielleicht verfolgt sie seine Quälereien mit dem Briefeschreiben schon die ganze Zeit und lotst ihn jetzt direkt zu sich in die Arme.

Beschwingt von diesem Gedanken steigt Henner die Stufen hoch. Der Flur ist leer, nur ein Paar vergessene Herrenschuhe stehen neben der Garderobe. Komisch. Wer von den Männern ist denn auf Socken nach Hause gegangen? Könnte Vaddern sein, der vergisst in letzter Zeit schon mal das eine oder andere. Henner marschiert direkt ins Yogastudio.

«Moin», will er sagen. Aber kein Wort kommt über seine Lippen. Maya liegt auf einer der Matten. Neben ihr ein Mann. Was heißt neben ihr! Der liegt fast auf ihr. Und küsst Maya innig. Und Maya wehrt sich nicht mal. Zumindest kann Henner kein Wehren erkennen, sonst würde er ihr natürlich sofort zu Hilfe eilen. Nach einer Yoga-Übung sieht das auch nicht aus. Solch eine Übung hat Maya jedenfalls noch nicht bei den Young-Yoga-Boys gezeigt. Mit hochrotem Kopf macht Henner ein paar Schritte rückwärts und dann auf dem Absatz kehrt.

Maya muss ihn gehört haben, denn auf seiner Flucht hört er sie rufen: «Henner, was ist denn?» Sie ruft noch etwas anderes, aber das versteht er nicht, das Blut pocht laut in seinen Ohren.

Als er vor der Haustür steht, atmet er tief ein. Mann, ist ihm das peinlich. Gut, dass er den Brief noch nicht abgegeben hat.

Auch etwas anderes wird ihm schlagartig klar. Die Herrenschuhe an der Garderobe hat niemand vergessen. Aber wem gehören sie?

Rosa hat einen kleinen Spaziergang entlang der Hafenpromenade gemacht und ist erst anschließend zum Bäcker gegangen. Nun knurrt ihr Magen. Mit der einen Hand drückt Rosa auf Henners Klingelknopf, in der anderen hält sie die Brötchentüte. Der Inhalt reicht dicke für ein gemütliches Frühstück mit ihrem Nachbarn. Sie klingelt erneut. Verdammt, warum macht der denn nicht auf? Henner ist doch am Sonntag um diese Uhrzeit immer zu Hause!

Rosa überlegt fieberhaft. Steckt er etwa bei Dörte? Die langjährige Freundin von Henner und Rudi hängt in letzter Zeit wie eine Klette an den beiden. Besonders an Henner. Dörte soll bloß nicht glauben, dass Rosa das entgangen ist!

Kurzentschlossen läuft sie die wenigen Meter zu Dörtes Wohnung. Henners Berta steht nicht davor. Immerhin. Vielleicht ist er zu Fuß unterwegs. Rosa überlegt. Soll sie oder soll sie nicht? Dörte wohnt Parterre. Da könnte sie einen Blick riskieren. Sie stellt sich auf die Zehenspitzen und linst durchs Küchenfenster, aber sie kann weder Dörte noch Henner entdecken. Ohne zu klingeln, geht sie wieder zurück. Vielleicht sind die beiden ja zusammen irgendwohin unterwegs. Ein vorösterlicher Ausflug. In letzter Zeit machen ja alle, was sie wollen und vor allem ohne ihr Bescheid zu sagen. Das ärgert sie. Wie gut, dass sie selbst heute Nachmittag mit Wilko verabredet ist! Sie beschleunigt ihren Schritt und stößt vor ihrer Haustür fast mit Henner zusammen.

«Moin, Henner», sagt sie und freut sich vor allem, ihn alleine anzutreffen. Ohne Dörte. Sie muss wirklich aufhören, in alles etwas hineinzudeuten. Damit macht sie sich nur das Leben schwer.

«Moin», brummt Henner kurz angebunden. Er schiebt sich an ihr vorbei und schließt seine Wohnungstür auf.

«Was ist los, Henner?»

«Nix.»

«Das stimmt nicht! Ich seh dir doch an, dass was ist. Sach schon!»

Henner dreht sich zu Rosa um. «Maya hat einen Freund», sagt er wie aus der Pistole geschossen. Sein Kopf sieht aus wie eine frühe Erdbeere.

Das ist ja ein Ding. Dann muss Maya den aber neu haben, sonst hätte Rosa längst davon gewusst. «Wen denn?»

«So einen großen Blonden, wenn ich das richtig gesehen habe. Die standen nämlich nicht, sondern die lagen. Knutschend auf einer der Yogamatten. Ein richtiger Hüne.»

«Du hast sie in flagranti erwischt?» Rosa kichert. «Das ist ja zum Piepen.»

«Fand ich überhaupt nicht.»

«Und du kanntest ihn wirklich nicht?»

«Nee. Aber der hatte 'ne Weste an mit dem Logo vom Nationalpark Wattenmeer drauf.»

«Ach so. Das wird dann wohl Edo Wiemken sein. Ist ein netter Typ. Der ist seit drei Monaten der Nationalpark-Ranger für unseren Küstenabschnitt. Ich hatte ihn schon mal als

Gast im Sachkundeunterricht. Ist wirklich interessant, was der so alles für Aufgaben hat. Und richtig toll erzählen kann er.»

«Nationalpark-Ranger?» Henner klingt abfällig.

«Das sind die Hüter des Weltnaturerbes Wattenmeer, die Mittler zwischen Mensch und Natur», sagt sie in dem Versuch, ihm die Bedeutung dieser neuen Berufsgruppe näherzubringen.

«So'n neumodischer Kram.»

«Es geht ihnen um den Erhalt der Artenvielfalt.»

«Ah. So wie bei den Wölfen. Und nun haben wir den Salat. Jetzt laufen die schon frei in Städten und Dörfern rum.»

Wölfe und Wattenmeer. Henner nun wieder! Das kann man doch gar nicht miteinander vergleichen! Rosa lächelt ihn an. «Muss dir nicht peinlich sein, dass du die beiden erwischt hast. Hätte sie eben abschließen sollen.» Sie wedelt mit der Brötchentüte. «Was hältst du von einem gemeinsamen Frühstück?»

Henner zögert. Aber nur kurz. «Also Hunger hätte ich.»

Das Haus des Apothekers kann man fast schon kein Haus mehr nennen, es ist eher ein Anwesen, findet Rudi, als sie an der Straße halten. Die weiße Villa mit der breiten Doppelgarage und der großzügigen Auffahrt wird von Buchsbaumkugeln in schwarz glasierten, hohen Tongefäßen gesäumt. Dazwischen liegen graue Kieselsteine. Auf der Auffahrt stehen vier Fahrzeuge. Alles keine Kleinwagen.

«Apotheker müsste man sein», stellt Schnepel neidisch fest, als sie aussteigen.

«Nö, nich mehr. Ich glaub, die Zeiten, in denen die sich eine goldene Nase verdient haben, sind vorbei», widerspricht Rudi. «Denk doch nur an die ganzen Internet-Apotheken. Ich kenne Leute, die den alltäglichen Medikamentenkram, so was wie Hustenlöser und Kopfschmerztabletten nur noch online bestellen.» Dass er das selbst auch macht, muss er Schnepel ja nicht auf die Nase binden. Neuharlingersiel hat nun mal keine eigene Apotheke mehr. Früher ist das wie 'ne halbe Arztpraxis gewesen. Rund um die Uhr konnte man mit seinen Nöten kommen und wurde mit dem passenden Mittel versorgt. Aber das ist schon lange her. Jetzt ist dort ein Klamottenladen.

«Ach was, die machen bestimmt immer noch ordentlich Kohle», reißt Schnepel ihn aus seinen Gedanken und drückt auf die Klingel. Melodisch ertönt innen eine Melodie. Gleich darauf wird ihnen die Tür von einem gutgelaunten Mann geöffnet, der ein Sektglas in der Hand hält.

«Na, wer will jetzt noch mit uns ...» Der Mann stutzt, als er Rudi und Schnepel sieht. «Oh. Polizei. Und dann auch noch zu zweit. Hab ich was verbrochen?» Er lacht laut auf und ruft ins Haus hinein: «Überraschung, die Polizei ist da! Kommen Sie doch rein. Wir sind gerade beim Gabelfrühstück.» Er bemerkt Schnepels verdutzten Blick und erklärt: «Brunch, wenn Sie es lieber auf Englisch haben möchten. Sie können gerne mitessen. Kaffee haben wir auch genug.» Er macht einen Schritt zurück. Eine Frau tritt in die Diele.

«Polizei?» Sie scheint den Besuch nicht so locker zu sehen.

«Herr Hansen?», fragt Schnepel nun und muss zu dem Mann aufblicken, der bestimmt nahe an der Zwei-Meter-Marke ist. Die grauen Haare trägt er mit Seitenscheitel, die Geheimratsecken haben sich bereits weit vorgearbeitet.

Der Mann nickt. Die Frau tritt neben ihn. Aus einem der Zimmer klingen fröhliche Stimmen in die Diele.

«Worum geht es denn?» Claus Hansen klingt nun deutlich ernster.

«Wo waren Sie gestern Vormittag?», fragt Schnepel.

«Warum wollen Sie das wissen?» Der Hüne betrachtet Schnepel abwehrend.

«Beantworten Sie einfach meine Frage.»

«Um welche Zeit?» Der Apotheker will es ihnen offensichtlich nicht einfach machen.

«Zwischen neun und dreizehn Uhr», sagt Schnepel.

«Da waren wir beim Standesamt», antwortet die Frau schnell.

Hansen grinst und legt den Arm um sie. «Genau. Unsere Tochter hat geheiratet. Um zehn Uhr war die Trauung, danach waren wir essen. Mit zweiundzwanzig Leuten. Im Residenzhotel. Können Sie gerne überprüfen. Kommen Sie mit.» Er dreht sich um und läuft in Richtung der Stimmen. «Quizfrage, ihr Lieben», ruft er, als sie das Esszimmer betreten, durch dessen bodentiefe Fenster man freien Blick in einen gepflegten Garten hat. Um den riesigen Esstisch sitzen eine Menge Leute. Der Tisch selbst ist gedeckt mit allerlei Leckereien, wie Rudi bemerkt: Lachs, geräucherte Forelle, eine große Käseplatte, eine enorme Menge an Aufschnitt, es gibt auch eine große Pfanne mit Rührei und Speck auf einem Stövchen. Halbvolle Sektgläser und Kaffeetassen stehen auf dem Tisch. Neugierig gucken die Gäste erst Rudi und Schnepel, dann Hansen an.

«Wo war ich gestern Vormittag?»

«Im Standesamt», ruft die Gesellschaft im Chor.

Hansen deutet auf eine junge Frau. «Das ist meine Tochter Charlotte. Sie hat gestern ihren Ulrich geheiratet. Charly, Uli, steht doch mal auf.» Die beiden tun wie ihnen geheißen und werden von den anderen Anwesenden beklatscht.

«Danke», sagt Schnepel und wendet sich an den Apotheker. «Können wir irgendwo einen Augenblick in Ruhe mit Ihnen reden?»

«Sicher. Folgen Sie mir.» Hansen läuft vor und bittet sie in sein Büro. Von hier aus hat man die Auffahrt gut im Blick. «Entschuldigen Sie, dass ich nicht gleich den nötigen Ernst an den Tag gelegt habe, aber wie Sie sehen, ist die Feier noch nicht vorbei. Da ist man auf einem ganz anderen Level. Worum geht es denn eigentlich?»

Alle drei Männer stehen sich gegenüber.

«Es besteht der dringende Verdacht, dass von Ihrem Motorboot aus auf eine Kiterin geschossen wurde», erklärt Schnepel.

«Ach du Scheibenkleister. Von der ‹Meernixe› aus?»

«So ist es», sagt Schnepel.

«Aber wer sollte ... und warum ...? Und warum mein Boot?» Hansen kneift die Augen zusammen, seine Stirn legt sich in Falten.

«Wer außer Ihnen hat einen Schlüssel für das Boot?», fragt Schnepel.

«Niemand. Ist es kurzgeschlossen worden?» Hansen macht einen Schritt zur Seite. «Wann wurde es denn entwendet? Ach halt», unterbricht er sich selbst. «Vermutlich gestern Vormittag. Sonst hätten Sie ja nicht gefragt.» Er überlegt, dann schaut er zu Rudi runter. «Hat der Hafenmeister nichts gesehen?»

Rudi schüttelt den Kopf.

«Woher wissen Sie, dass es mein Boot war?»

«Es gibt ein Foto von Samstagvormittag, da kann man es gut erkennen. Ein Mann hat es gesteuert.»

Ungläubig sieht Hansen von Schnepel zu Rudi. «Ich muss den Diebstahl der Polizei melden. Nehmen Sie die Anzeige gleich hier auf?»

«Das Schiff befindet sich wieder an seinem Liegeplatz in Accumersiel», sagt Schnepel, und eine Welle der Erleichterung läuft über Hansens Gesicht.

«Die Kollegen der Kriminaltechnik sind gerade dabei, es zu untersuchen. Und es gibt wirklich nur einen Schlüssel?», fragt Rudi skeptisch. «Können Sie uns den zeigen?»

«Klar. Er hängt vorne am Schlüsselbrett.» Hansen stutzt. «Da fällt mir ein, es gibt natürlich einen zweiten. Der ist im Boot versteckt. In der Kiste unter den Sitzen. Zwischen den Schwimmwesten. Für den Notfall.»

«Ah», sagt Schnepel von oben herab, «da kommen wir der Sache schon näher. Wer weiß denn von dem Versteck?»

Hansen überlegt. «Meine Familie natürlich. Und ein paar gute Freunde.»

«Könnten Sie uns eine Liste der Personen machen?», fragt Rudi.

Hansen zuckt mit den Schultern. «Versuchen kann ich es.»

In diesem Moment klingelt Schnepels Handy.

«Ja, Chef?», fragt er und hört zu. «In Ordnung. Ach, fragen Sie die Kollegen doch noch, ob sie einen Schlüssel in der Kiste unter den Sitzen gefunden haben ... Ja, ich bleibe dran ... Bitte? Alles klar.» Er steckt das Telefon zurück in seine Manteltasche. «Erstens: Das Boot wurde nicht kurzgeschlossen, sondern regulär gestartet, und der Schlüssel liegt, genau wie Sie sagten, unter den Schwimmwesten. Zweitens: Die Kriminaltechniker haben Schmauchspuren auf dem Boot sichergestellt. Es wurde also tatsächlich von dort aus geschossen.»

Der Apotheker wird blass. «Um Himmels willen.»

Schnepel schaut ihn mit stechendem Blick an. «Kennen Sie eigentlich das Ehepaar Ukena?», fragt er.

«Ukena. Also, ihn kenne ich nicht, aber sie. Petra Ukena, wenn Sie die meinen.»

«Sieh einer an.» Schnepel setzt ein wissendes Lächeln auf. «Und woher, wenn ich fragen darf?»

«Sie ist eine Bekannte meiner Frau. Sie sind zusammen in der Squaredance-Truppe.»

«Tja, mein Lieber», sagt Schnepel, als sie ins Auto einsteigen. «Du weißt, was das bedeutet?»

Rudi greift zum Gurt und schnallt sich an. «Wir müssen noch mal mit Petra Ukena reden.»

«Genau.» Schnepel startet den Wagen und drückt aufs Gaspedal. Der Passat macht einen Satz nach vorn. Rudi blickt seinen Kollegen schräg von der Seite an.

«Du musst jetzt aber auch nicht übertreiben», sagt er. Doch Schnepel beschleunigt noch mehr.

«Soll ich das Blaulicht aufs Dach setzen?», fragt Rudi ironisch. «Damit es zumindest nach außen hin einen Grund für dein Tempo gibt?»

«Halt die Klappe», entgegnet Schnepel, und Rudi muss sofort an Rosas Beo denken. Das ist der einzige Satz, den er sagen kann, aber den schmettert er bei jeder Gelegenheit.

Vielleicht ist ein solides Frühstück jetzt genau das Richtige, denkt sich Henner. Muddern sagt immer: Essen hält Leib und Seele zusammen. Das mit Leib und Seele läuft bei ihm ja gerade aus dem Ruder. Aber bei Maya auch. Die kann doch nicht einfach so mit einem Fremden auf der Matte liegen. Immer noch bebt er innerlich bei der Erinnerung an das, was er im Yogastudio hat sehen müssen. Und das muss er loswerden. Er sollte mit Rudi drüber reden. Rosa ist in diesem Fall nicht die richtige Ansprechpartnerin.

Entschlossen greift Henner zum Telefon. Bis Rosa oben in ihrer Wohnung den Frühstückstisch fertiggedeckt hat, bleibt noch genug Zeit. Er tippt die Kurzwahl für seinen besten Kumpel ein.

«Rudi!», ruft er aufgeregt in den Hörer, als der sich meldet. «Maya hat einen Freund. Ich hab sie vorhin knutschend auf einer Yogamatte erwischt!»

«Ääh ... Henner ... im Moment passt das grad nicht, ich bin dienstlich mit Schnepel unterwegs. Er sitzt neben mir am Steuer. Kann ich dich später zurückrufen?»

«Klar. Aber wenn du nicht selbst fahren musst, dann kann ich dich wenigstens was fragen: Was weißt du über einen Kerl namens Edo Wiemken?»

«Edo Wiemken?»

«Das ist wohl der neue Wattenmeer-Ranger.»

«Und der ist Mayas Freund?»

«Jo.»

«Ich ruf dich nachher an, Henner. Ehrlich, jetzt geht es wirklich nicht. Weißt schon ... Nicht böse sein.» Rudi legt auf.

In das Tuten seines Telefons hört Henner Rosas Ruf von oben.

«Frühstück ist fertig!»

Heute haben Rudi und Schnepel Glück beim Reihenhäuschen der Ukenas, Tjarks Witwe öffnet ihnen nach dem ersten Klingeln.

«Moin ...», beginnt sie ihre Begrüßung, bevor sie überrascht stoppt. «Sie? Was wollen Sie denn noch? Ich hab keine Zeit, ich warte auf den Pastor.»

«Wir müssen Sie noch einmal sprechen», sagt Schnepel.

«Na gut, wenn es unbedingt sein muss. Dann kommen Sie rein. Bis Pastor Bornschein da ist, können wir ja reden. Wir wollen die Trauerfeier planen. Die Kinder spielen bei dem schönen Wetter draußen, dann kann ich in Ruhe mit ihm die Einzelheiten besprechen.»

Als hätten die drei auf ihr Stichwort gewartet, kommt eines von ihnen in den Flur gerannt. «Fang mich doch, du Eierloch!»

«Ab mit dir in den Garten», ruft Petra Ukena ihm zu. Sofort macht der Junge kehrt und flitzt durchs Wohnzimmer hinaus. «Tagsüber gibt es Momente, in denen sie vergessen, dass ihr Vater tot ist. Ich glaube, sie können es gar nicht begreifen. Sie verstehen noch nicht, dass er nie wiederkommt.» Petra Ukena atmet tief ein. «Ich übrigens auch nicht.»

Sie stehen immer noch im Flur, Ukenas Witwe macht keinerlei Anstalten, sie ins Wohnzimmer zu bitten. Rudi spürt, dass sie Schnepel und ihn so schnell wie möglich wieder loswerden will.

«Wo waren Sie eigentlich gestern Vormittag?», fragt Schnepel ohne große Vorrede.

Petra Ukena sieht ihn misstrauisch an. «Warum wollen Sie das wissen?»

«Ich habe meine Gründe.»

«Gestern Vormittag?» Sie überlegt nur kurz. «Bei meiner Mutter. Wir haben die letzte Nacht alle bei ihr geschlafen, ich mochte nicht ins leere Haus gehen. Erklären Sie mir nun, warum Sie das fragen?»

Statt ihr eine Antwort zu geben, setzt Schnepel nach: «Sagt Ihnen der Name Antje-Marie Plumhoff etwas?»

«Natürlich», antwortet Petra Ukena und wirkt verblüfft. «Sie ist Journalistin und betreut den Blog der ‹Frechen Friesen›. Tjark versorgt sie immer mit aktuellen Informationen. Er kann das nicht so gut formulieren wie sie, hat er immer gesagt.»

«Waren Ihr Mann und Frau Plumhoff enger miteinander befreundet?»

«Nein. Ich würde nicht einmal behaupten, dass sie überhaupt befreundet waren.»

«Sind Sie sich sicher, dass sie nicht die Geliebte Ihres Mannes war?», fragt Schnepel.

Rudi zieht scharf die Luft ein. Schnepel weiß aber auch nie, wann es genug ist.

«Natürlich bin ich mir sicher. Was soll das überhaupt?» Petra Ukena ist empört. «Mein Mann ist gerade gestorben, und jetzt tischen Sie mir solche Sachen auf? Rücksichtnahme kennen Sie wohl gar nicht.»

«Frau Plumhoff kam gestern Vormittag auch ums Leben. Beim Kiten», erklärt Rudi, um Schnepel zuvorzukommen.

«Und was hat das mit uns oder meinem Mann zu tun?»

«Auf die Plumhoff wurden ebenfalls Schüsse abgegeben.» Schnepel zieht die Augenbrauen hoch und sieht die Witwe prüfend an.

«Beim Kiten erschossen? Das ist ja Unsinn. Da hat doch niemand eine Waffe dabei.» Petra Ukena betrachtet Schnepel, als sei der nicht recht bei Trost.

«Von einem Boot aus.»

«Und was hat das mit mir zu tun?»

«Sie können schießen. Sie besitzen eine Waffe.»

«Ja, aber kein Boot», antwortet Petra Ukena scharf. Ihr Kopf ist mittlerweile hochrot.

«Sie könnten sich eines ... sagen wir mal ... ausgeliehen haben.» Schnepel kann ganz schön hartnäckig sein. Aber das kennt Rudi ja. Zumindest ist er heute im Tonfall gemäßigt.

«So ein Quatsch! Was unterstellen Sie mir da eigentlich!»

«Mama ...» Ein kleines Mädchen kommt weinend hereingestürmt. «Dennis hat mich gehauen!»

«Geh bitte wieder raus, Mäuschen», sagt Petra Ukena und streicht ihr sanft über den Kopf. «Und sag deinem Bruder, wenn er nicht lieb zu dir ist, kriegt er nachher Ärger. Lass mich bitte eben mit den beiden Herren reden.»

Neugierig baut sich das Mädchen vor Rudi auf und schaut zu ihm hoch. «Bist du ein Polizist?»

Rudi lächelt. «Ja, das bin ich.»

«Toll! Mein Bruder will auch Polizist werden, wenn er groß ist. Oder Lokomotivführer.»

«Mäuschen, bitte. Lass mich noch kurz mit den Herren reden.» Petra Ukena streicht ihrer Tochter erneut über den Kopf.

«Ist gut.» Die Kleine macht auf dem Absatz kehrt. «Tschühüs», ruft sie und ist wieder fort.

«Um es kurz zu machen: Wir brauchen jetzt Ihre Waffen und die Waffenbesitzkarte», fordert Schnepel, als habe es keine Unterbrechung in seiner Befragung gegeben.

«Moment. Das verstehe ich nicht. Ich hab doch gerade gesagt, dass ich gar kein Boot habe.»

«Sie sind mit Ingrid Hansen befreundet?»

«Was hat Ingrid denn damit zu tun?»

«Herr Hansen hat gesagt, dass seine Frau und Sie durchaus mal mit dem Boot der Hansens unterwegs waren.»

«Na und? Ingrid, ich und die anderen sechs Frauen unserer Tanztruppe haben das ein paarmal gemacht.» Lächelnd fügt sie hinzu: «Wir sind eine reine Frauengruppe, auch wenn wir natürlich bei Auftritten als vier Männer und vier Frauen auftreten.»

«Interessant», sagt Schnepel und mustert sie. «Lassen Sie mich raten: Sie selbst ziehen sich dabei Hosen an und geben den Mann?»

«Stimmt. Interessieren Sie sich für Squaredance?»

«Weniger.»

«Ist ja auch nicht so wichtig.»

«Sagen Sie das nicht! Zumindest wussten Sie, dass die Hansens das Boot in Accumersiel liegen haben.»

«Natürlich. Von dort aus sind wir immer losgefahren.»

«Sehen Sie», sagt Schnepel, und seine Stimme nimmt den drohenden Tonfall an, den Rudi so gut von ihm kennt. «Es wäre Ihnen ein Leichtes gewesen, hinzufahren und sich das Boot auszuleihen.»

Petra Ukena schüttelt den Kopf. «Es ist absoluter Quatsch, was Sie sagen.» Langsam klingt ihre Stimme schrill.

«Was Unsinn ist oder nicht, lassen Sie mal meine Sorge sein.» Schnepel bleibt ganz gelassen. Rudi ist erstaunt. Sein Kollege macht die Sache heute eigentlich doch richtig gut. Gesetzt den Fall, Petra Ukena hat wirklich etwas mit den Morden zu tun. Wenn nicht, setzt er der armen Witwe allerdings ganz schön zu.

Schnepel wird wieder forscher. «Außerdem brauchen wir die Klamotten, die Sie gestern Vormittag getragen haben. Ach ja, und haben Sie breites Klebeband? So eine Rolle, mit der man Pakete zuklebt?»

Petra Ukena will schon losgehen, um die Sachen zu holen, bleibt aber plötzlich stehen. «Wozu denn Paketklebeband?»

«Damit nehmen wir ein paar Proben von Ihren Händen.»

«Wie bitte? Warum das denn?»

«Wegen der Schmauchspuren.»

Mit einem ziemlich verrosteten Golf steht Wilko Onneken um die Mittagszeit vor der Tür. Rosa steigt ein, dann zockeln sie über Esens in Richtung Pewsum. Mit einem kleinen Umweg über Marienhafe, weil sie gut in der Zeit liegen.

Schon von weitem entdeckt Rosa den hohen, viereckigen Turm.

«Das ist der Störtebekerturm», sagt Wilko. «Eigentlich

ist das ein Kirchturm. Störtebeker war als Seeräuber auf der Nordsee unterwegs, die Kirchturmspitze soll ihm als Seezeichen gedient haben.»

«Echt? Hier mitten im Land?», wundert Rosa sich, die weit und breit nur Acker sieht.

«Damals lag Marienhafe noch am Wasser. In der Leybucht. Schiffe mit geringem Tiefgang konnten hier festmachen.»

Was Wilko alles weiß! Rosa ist beeindruckt. «Wollen wir den Turm besichtigen?»

«Das könnte zeitlich dann doch zu knapp werden. Um fünfzehn Uhr ist eine Kleingruppe zur Besichtigung der Manningaburg angemeldet. Ein paar Ausländer wollen sich die Burg ansehen. Der Heimatverein hat mich gebeten, das zu übernehmen. Die sind im Englischen nicht so perfekt.»

«Ach, ich kriege gar keine Exklusivführung?» Rosa ist ein bisschen enttäuscht. Das hätte er auch von Anfang an sagen können.

«Zumindest fast exklusiv. Die Touristen sind nur zu viert.»

Mit den drei Gewehren der Ukenas, jeweils in einem blauen Sack verstaut, und den Klamotten laufen Rudi und Schnepel zum Dienstwagen. Die Klebestreifen, mit denen sie Petra Ukenas Hände bearbeitet haben, hat Rudi sicher für die Untersuchung durch das Rasterelektronenmikroskop in seiner Uniformtasche verwahrt. Gerade haben sie alles im Kofferraum deponiert und die Heckklappe geschlossen, da hält ein Mofa neben ihnen. Pastor Bornschein nimmt seinen Helm ab.

«Moin», sagt er. «Gibt es schon was Neues? Haben Sie den Todesschützen?»

Rudi schüttelt den Kopf. «Noch nicht. Aber wir sind dran.»

«Konnten Sie mit dem Foto, das ich geschickt habe, etwas anfangen?» Bornschein guckt Rudi bei dieser Frage an, Schnepel ignoriert er geflissentlich. Kein Wunder, die letzten Begegnungen zwischen den beiden waren nicht gerade durch Harmonie geprägt.

«Jo», antwortet Rudi mit einem Seitenblick auf Schnepel, der das Wort in der Regel immer an sich reißt. «Es war zwar etwas unscharf, aber wir haben den Bootsbesitzer ermitteln können. Danke, dass Sie uns das Bild geschickt haben. Gibt es noch andere Aufnahmen?»

«Das wohl, aber ich dachte, auf diesem Foto müsste man am ehesten etwas erkennen können.»

«Genau, den Mann mit Hut und Sonnenbrille. Ein Bild, das ihn mit Waffe zeigt, wäre natürlich noch besser», antwortet Rudi und blickt den Pastor aufmunternd an. «Aber auch so haben Sie uns gewaltig weitergeholfen! Vielen Dank dafür!»

Schnepel verdreht die Augen. «Der Pastor hat nur seine Bürgerpflicht getan. Nicht mehr und nicht weniger. Selbstverständlich schicken Sie uns auch die anderen Aufnahmen», sagt er in einem Tonfall, der Widerspruch ausschließt. «Und jetzt müssen wir uns beeilen. Wir haben gleich den Termin mit der Staatsanwältin in der Plumhoff-Wohnung.»

Rudi sieht Bornschein an, dass der am liebsten vor Wut geschnaubt hätte. Doch der Pastor behält seine Gefühle gut unter Kontrolle. Schnepel weiterhin ignorierend sagt er in pastoralem Singsang zu Rudi: «Natürlich schicke ich Ihnen die Aufnahmen, Herr Bakker. Das mache ich gern, aus Nächstenliebe und weil Unmenschen, egal hinter welcher Maske sie sich verstecken, aus dem Verkehr gezogen werden müssen.»

Rudi meint, aus diesen Worten einen dezenten Seitenhieb auf Schnepel herausgehört zu haben, sicher ist er allerdings nicht.

Die Fahrtstrecke zieht sich ganz schön, aber endlich erreichen sie die Krummhörn. Wilko parkt mitten im Ortszentrum. Von hier sind es nur wenige Schritte über das Kopfsteinpflaster zur Wasserburg aus dem 15. Jahrhundert. Sie ist gelb getüncht. In der Sonne leuchten die Wände regelrecht vor dem grünen Rasen, der bis zum Burggraben reicht. Rosa kommt aus dem Staunen gar nicht wieder raus. Besonders nicht, als sie sieht, wer vor dem Eingang wartet. Es ist Adelheid. Und daneben ein Mann mit weißen Haaren, eingehakt von zwei Frauen, beide etwa in Rosas Alter. Das ist ja ein Ding!

«Huhu, Adelheid!», ruft Rosa.

Auch Adelheid ist völlig überrascht, sie zu sehen. «Rosa! Mensch, das ist ja witzig! Was machst du denn hier?»

«Wilko soll gleich eine Führung für eine Gruppe Touristen in der Burg machen. Und ich begleite ihn. Damit ich ein paar Dinge über das ostfriesische Häuptlingswesen erfahre.»

«Mit den Touristen meint er dann wohl uns.» Adelheid zeigt auf ihre Begleitung. «Darf ich vorstellen: Rudis Vater, Hoyko Manninga, und seine beiden Töchter, Ava und Livia.

Du kannst mit ihnen auch Deutsch reden, sie machen in Kanada Führungen für deutsche Touristen.»

Neugierig mustert Rosa die drei, als sie sich die Hände schütteln. Ätschbätsch, Rudi. Mich lässt keiner außen vor. Ein kleines Triumphgefühl macht sich in ihr breit.

«Das ist ja wunderbar. Dann lerne ich Sie auch endlich kennen», sagt sie und zeigt auf Wilko. «Darf ich vorstellen, das ist Wilko Onneken. Wilko ist Historiker. Er wird euch durch die Burg führen. Stimmt's?» Sie strahlt Wilko an. «Guck, und du musst gar nicht Englisch sprechen, Rudis Vater stammt ja von hier»

«Ja», sagt er. «Ich ...»

«Ich denke, wir gehen erst mal hinein», schlägt Rosa vor.

«Ja», startet Wilko einen neuen Versuch, sich der Gruppe selber vorzustellen, aber Rosa hakt sich schon bei Rudis Vater ein.

«Ich habe gehört, dass Sie ein Hotel an der kanadischen Küste besitzen. Erzählen Sie doch mal, das interessiert mich brennend.»

Als sie in der Wohnung von Antje-Marie Plumhoff ankommen, ist die Staatsanwältin schon da. Schnepels Augen strahlen, als er Frau Doktor von Straten sieht, und er reckt sich, als könne er dadurch noch ein paar Zentimeter wachsen. Rudi amüsiert sich köstlich. Es ist immer das Gleiche mit Schnepel. Kaum steht die rotblonde Rassefrau vor ihm, fängt er an zu balzen. Als ob die sich mit jemandem wie Schnepel einlassen würde.

Der beachtet die Eheleute Plumhoff kaum, begrüßt aber

die Staatsanwältin sogleich mit übertriebener Freundlichkeit, als wären sie bestens miteinander vertraut.

«Wonach suchen wir eigentlich genau?», fragt Rudi, als Schnepel endlich mit seinem Gegurre fertig ist. Bei jeder Hausdurchsuchung fühlt er sich unwohl. Im intimsten Bereich eines anderen Menschen herumzuwühlen, ist so gar nicht sein Ding.

«Nach Hinweisen darauf, wer ihr ans Leder wollte», antwortet Schnepel von oben herab. «Muss ja irgendwas geben. Einfach aus Spaß an der Freud macht sich wohl kaum jemand die Mühe, erst ein Motorboot zu klauen und dann einen Menschen vom Surfbrett zu schießen.» Er lacht. Aber weder Frau Doktor von Straten noch Antje-Maries Eltern oder Rudi fallen in sein Lachen ein. Im Gegenteil. Frau Plumhoff sieht Schnepel mit versteinertem Gesicht an.

Mann, ist Rudi das peinlich. So redet man doch nicht vor den Eltern einer Verstorbenen. Rücksicht auf die Gefühle anderer zu nehmen, ist für Schnepel wirklich ein Fremdwort. Manchmal ist sein Kollege ein echter Hornochse.

Die Staatsanwältin ignoriert Schnepels sprachlichen Fehltritt. Sie guckt Antje-Maries Mutter mit ernstem Gesichtsausdruck an. «Wenn es Ihnen recht ist, würde ich jetzt gehen. Mein Schwiegervater hat Geburtstag, und ich bin extra von der Feier weg. Der richterliche Beschluss liegt auf dem Tisch, und meine beiden Kollegen wissen genau, was sie zu tun haben.»

Frau Plumhoff nickt ergeben.

«Tschüs, die Herrschaften», sagt Doktor von Straten zum Abschied und ist weg. Schnepel schaut ihr wehmütig hinterher.

«Ich geh mal ins Schlafzimmer», sagt Rudi, «vielleicht gibt es dort einen Hinweis, wer ihr Freund war. Ist doch oft so, dass man ein Foto seiner Liebsten auf dem Nachttisch stehen hat. Gerade, wenn man nicht zusammenlebt.» Er selbst hatte sogar ein Bild von Denise am Bett stehen, als sie schon verheiratet waren. Auch noch, als Denise längst ausgezogen war. Irgendwie hat er gedacht, sie überlegt es sich noch mal anders und kommt zu Sven und ihm zurück. Dann trudelte jedoch der Brief ihres Anwaltes ein. Rudi wurde in wenigen Worten mitgeteilt, dass Denise die Scheidung eingereicht hatte, und er musste wohl oder übel einsehen, dass es vorbei war. Den Rahmen hat er mit dem Bild nach unten in den Schrank gelegt. Unter den Stapel mit der Bettwäsche. Da liegt es immer noch. Die Fotoalben aus der fröhlichen Familienzeit sind bei Sven im Zimmer. Für ihn ändert sich ja nichts, seine Eltern bleiben seine Eltern, nur, dass die Mutter eben nicht mehr mit ihnen zusammenwohnt.

Während Schnepel nun im Wohnzimmer die Schränke aufreißt und alles von links nach rechts schiebt, fragt Rudi Frau Plumhoff: «Möchten Sie mit ins Schlafzimmer Ihrer Tochter kommen, oder soll ich allein ...?»

Frau Plumhoff weint lautlos. «Gehen Sie ruhig», sagt sie leise. «Ich kann es einfach nicht ertragen. Ich habe das Gefühl, meine Tochter könnte jeden Moment hereinkommen und mich fragen, was wir hier machen.» Sie schluchzt auf und wischt sich die Tränen aus dem Gesicht. Ihr Mann legt den Arm um ihre Schulter und zieht sie sanft an sich.

Rudi versteht gar nicht mehr, warum er den Vater gestern im Verdacht gehabt hat, dass er Petra Ukena etwas antun könnte. Heute kommt ihm dieser Gedanke völlig abstrus vor. Im Gegenteil, die beiden tun ihm leid, wie sie hier so in der Wohnung stehen. Aber das hilft alles nichts. Er muss tun, was seine Aufgabe ist. Ob ihm das nun schmeckt oder nicht.

Er geht an der Garderobe vorbei, an der eine giftgrüne Daunenjacke und eine schwarze Motorradjacke hängen. Ein schwarz-weißer Helm liegt auf einem Stuhl neben der Garderobe. Vorsichtig öffnet er die Schlafzimmertür, dabei weiß er ganz genau, dass die Wohnungsinhaberin nicht im Bett liegen und schlafen wird. Er hat schließlich gestern mit eigenen Augen gesehen, dass sie tot ist. Zögerlich betritt er den Raum. Die Einrichtung erkennt er sofort. IKEA. Das gleiche Bett, nur als Einzelbett, hat er für Sven gekauft. Und zusammengeschraubt. Svens ist dunkel, dieses hier weiß. Das ganze Zimmer ist leicht und luftig eingerichtet, zarte Vorhänge, Blumenbettwäsche. Beide Bettseiten sind bezogen. Und auf dem Nachttisch steht tatsächlich ein gerahmtes Foto.

«Ich hab ihr Handy!», brüllt Schnepel begeistert aus dem Wohnzimmer. «Sie hat es auf dem Tisch liegen lassen. Vernünftig. Auf dem Surfbrett braucht sie es ja nicht. Blöd nur, dass es überhaupt keinen Saft mehr hat. Ein Laptop ist auch da. Supi!»

Rudi hört Schnepels Worte nur wie durch Watte. Er glaubt, seinen Augen nicht zu trauen.

Das ist doch ... Nein ... Doch ... Er irrt sich nicht. Von Antje-Maries Nachttisch lächelt ihn aus einem weißen Holzrahmen ein Mann an. In Motorradkluft.

Aber es ist nicht Tjark Ukena.

«Die Grundmauern der 1458 von Poppo Manninga errichteten Burg sind bis heute im West- und Südflügel der Vorburg erhalten», erklärt Wilko und steckt das Heft mit den Erklärungen auf Englisch wieder in seine Jackentasche. Im Gänsemarsch gehen sie an den wechselnden Sandstein- und Backsteinbändern, den sogenannten Specklagen, vorbei in den Burghof, wo Wilko ihnen die Außenanlage erläutert, bevor er die kleine Gruppe ins Burgmuseum führt.

«Hier können wir wunderbar sehen, wie sich die friesischen Burgen von den einfachen Steinhäusern des Mittelalters zu Festungen der Neuzeit entwickelten.»

Wilkos Erklärungen scheinen Ava und Livia zu langweilen. «Wir wollen etwas über unsere Vorfahren, die Manningas, hören», unterbricht Ava seinen Vortrag. Genau. Das interessiert Rosa auch viel mehr. Bis vor einer Woche hat sie nicht mal gewusst, dass Rudi quasi zum alten Adel von Ostfriesland gehört. Das lässt ihn in einem ganz anderen Licht erscheinen! Da könnte sie ihn auch prima zum Unterricht mitnehmen. Als Nachfahre einer alten Häuptlingsfamilie. Ihre Schüler würden das bestimmt «cool» finden.

«Is gut. Kann ich verstehen.» Wilko geht sofort auf die Wünsche der kleinen Gruppe ein. Das gefällt Rosa. Er hat zwar total viel Ahnung von der Burg, aber er ist kein Besserwisser, der darauf beharrt, sein Programm abzuspulen. Überhaupt gefällt er ihr immer mehr.

«Die Manningas waren eine der bedeutendsten Häuptlingsfamilien in Ostfriesland. Zusammen mit der Grafenfamilie Cirksena gehörten sie zu den angesehensten Adelsgeschlechtern des Landes.»

«Hört, hört», sagt Ava.

Wilko berichtet, wie die Familie ihre Stellung ausbaute und Besitztümer anhäufte. «Aber wie es so oft ist: Die eine Generation baut auf, die andere reißt es wieder ein. Als Hoyko Manninga 1550 die Herrschaft übernahm, begann eine Zeit des ausschweifenden Lebensstils.»

«Dieser Hallodri hat unser Familienerbe verprasst», wirft Rudis Vater ein, der die Geschichte seiner Vorfahren wohl gut zu kennen scheint.

«Stimmt in gewisser Weise», pflichtet Wilko ihm bei. «Die Burg musste fünfzehn Jahre nachdem Hoyko sein Erbe angetreten hatte, verkauft werden. Später verfiel sie immer mehr, Teile wurden sogar abgebrochen.»

Ava und Livia können gar nicht genug von der Familiengeschichte bekommen und fragen Wilko Löcher in den Bauch. Als er so ziemlich alle Details erklärt hat, bleibt der Historiker vor einer Infotafel stehen.

«Es gab natürlich nicht nur die eine Häuptlingsfamilie. Von den Cirksenas habe ich vorhin schon gesprochen, aber mindestens so bedeutsam ist die Familie tom Brok, und auch die Familien Tjarksena, Ukena, Wiemken und natürlich», ergänzt er mit einem breiten Grinsen, «die Onnekens, um nur einige zu nennen.»

«Ukena. Wiemken. Onneken. Manninga», murmelt Rosa. «Das grenzt ja schon an eine Inflation von Häuptlingsnamen. Sogar ich kenne einige Leute, die so heißen. Die haben sich anscheinend wie die Karnickel vermehrt.»

Rudi ist verdutzt. Vom Foto auf dem Nachttisch lächelt ihm Nobbi Freese entgegen. Sein Yoga-Kumpel, der seit einiger Zeit so unverschämt gut drauf ist. Er läuft hinüber ins Wohnzimmer.

«Ich weiß jetzt, wer der Geliebte war. Du hast mit deiner Vermutung völlig danebengelegen. Das war nicht Tjark Ukena, sondern Norbert Freese. Seine Adresse kenne ich. Wir können gleich hinfahren, wenn wir hier fertig sind.»

Die Wohnung der Freeses liegt in einem Mehrfamilienhaus hinter dem Deich in Neuharlingersiel. Rudi drückt auf den Klingelknopf.

«Es bleibt dabei, ich spreche.» Auf der Autofahrt hat Rudi auf seinen Kollegen eingeredet. Und sich schließlich durchgesetzt. Das Thema ist überaus sensibel. Im Unterschied zu Schnepel.

«Meinetwegen. Nur wenn es heikel wird ...» Schnepel kommt nicht dazu, seinen Satz zu Ende zu sprechen, die Tür wird geöffnet. Aber nicht von seinem Yoga-Kumpel, sondern von dessen Gattin.

Rudi ist beim Anblick von Beatrix Freese überrascht. Er hätte Nobbi eine eher zarte Frau zugetraut, oder vielleicht eine graue Maus, aber Beatrix Freese ist alles andere als das. Von zierlich kann keine Rede sein. Sie ist groß, hat dunkle lange Haare, die sie am Hinterkopf zu einem Dutt gebunden hat, ihr Mund leuchtet signalrot, und ihre Zähne strahlen wie bei einer Hollywoodschönheit. Instinktiv tritt Rudi einen Schritt zurück.

«Polizei?», fragt Nobbis Frau überrascht, dann jedoch reagiert sie kühl. «Zeigen Sie mir bitte Ihre Ausweise. Und die Dienstmarken.»

Schnepel fummelt seinen Dienstausweis und die kleine ovale Metallplatte aus der Jackentasche.

«Wir müssen mit Ihrem Mann sprechen», sagt Rudi und hält ihr seinen Ausweis hin.

Nun kommt Leben in die Frau. «Um Himmels willen, was ist denn passiert?», fragt sie aufgeregt. «Gab es einen Einbruch in die Versicherung? Kommen Sie herein.» Sie führt Rudi und Schnepel ins Wohnzimmer, wo ihr Mann auf der Couch sitzt und an seinem Handy rumfummelt. Hat Rudi Nobbi in der letzten Zeit als völlig entspannt und gutgelaunt erlebt, so wirkt er jetzt extrem beunruhigt. Er springt sofort auf, als er Rudi sieht.

«Was ist los?», fragt er hektisch.

«Nehmen Sie doch Platz», sagt seine Frau. «Darf ich Ihnen etwas zu trinken anbieten? Einen Tee vielleicht? Oder einen Kaffee?»

Rudi und Schnepel schütteln den Kopf.

«Wir würden dich gern allein sprechen», sagt Rudi. Nobbi wird kurz blass, dann rot. Sein Blutdruck scheint Kapriolen zu schlagen.

«Lass uns in die Küche gehen», schlägt er vor.

«Ich kann euch Wasser hinstellen», bietet Beatrix Freese an, aber ihr Mann faucht: «Sie wollen mich allein sprechen, Bea. Das hast du doch gehört. Also bleib hier und guck fern. Irgendeine deiner Lieblingsserien kommt garantiert. Hast ja etliche davon.»

Rudi zuckt bei dieser Ansprache zusammen. Das hört sich nicht gerade nach einer harmonischen Ehe an. Aber es passt zu dem Foto, das Rudi auf Antje-Maries Nachttisch gesehen hat. Ein strahlender Nobbi. Für Antje-Marie.

Kaum sitzen sie in der Küche – sein Yoga-Freund hat sowohl die Wohnzimmertür als auch die zur Küche geschlossen –, fragt er: «Es geht nicht um einen Einbruch, hab ich recht?»

«Nein. Kannst du dir vorstellen, warum wir hier sind?», fragt Rudi und ist fast ein wenig überrascht, dass Schnepel wie abgesprochen den Mund hält.

Nobbi schüttelt den Kopf, legt sein Handy auf den Tisch und starrt darauf.

«Sie antwortet nicht, oder?», fragt Rudi leise.

Verwirrt guckt Nobbi ihn an.

«Antje-Marie. Sie antwortet nicht auf deine Nachrichten.»

Nobbi senkt den Blick. «Nein», sagt er leise. «Seit gestern Morgen nicht. Wir haben telefoniert. Marie sagte, sie wolle zum Kiten. Aber seitdem erreiche ich sie nicht.»

«Sie ist tot», sagt Rudi.

Nobbis Augen weiten sich. «Nein.» Seine Hand fährt zum Mund hoch. «Nein», brüllt er nun schallgedämpft. Dann reißt er sich zusammen. «Was ist passiert?»

«Sie wurde erschossen», mischt sich Schnepel ins Gespräch ein. Seiner Ansicht nach hat er wohl lang genug danebengesessen und geschwiegen. «Wo waren Sie am Samstagvormittag zwischen neun und dreizehn Uhr?»

«Da haben wir die Wohnung saubergemacht. Samstag ist Hausputztag. Fragen Sie meine Frau.»

«Das Alibi stimmt», behauptet Rudi einfach, als sie kurze Zeit später die Wohnung der Freeses verlassen. «Er wird kaum seine Frau gebeten haben, ihm ein Alibi zu geben. Und überhaupt, warum sollte er Antje-Marie getötet haben?»

«Du bist immer so gutgläubig! Klar würde der nicht sagen: ‹Schatzi, ich geh mal eben meine Geliebte töten.› Er könnte einen anderen Grund vorgeschoben haben», mutmaßt dagegen Schnepel.

«Aber warum sollte er seine Geliebte töten, wenn er mit der so glücklich war? Ich hab ihn in der letzten Zeit erlebt. Der war total gut drauf.» Rudi ist mehr als skeptisch. «Glaubst du, Nobbi hat nicht nur ein, sondern gleich zwei Geheimnisse? Eine Geliebte, von der die Ehefrau nichts weiß, und … was noch? Warum sollte die Ehefrau ihn decken? Was haben die beiden für ein Geheimnis, von dem wir nichts wissen dürfen?»

«Wir werden es herausfinden», sagt Schnepel überheblich. «Wir finden es heraus. Aber jetzt machen wir für heute Feierabend.»

Wenigstens für etwas sind diese bebenden Gefühle in ihm gut: Mit dem Saubermachen der Wohnung ist Henner nun fertig. Seit anderthalb Wochen hat er das vor sich hergeschoben. Jetzt liegt kein Staubflöckchen mehr herum. Sogar alle Fenster hat er geputzt!

Er gießt sich Mineralwasser ins Glas und setzt sich auf die Bank vor seinem Haus. So recht weiß er nicht, was er nun tun soll. Fürs Mittagessen bei Muddern ist es schon zu spät, da braucht er gar nicht mehr hinzufahren. Außerdem ist ihm sowieso nicht nach Reden. Gequassel hat er heute Morgen schon reichlich mit Rosa gehabt. Die Frau kann einfach nicht den Sabbel halten. Nicht mal, wenn sie gerade vom Brötchen abgebissen hat. Und diese Lobeshymnen auf den Ranger hätte sie sich auch sparen können. Edo Wiemken hier und Edo Wiemken da. Als wenn Henner sich für den Mann interessieren würde. Diesen Öko-Fuzzi, der als Kind Kröten über die Straße getragen hat! Wenn Henner so was schon hört. Wäre der auf einem Bauernhof aufgewachsen, so wie er, wär der nicht auf solche Gedanken gekommen. Überhaupt! Frauen!

Henner lehnt sich zurück und blickt in den Himmel. Der Wind jagt die Wolken, als würde er es bezahlt kriegen. Eine sieht aus wie ein Schaf, die dahinter erinnert ihn an einen Wolf. Hoffentlich hat Maya sich nicht den Wolf im Schafspelz ins Haus geholt mit diesem Robin Hood für Wanderkröten. Maya. Henner schnaubt. Schluss jetzt. Er muss endlich auf andere Gedanken kommen. Ohne lange zu überlegen schnappt er sich seine Jacke und die frisch geputzte Berta und schwingt seinen Hintern auf den Sattel. Bewegung vertreibt Kummer und Sorgen. Das hat seine Oma immer gesagt.

Er sucht sich extra eine Strecke aus, die ihm auf der Hintour den Wind ins Gesicht pustet. Rückenwind auf dem Heimweg ist mehr so sein Ding. Obwohl, man kann sich ja nie sicher sein. Oft genug schon hat er erlebt, dass zwischendurch der Wind gedreht hat. Heute nimmt er den Weg zum Neuharlinger Sieltief, direkt am Sielhof und am Park vorbei.

Am Ufer stehen ein paar Leute. Zwei kennt er, die sind aus seiner Boßelmannschaft.

«Moin», grüßt er, fährt aber ohne anzuhalten weiter, winkt ihnen nur kurz zu. Kräftig gegen den Wind anarbeiten, das tut gut! Ist viel besser als Joggen und der andere Firlefanz. Für die Knie auf jeden Fall. Und auf Yoga hat er definitiv keine Lust mehr. Nie wieder legt er sich auf eine dieser Matten. Nie wieder!

Er tritt noch kräftiger in die Pedale. Schon ist er beim Mühlenstrich und biegt ab, von hier aus geht es schnurstracks weiter zur Seriemer Mühle. Der Apfelkuchen dort ist sensationell. Bei dem Gedanken daran meldet sich sein Magen. Der Hausputz hat ordentlich hungrig gemacht.

Jetzt warte ich schon ewig vor seinem Haus. Doch ich muss zu Ende bringen, was ich angefangen habe. Die Zeit drängt. Da, das Warten hat sich gelohnt. Schwerbepackt kommt er heraus. Eine längliche Tragetasche, einen Rucksack und eine Röhre hat er dabei. Die Röhre hängt er sich um. Rucksack und Tragetasche packt er vorne in den Lastenkorb seines Fahrrades.

Ich folge ihm mit dem Auto. Das fällt nicht auf, innerorts herrscht ja Tempo 30. Jetzt biegt er ab. Ich bleibe zurück, parke am Feldweg. Er hält auf das Altharlinger Sieltief zu. Hält an. Steigt vom Rad, zieht aus der Tragetasche einen Faltstuhl und klappt ihn auf.

Dann öffnet er die Röhre und zieht eine Angel heraus.

Leichter kann er es mir ja gar nicht machen.

Ich schaue mich um. Niemand ist zu sehen. Gut so. Aus dem Kofferraum nehme ich die Waffe. Pirsche mich von hinten an ihn heran.

Entspannt sitzt Edo Wiemken auf seinem Faltstuhl. Er präpariert seine Angel und befestigt einen halbierten Tauwurm am Haken. Wenn man Aale fangen will, muss man mit Duft arbeiten, hat ihm letzte Woche ein Vereinskollege verraten. Dazu hat er ihm noch den entscheidenden Tipp gegeben: Je später am Abend, desto näher sollte der Köder am Ufer liegen.

Edo hält sich genau an die Anweisungen. Doch es rührt sich nichts. Ist aber auch noch nicht wirklich spät. Er fummelt sein Handy aus der Jackentasche und schickt Maya eine Nachricht per WhatsApp. «Gleich beißt ein Aal. Ich spüre das. Wollen wir den nachher zusammen essen? Brataal ist eine Delikatesse, das kann ich dir versprechen.»

Er schickt die Nachricht los, packt das Handy weg und blickt weiter auf das ruhige Wasser.

Das war heute seltsam, als dieser Typ plötzlich im Yogastudio aufgetaucht ist. Stand einfach in der Tür und glotzte. Was der wohl wollte? Edo hat Maya gebeten, die Tür künftig abzuschließen. Man weiß ja nie, was für Leute da sonst plötzlich reinkommen. Aber Maya hat seine Bedenken gleich zur Seite gefegt. Das sei nur der Postbote, hat sie gesagt. Der Postbote. Am Sonntagmorgen! Ohne Uniform! Nee, ein bisschen eigenartig ist das schon.

Da bewegt sich etwas auf der Wasseroberfläche. Sofort konzentriert er sich wieder auf die Angelschnur.

Nachdem Wilko ihnen auch Geschichten über die anderen Häuptlingsfamilien, die Seeräuber und deren Kämpfe mit den Hansestädten berichtet hat, sind alle platt. So viele Informationen kann nicht mal Rosa verkraften.

«Wie wäre es jetzt mit einem Tee in der Greetsieler Teestube?», fragt Adelheid, die ein Gefühl für kippende Stimmungen hat. Ava, Livia und Hoyko stimmen begeistert zu.

«Aber vorher fahren wir noch zu dem Otto-Leuchtturm. Bitte, Adelheid!», drängelt Livia. «Den möchte ich unbedingt sehen.»

«Sollen wir mitkommen?», fragt Wilko. Die Führung dieser wissbegierigen kleinen Truppe scheint ihm Spaß gemacht zu haben. «Ich kann euch auch dazu eine Geschichte erzählen.»

«Fein!» Livia klatscht in die Hände. «Den Film ‹Otto, der Außerirdische› haben wir als Kinder so gerne gesehen. Dad hat immer gesagt, dass er gleich um die Ecke von diesem gelb-rot geringelten Turm aufgewachsen ist.»

«Und wir wollen ein Foto von uns vor dem Turm auf Facebook posten», ergänzt Ava. «Schließlich sollen unsere Freunde sehen, wie es in Ostfriesland aussieht. Das glaubt ja keiner, dass alles hier so flach ist. Und Wasserburgen und bunte Leuchttürme gibt es bei uns nicht.»

Aber Häuptlinge. Und die müssen in Reservaten leben. Diesen Gedanken behält Rosa jedoch lieber für sich.

«In Kanada war ich noch nie», sagt Wilko und wirft Ava einen Blick zu, den Rosa nicht so recht deuten kann.

Edo beugt sich vor und konzentriert sich auf die Angelschnur. Gleichzeitig hört er hinter sich etwas knacken. Er dreht den Kopf. An der Weide steht jemand. Mit Hut und langem Lodenmantel. Und einem Gewehr. Die Gestalt kommt näher.

Was will der?

«Moin. Ich geh hier nur auf Aal», ruft Edo, um etwas zu sagen. Die Situation gefällt ihm nicht.

Keine Reaktion.

«Ich mach nichts Verbotenes.»

Noch immer keine Reaktion.

«Ich kenne die Regeln, ich bin Nationalpark-Ranger.»

Die Gestalt im Lodenmantel hebt die Waffe.

Edo Wiemken redet von Aalen und sieht mich verwundert an. Ich ziele. Drücke den Abzug.

Der goldene Schuss.

Dieses Mal schlägt mein Herz nur unmerklich schneller. Ich bin die Ruhe selbst.

Doch was ist das? Verdammt! Auf dem unbefestigten Weg kommt ein Fahrrad angefahren. Mein Puls beginnt zu rasen. Jetzt nur keine Panik. Schnell ziehe ich den Hut noch tiefer ins Gesicht, verstecke das Gewehr unter meinem Mantel und laufe los.

Erwin Frerichs konzentriert sich auf den unbefestigten Weg. Im siebten Gang tritt er bedächtig in die Pedale seines E-Bikes. Gleich ist Abendbrotzeit, und Gisela hat seit heute Mittag die Schlüntensopp auf dem Herd. Rindfleischsuppe mit Bohnen, Mohrrüben und Kohlrabi. Sein Leibgericht seit Kindheitstagen. Sein Magen knurrt auch schon. Aber er hat diese Stunde Bewegung einfach gebraucht. Plötzlich hört er etwas, das wie ein Schuss klingt. Das kam vom Sieltief. Ist denn schon wieder Jagdzeit? Kann doch nicht sein. Ist doch noch April.

Ach ja, die Wildschweine, fällt ihm ein. Die sind ja neuerdings zum Abschuss freigegeben. Wegen der Afrikanischen Schweinepest. Wenn es nach Erwin ginge, könnte immer auf die geschossen werden, so wie die sich vermehren. Die wühlen ja mittlerweile schon die Vorgärten auf der Suche nach Regenwürmern durch. Für den Nachwuchs, wie Erwin erst kürzlich im *Anzeiger für Harlingerland* gelesen hat.

Weiter vorn sieht Erwin jemanden sitzen. Ist das der Jäger? Am Sieltief? Komisch. Gerade fällt dem was aus der Hand. Sieht aber nicht wie ein Gewehr aus, eher wie eine Angel. Jetzt kippt er auch noch mitsamt dem Stuhl um.

Dahinten bewegt sich etwas. Ein Mann mit Hut und Lodenmantel läuft weg. Seltsam.

Ein mulmiges Gefühl beschleicht Erwin. Soll er hingehen? Nee, lieber erst mal rufen.

«Hallo?» Er wartet einen Augenblick, doch der Typ antwortet nicht, steht nicht mal auf. Das mulmige Gefühl verstärkt sich. Erwin ruft noch einmal. «Hallo?»

Keine Reaktion. Die Person im Mantel ist hinter den Büschen verschwunden. Eine eiserne Klammer legt sich um Erwins Herz. Hier stimmt etwas nicht. Ganz und gar nicht. Er zieht sein Telefon aus der Jacke und wählt die Nummer der Polizei. «Kommen Sie schnell! Ich glaube, hier hat gerade jemand scharf auf einen anderen geschossen.»

«Endlich Feierabend», sagt Rudi, als Schnepel mit dem Polizeieinsatzwagen in seine Straße abbiegt. Das wird auch Zeit.

Echt nett von Schnepel, dass der gleich noch die Waffen und die Sachen von Petra Ukena ins Kommissariat bringt, die sie den ganzen Tag schon im Kofferraum durch die Gegend fahren. Vielleicht ist bei ihm doch noch nicht Hopfen und Malz verloren. Apropos. Jetzt ein schönes kühles Bier, dann einen Happen essen und danach Tatort gucken. Das ist ein Programm, das Rudi gefällt. Hoffentlich hat Henner was Schönes gekocht. Richtig abgesprochen haben sie das zwar heute nicht, aber auf seinen Kumpel ist Verlass. Schließlich ist der gemeinsame Sonntagabend ihnen schon seit Jahren heilig. Und wegen seines Vaters und der Schwestern muss er sich auch keine Gedanken machen. Die sind nach dem Museumsbesuch bestimmt völlig groggy.

Schnepel bremst. «Dann bis morgen früh in Wittmund zur Lagebesprechung.» Sein Handy klingelt. «Moment ...» Er fummelt das Gerät aus seiner Tasche.

Ohne sich weiter darum zu kümmern, schlägt Rudi die Autotür hinter sich zu und marschiert durch seinen Vorgarten. Bevor er jedoch überhaupt den Schlüssel ins Schloss gesteckt hat, hupt Schnepel mehrmals hintereinander.

Rudi dreht sich um. «Was ist los?»

Schnepels Oberkörper hängt halb auf dem Beifahrersitz, so weit beugt er sich vor. Durch das heruntergefahrene Fenster ruft er: «Los, komm zurück. Is noch nix mit Feierabend.»

Rudi zögert. Der will ihn doch verarschen. Ganz sicher. Aber nicht ihn. Nicht Rudolf Hieronymus Bakker. Rudi grinst, tippt sich an die Stirn und winkt Schnepel zu. «Jaja, du mich auch. Schönen Feierabend noch!»

«Das war kein Witz, mach Tempo, Rudi», ruft Schnepel. «Der Nächste ist wohl eben abgeknallt worden.»

«Is nich wahr!» Rudi starrt ungläubig auf den Einsatzwagen. Schnepel hat mittlerweile Blaulicht und Martinshorn eingeschaltet. Das scheint wirklich kein Witz zu sein.

«Ein Mann hat über den Notruf einen Schuss gemeldet», sagt Schnepel, als Rudi wieder sitzt.

Als sie auf den Weg zum Altharlinger Sieltief einbiegen, ist von den Kollegen aus Wittmund noch nichts zu sehen. Dafür steht ein Mann neben einem Fahrrad und macht wilde Handzeichen. Das ist ja Erwin! Schnepel stoppt, und Rudi steigt aus.

«Gut, dass du so schnell hier bist, Rudi. Da hat einer geschossen. Erst hab ich gedacht, da schießt jemand auf Wildschweine. Aber dann ist einer mit seinem Stuhl umgekippt. Kein Jäger. Ein Angler. Ich hab jemanden weglaufen sehen. Ich ...»

«Ganz ruhig, Erwin. Wo ist der Angler. Lebt er noch?»

«Das weiß ich doch nicht. Hab mich nicht getraut hinzugehen.»

«Na, na, na!», rügt Schnepel ihn. «Erste Hilfe ist Bürgerpflicht! Und ich denke, der Typ ist weggelaufen.»

Erwin Frerichs ist von seiner Frau Gisela einen rauen Tonfall gewohnt, deswegen zuckt er bei Schnepels Gemotze nicht einen Moment zusammen.

«Glauben Sie etwa, ich lasse mich gleich mit erschießen?», blökt er zurück. «Weiß doch inzwischen jeder, dass dieser Killer seine Opfer ohne Vorwarnung abknallt. Ich hab die Polizei informiert. Das ist genug Bürgerpflicht. Und gewartet habe ich auch, obwohl ich zugeben muss, dass ich ziemlichen Schiss in der Hose hatte. Der Mörder hat mich wahrscheinlich gesehen. Der hätte zurückkommen können!»

«Ist ja schon gut, Erwin», sagt Rudi. «Wo ist der Angler?»

Erwin führt Rudi und Schnepel zum Ufer. Ein Mann in dunkelblauer Wetterkleidung liegt auf der Seite in einem umgefallenen Faltstuhl im Gras. Neben ihm eine Angel. Rudi versucht, den Puls an der Halsschlagader zu fühlen. Nichts. Behutsam dreht er ihn auf den Rücken. Der Mann starrt ihn aus weit aufgerissenen Augen an. Ein Schauer läuft über Rudis Rücken.

Von der Straße ist ein Martinshorn zu hören.

Ein Krankenwagen und der Einsatzwagen des Notarztes fahren kurz hintereinander vor. Die Rettungssanitäter springen aus dem Fahrzeug. Ein Glück. Obwohl – eigentlich ist das nun auch egal. Der Mann ist tot. Rudi tritt zur Seite.

In ihm macht sich eine unendliche Leere breit. Und Wut. Der Mörder hat schon wieder zugeschlagen. Warum? Und warum so schnell hintereinander? Wo soll das bloß enden?

Immerhin hat Erwin den Täter gesehen.

Rudi fummelt sein Notizbuch und den Bleistift aus der Jackentasche. Erwin schaut den Rettungskräften fasziniert zu und achtet gar nicht auf ihn. Rudi tippt ihm schließlich auf die Schulter.

«Sach mal, wie genau sah der Mann denn aus, der weggelaufen ist?»

«Groß ist er gewesen.»

«Und seine Figur?»

«Keine Ahnung, der trug einen langen, weiten Lodenmantel.»

«Ist dir sein Gesicht bekannt vorgekommen?»

«Das hab ich gar nicht gesehen. Der hatte einen Hut auf,

den er weit runtergezogen hatte. Außerdem war er weit weg. Da hab ich echt nichts vom Gesicht sehen können.»

Schade. Die Beschreibung kann man getrost vergessen. Und die Arbeit mit einem Phantomzeichner können sie sich auch sparen. Erst recht ein Fahndungsplakat.

Wenig später wimmelt es am Sieltief von Menschen. Noch während der Notarzt sich um den Mann kümmert, informiert Schnepel den Chef. Als offiziell feststeht, dass der Mann tot ist, benachrichtigt Haueisen auch Emterbäumler.

Glücklicherweise hält sich der Rechtsmediziner nicht in Oldenburg auf, sondern ist bereits auf dem Weg nach Aurich, wo er am Abend einen Vortrag beim Treffen der ostfriesischen Krimiautoren im Europahaus halten soll. Schneller als erwartet ist er da.

Nun hockt er schon eine Weile neben dem Toten auf dem Boden, ohne ein Wort zu sagen. Endlich hebt er den Kopf. «Der Mann wurde aus kurzer Distanz erschossen. Die Kugel ist direkt ins Herz gegangen. Ein Blattschuss, wie die Jäger sagen. Korrekt natürlich ‹Kammerschuss›, weil das Projektil nicht in die Schulter geht, sondern Herz, Lunge und zum Teil auch große Blutgefäße verletzt. Dabei kommt es zum sofortigen Blutdruckabfall, der die Lunge zum Kollabieren bringt. Das wiederum führt innerhalb von zehn bis zwanzig Sekunden zum Tod. Der Mann hat nicht viel gemerkt. Von daher haben wir hier eine Situation, die sich von den anderen beiden Opfern unterscheidet.»

Der Rechtsmediziner fletscht die Lippen, seine spitzen Zähne blitzen hervor.

«Auf die anderen beiden wurde zwar auch geschossen, die

Kugeln waren aber nicht tödlich. Todesursache war bei dem Motorradfahrer der Genickbruch, die Kiterin ist ertrunken. Der Tod trat also jeweils lediglich als Folge des Schusses ein, der war aber nicht die direkte Ursache. Ich will mich natürlich nicht endgültig festlegen, aber hier scheint es sich um einen tödlichen Schuss zu handeln. Genaueres wie immer nach der Obduktion.»

Haueisen runzelt die Stirn. «Können wir denn davon ausgehen, dass es sich in allen drei Fällen um dieselbe Tatwaffe handelt?» Er knetet nervös seine Hände. «In den Medien kursiert schon das Gerücht von einem schießwütigen Killer, der grundlos Menschen ins Jenseits befördert.»

Das hat Rudi noch gar nicht mitbekommen. Wenn dahinter nicht mal wieder Ludwig mit seiner Mitmachzeitung steckt. Die anderen Zeitungen bringen doch am Wochenende gar keine Ausgaben heraus.

«Ich muss Sie enttäuschen. Ich kann in dieser Richtung noch überhaupt keine Aussage machen. In den ersten beiden Fällen handelte es sich um Fernschüsse, aufgrund dessen sich auch mit kriminaltechnischen Analyseverfahren keine Schmauchspuren an den Opfern feststellen ließen. Hier jedoch kann ich die Schmauchpartikel in Haut und Kleidung nachweisen. Anhand des Vergleichs der inneren Verletzungen aller drei Opfer in Kombination mit dem Einschussdefekt werde ich Ihnen aber bestimmt mehr sagen können.»

Emterbäumler hockt sich hin, nimmt aus seinem Koffer eine Kamera und fotografiert die Stelle, an der die Kugel in den Körper eingetreten ist. Ohne dass Rudi fragen muss, erklärt er: «Ein Bild sagt mehr als tausend Worte. Und so ist die

Einschussstelle schon hier festgehalten, nicht erst, wenn er bei mir auf dem Tisch liegt.» Emterbäumler öffnet vorsichtig die Jacke des Toten, tastet das Futter ab und zieht aus der Innentasche ein ledernes Portemonnaie heraus. «Hier, das wird Sie sicher interessieren, meine Herren.»

«Wo kommst du denn jetzt her?» Martina Plumhoff sitzt auf dem Sofa, neben sich ein Berg zerknüllter Papiertaschentücher. «Und wo warst du den ganzen Tag?»

«Bin mit dem Auto rumgefahren», antwortet ihr Mann.

«Wohin denn?»

«Die Küstenstraße entlang. Zu den Sielorten. Da wo unsere Kleine immer so gerne war.» Er setzt sich neben seine Frau. «Wenn ich das Schwein erwische, dann bringe ich es um.»

Martina umfasst seine Hände.

«Das macht Antje-Marie auch nicht wieder lebendig. Aber dich kann es ins Gefängnis bringen.»

Er zuckt nur mit den Schultern.

Rudi klappt das Portemonnaie auf und zieht einen Ausweis heraus. «Edo Wiemken», liest er vor. «Geboren am 5. 6. 1982.» Er stutzt. Edo Wiemken. Das ist doch der, über den sich Henner heute früh so am Telefon aufgeregt hat! Was hat das denn zu bedeuten? Automatisch zieht Rudi die nächsten Karten heraus. Krankenkasse, Volksbank und eine, die ihn als Nationalpark-Ranger ausweist. Tatsächlich. Das ist Mayas Freund.

Rudi stöhnt innerlich auf. Das darf doch nicht wahr sein. Mordermittlungen sind ja schon schlimm genug. Dieser ganze Stress und kein geregelter Feierabend. Da braucht er nicht noch obendrein persönliche Verwicklungen.

Ganz hinten in der Geldbörse steckt ein altes Foto. Das Bild aus einem Passfotoautomaten ist bestimmt bald zehn Jahre alt. Es zeigt den jungen Wiemken mit einem Mädchen mit raspelkurzen Haaren. Sie kommt Rudi vage bekannt vor.

Langsam wird es dämmerig. Die KTU hat alles abgesperrt und Strahler aufgebaut, um bloß keinen Hinweis zu übersehen. Die Kollegen in den weißen Overalls drehen im wahrsten Sinne des Wortes jeden Grashalm um, während der Tote in den Leichenwagen verfrachtet und anschließend nach Oldenburg ins Rechtsmedizinische Institut gebracht wird.

Das Elektro-Lastenfahrrad wird nach Wittmund transportiert und dort untersucht, der guten Ordnung halber, es hat ja nichts mit dem eigentlichen Tathergang zu tun.

Haueisen, Schnepel und Rudi sehen dem Bestatter zu, wie er die rückwärtigen Türen seines Wagens schließt, einsteigt und davonfährt.

«Wir müssen herausfinden, was diese drei Menschen verbindet», bricht Haueisen nach einer Weile das Schweigen. «Wo liegt das Motiv für diese Morde? Ein Tankwart, eine Journalistin, ein Nationalpark-Ranger. Auf den ersten Blick sehe ich da keine Gemeinsamkeiten.»

«Ein Motorradfahrer, eine Kiterin, ein Angler», spinnt Schnepel Haueisens Gedanken weiter.

Rudi ist baff. Gar nicht mal so schlecht. Hat da vielleicht

jemand etwas gegen Sportler? In diesem Moment ruft ein Kollege der Kriminaltechnik: «Ich hab die Patronenhülse!»

Zurück von seiner Fahrradtour, sitzt Henner nun schon eine Weile auf dem Sofa in der Küche und rührt sich nicht. Er ist immer noch vollkommen geschockt. Da bereitet er seit Wochen den Liebesbrief für Maya vor, überlegt und grübelt, hat einen ganzen Block mit teurem Briefpapier verschrieben, und dann das! Es war wie ein Stich ins Herz, als er Maya und diesen Typen heute auf der Matte hat rumknutschen sehen. So ein Nationalpark-Ranger ist für Frauen wohl attraktiver als ein einfacher Postbote. Henner zieht die Nase hoch. Allein der Ausdruck «Ranger» klingt nach Abenteuer und Freiheit. Wo Maya doch selbst die Freiheit beim Surfen so liebt. Was kann er ihr da schon bieten? Ausflüge mit dem Fahrrad.

Ob er als Hofbesitzer mehr Chancen bei ihr hätte? Er seufzt. Sein Blick fällt auf die Küchenuhr. Nicht mehr lange, und der sonntägliche Tatort fängt an. Und er hat nichts gekocht. Das hat es noch nie gegeben. Aber Rudi hat sicher Verständnis. Als Denise damals einfach so die Koffer gepackt und Rudi und Sven im Stich gelassen hat, war Rudi auch völlig von der Rolle.

Henner hört Schritte vor seiner Tür. Ob Rosa wieder zurück ist? Hoffentlich lässt die ihn heute Abend in Ruhe. Vorsichtshalber hat er seine Wohnungstür abgeschlossen. Er hört das Klappern des Türgriffs. Dann klingelt es.

«Henner? Ist alles okay?»

Gottlob, es ist Rudi.

Schwerfällig schleppt Henner sich vom Küchensofa zur Wohnungstür und schließt auf. Rudi steht in Uniform davor.

«Moin», sagt er, als er eintritt. «Tut mir leid, dass ich mich nicht zwischendurch gemeldet habe. Aber heut war voll der Stress. Es gibt den nächsten Toten.»

«Ich glaub es ja nicht! Also doch ein Irrer, der wahllos Leute abballert?»

«Wissen wir noch nicht.» Rudi legt die Stirn in Falten und sieht ihn eigentümlich an. So, als verkneife er sich was.

Henner wartet ab. Meist redet Rudi von allein weiter.

«Es ist Edo Wiemken. Der Nationalpark-Ranger.»

Henner fällt die Kinnlade runter. «Nee, ne? Der Ranger. Ach du Scheiße.» So schnell kann das gehen. Armer Kerl. Heute früh hat er dem Typen noch die Pest an den Hals gewünscht. Aber Gedanken können doch nicht töten! Oder etwa doch? Beim Voodoo soll das ja klappen. Hat er jedenfalls gehört.

Gleichzeitig beginnt etwas in ihm zu frohlocken. Wiemken ist ihm jetzt bei Maya keine Konkurrenz mehr.

Augenblicklich schämt er sich für diesen Gedanken. Die arme Maya!

Andererseits: So lange können die beiden noch nicht zusammen gewesen sein. Sonst hätte Rosa das längst gewusst und ihm bestimmt gesteckt.

«Wiemken wurde beim Angeln erschossen. Direkt ins Herz.»

Direkt ins Herz.

Henner weiß gar nicht, was er denken, geschweige denn, was er fühlen soll. Eigentlich ist er nur noch durcheinander.

«Was gibt's denn Schönes zu essen zum Tatort?», fragt Rudi.

Henner sieht ihn entgeistert an.

Wie kann Rudi in so einer Situation an Essen denken!

«Rudi, sei nicht böse. Ist heut echt nicht mein Tag. Das fing schlecht an und hört nun auch noch schlecht auf ... Mir ist der Appetit vergangen. Ich hab noch nicht mal mehr Lust auf den Tatort. Am besten, ich lass mir jetzt ein heißes Bad einlaufen, geh in die Wanne und dann ins Bett.»

Rudi sieht ihn mitleidig an. «Ist es so schlimm?»

«Schlimmer.» Henner steht ächzend auf und marschiert ins Badezimmer.

Armer Henner. Den hat der Liebeskummer ja voll erwischt. Kein Essen. Kein Tatort. Hoffentlich kommt er da bald drüber weg. Rudi macht sich Sorgen, als er losgeht. Henner ist bislang noch nie richtig verliebt gewesen. Zumindest nicht, dass Rudi das wüsste. Aber irgendwann muss da jeder mal durch. Die einen früher, die anderen später. Henner eben sehr viel später.

Nachdenklich stiefelt Rudi nach Hause. Jetzt umziehen. Die Uniform aus. Schnell duschen. Feierabend. Tatort fängt gleich an.

Obwohl ... Eigentlich ist ihm die Lust darauf heute gründlich vergangen. Tatort hatte er in den vergangenen Tagen selbst genug erlebt. Und sein Magen knurrt. Also nur schnell raus aus der Uniform und rein in Jeans, Hemd und Pullover. Duschen kann er auch, bevor er ins Bett geht. In seinem Kopf schwirrt es. Drei Tote. Erschossen in nur vier Tagen. Was für ein Irrer rennt hier durch die Gegend und erschießt reihenweise Leute? Und wie hängen die Taten zusammen?

Schnepels Gedanke mit dem Sport kommt Rudi beim genaueren Nachdenken doch ziemlich verquer vor. Man erschießt doch Leute nicht einfach, nur weil sie Sport betreiben. Und kann man Angeln und Motorradfahren überhaupt als Sport bezeichnen? Höchstens im weitesten Sinne. Rudi seufzt und kämmt sich die Haare. Dabei kommt ihm ein Gedanke. Wie ein kleiner Blitz.

Zumindest bei Tjark Ukena und Antje-Marie Plumhoff gibt es einen Schnittpunkt. Sie haben sich beide für die «Frechen Friesen» eingesetzt. Die Plumhoff hat den Blog und die Facebook-Seite dieser Wählergemeinschaft betreut. Schade, dass sie nicht die Geliebte von Ukena gewesen ist, dann hätte es da einen doppelten Zusammenhang gegeben. Und wie passt Edo Wiemken da rein? Gut, er war Nationalpark-Ranger. War der nicht auch in der Wählergemeinschaft aktiv? Vielleicht gibt es da einen Zusammenhang. Irgendwie hat Rudi das Gefühl, etwas übersehen zu haben. Er muss an das Foto im Portemonnaie denken. Wieso ist ihm das Gesicht bekannt vorgekommen? Da ist etwas, das er nicht richtig zusammengebracht hat. Er blättert in seinem Notizbuch. Plötzlich stößt er auf den Namen Edo. Martina Plumhoff hat gesagt, dass der Ex-Freund von Antje-Marie Edo hieß. Genau! Das ist es! Fast zehn Jahre jünger und mit kurzen Haaren hat er die Plumhoff auf dem Foto nur nicht gleich erkannt.

Aufgeregt klatscht Rudi in die Hände. Könnte das vielleicht eine neue Spur sein, die Klarheit bringt? Oder ist das nur ein Zufall?

Rudis Magen knurrt immer lauter. Er geht in die Küche. Irgendwas zu essen wird er schon auftreiben. Doch sein Kühlschrank bietet nichts. Nur ein Glas saure Gurken und einen Becher Naturjoghurt. Besser, er geht noch mal rüber ins Dattein. Auf ein Krabbenbrot mit Bier und Korn. Garantiert trifft er dort auf ein paar Bekannte. Und kommt vielleicht auch auf andere Gedanken. Schließlich ist Feierabend.

Adelheid hat Rosa, Ava und Livia nach der letzten Ausflugsetappe am Hafen von Neuharlingersiel abgesetzt. Eigentlich wäre Rosa lieber allein mit Wilko gefahren, doch sie konnte Adelheids Angebot schlecht ablehnen. Und Wilko schien es recht zu sein. Ava und Livia wollten noch nicht nach Hause, und so haben sie zusammen mit Rosa das Dattein angesteuert. Hoyko hingegen wollte lieber zu Heinrich und Gerda. Über die alten Zeiten reden. Da gibt es offensichtlich einigen Nachholbedarf, wie man an Rudis Existenz deutlich erkennen kann.

Gemeinsam sitzen die Frauen nun an der Theke und unterhalten sich über ostfriesische Eigentümlichkeiten. Rosa erklärt den beiden Schwestern gerade, was ein Schlickschlittenrennen ist, als die Kneipentür aufgeht. Ein frischer Luftzug kommt herein. Und Rudi. Überrascht blickt Rosa ihn an: «Rudi, was machst du denn hier? Ist was passiert? Hast du Streit mit Henner?»

«Nö. Henner braucht heut Abend seine Ruhe», sagt er und geht auf die drei zu. «Und ich hab Hunger und nix Vernünftiges im Kühlschrank. Außerdem wollte ich nach diesem Scheißtag ein wenig unter Leute. Und ein gepflegtes Bier trinken.» Er will sich neben Ava auf einen freien Barhocker setzen.

«Aber zuerst musst du mir einen Begrüßungskuss geben.» Ava steht schon neben ihm, auch Livia hält ihm ihre Wange hin. Und wo er schon so gut dabei ist, tut es Rosa ihnen gleich und wartet auch auf einen Wangenkuss. Als Rudi vor ihr steht, raunt sie ihm zu: «Also, was ist los? Es ist Sonntag. Und der Tatort hat schon angefangen. Den lasst ihr doch nie ausfallen.»

Rudi zuckt mit den Schultern. «Nun übertreib mal nicht.»

Übertreib mal nicht? Als ob sie je übertreiben würde! Da ist was nicht in Ordnung. Ganz bestimmt nicht. Schließlich ist das Sonntagsritual mit essen und Tatort gucken den beiden heilig. Das hat sie schon einige Male zu spüren bekommen.

Ohne Rosa weiter zu beachten, ruft Rudi dem Sohn des Wirtes zu: «Lars, machste mir ein Krabbenbrot, ein Bier und 'nen Klaren?» Dann dreht er sich zu seinen Halbschwestern und Rosa um. «Was macht ihr drei überhaupt zusammen hier?», fragt er. «Ich wusste gar nicht, dass ihr euch kennt.»

«Wir haben uns mehr oder weniger zufällig getroffen. Auf der Manningaburg. Und hatten einen wunderbaren Tag zusammen. Stimmt's?», sagt Rosa und schaut die Schwestern an.

«Die Manningaburg, so wonderful», begeistert sich Ava.

«Und Greetsiel!»

«Und der Leuchtturm von Otto.»

«Ihr habt's gut! So schön war's bei mir nicht. Am Altharlinger Siel wurde der Nächste erschossen.»

Rosa verschluckt sich fast an ihrer Weißweinschorle. «Schon wieder einer?»

«Jo. Erwin Frerichs hat uns angerufen. Sind wir natürlich gleich hin. Erwin hat den Täter noch weglaufen sehen. Aber er hat sich nicht getraut, dem hinterherzurennen. Kann man ja auch verstehen. Jedenfalls war der Angler tot, als wir eintrafen. Blattschuss, hat Emterbäumler gesagt.»

«Wisst ihr denn, wer der Tote ist?», fragt Rosa neugierig.

«Edo Wiemken.»

«Der Nationalpark-Ranger?» Rosa verschlägt es die Sprache. Gerade erst heute Morgen hat sie mit Henner über ihn geredet. «Erzähl mal genauer!»

«Wie gesagt. Ein Schuss. Mitten ins Herz. Laut Erwin ist der Täter groß, trägt Hut und Mantel.»

«Das ist natürlich mager. Hilft nur insofern, als dass kleine Menschen bei euren Ermittlungen rausfallen.»

«Da haste recht. Bringt uns aber auch nicht wirklich weiter.»

Ava beugt sich zu Rudi vor. «Wie heißt der Tote noch mal?»

«Edo Wiemken.»

«Edo Wiemken?», fragt Ava ungläubig. «Aber der ist doch schon lange tot!»

«Exactly», sagt ihre Schwester, und beide gucken Rudi ein wenig befremdet an.

Schon lange tot. Rosa wundert sich. Was die wohl meinen? Die können den überhaupt nicht kennen, die beiden waren heute Morgen bei dem Gespräch mit Henner gar nicht dabei.

«Schon lange tot?», fragt nun auch Rudi.

«Haben wir im Museum gelesen», erklärt Livia. «Wilko hat uns den Namen auf der Tafel gezeigt.»

Wie hat Rosa das nur vergessen können! Wiemken ist ein alter Häuptlingsname. Genau wie Ukena. Plumhoff passt da allerdings nicht rein. Andererseits ist die auch eine Frau. Aufgeregt wendet sich Rosa an Rudi.

«Edo Wiemken. Tjark Ukena. Fällt dir da was auf?»

«Nö.»

«Menno! Das ist der zweite Tote mit einem Häuptlingsnamen!»

Rudi sieht Rosa verblüfft an.

«Im Museum der Manningaburg hat uns Wilko heute sehr genau die Infotafeln mit den Häuptlingsfamilien erläutert. Wiemken. Ukena. Klingelt es da nicht bei dir? Vielleicht gibt es da einen tieferen Zusammenhang.»

«Och Rosa! Was du da immer gleich reindeutest. Als ob jemand die alten Häuptlingsfamilien ausrotten wollte.» Er schüttelt den Kopf, als wäre sie nicht recht bei Trost. «Da kann ich nur ergänzen: Manninga. Mein Vater trägt ebenfalls einen Häuptlingsnamen und lebt noch. Gibt übrigens verdammt viele Familien mit den Häuptlingsnamen in Ostfriesland.»

«Nee, nee. Tu das mal nicht so ab. Vielleicht gibt es tatsächlich einen Irren, der es auf die Nachfahren der alten Häuptlinge abgesehen hat. Warum auch immer.» Rosa lässt nicht locker.

«Jetzt geht deine Phantasie endgültig mit dir durch», stellt Rudi fest.

«Dann erzähl mir von euren Ermittlungsergebnissen, damit ich besser im Bilde bin. Du warst doch den ganzen Tag in Sachen Mord auf Achse.»

«Das kannste laut sagen. Erst beim Apotheker, später bei Nobbi Freese ... aber das darf ich dir alles gar nicht sagen. Sind ja laufende Ermittlungen.»

«Ich verrate auch nichts», gurrt Rosa und beugt sich zu ihm vor. Genau wie Ava und Livia.

«Wenn ihr mir das versprecht, dann ... Also die Kiterin hatte einen verheirateten Mann als Geliebten ...»

MONTAG

Das war echt knapp gestern. Dieser verdammte Fahrradfahrer. Wo ist der plötzlich hergekommen? Unaufmerksamkeit wird bestraft. Immer und überall. Wenn der Typ hinter mir hergefahren wäre ... nicht auszudenken.

Nein.

Dann wäre mir nichts anderes übriggeblieben, als den auch noch zu erschießen. Aber Unschuldige zu töten ist nie meine Absicht gewesen. Nie.

Ab jetzt muss ich alles noch genauer planen.

Jedes kalkulierbare Risiko ausschließen. Schließlich sind es nur noch wenige Schüsse bis zum Ziel.

Heute Morgen bietet der Kühlschrank Rudi genauso wenig an wie gestern, außerdem macht das Essen allein nicht so viel Spaß. Ist viel schöner, wenn Sven mit am Tisch sitzt. Der ist morgens oft ziemlich gesprächig. Rudi beschließt, sich ein belegtes Brötchen zu kaufen und es mit ins Kommissariat zu nehmen. Was Bernie kann, kann Rudi schon lange, allerdings ist ihm ein ordentliches Käsebrötchen lieber als Bernies Metthälften.

Im Radio verliest die Nachrichtensprecherin den Wetterbericht, während Rudi seine Uniformjacke anzieht. Es soll heute sechs Stunden Sonnenschein geben. Na, das ist doch mal eine Ansage. Da werden die Osterferiengäste sich freuen.

Auf dem Weg zum Bäcker kommt ihm Ludwig auf seinem blauen Elektroscooter entgegen. Er ist ja nicht gut zu Fuß, aber mit dem Ding heizt er ganz schön durch den Ort, manchmal schneller, als er eigentlich dürfte.

«Moin», grüßt Rudi und will schon an ihm vorbeilaufen, als Ludwig ihn mit einem Hupen stoppt.

«Moin Rudi.» Aus seinen kleinen Äuglein schaut Ludwig ihn vorwitzig an. «Gibt's schon was Neues? Ist ja ein Ding, dass es nun einen dritten Toten gibt! Ich hab die Freunde meiner Facebook-Seite bereits davor gewarnt, unnütz aus dem Haus zu gehen. Die sollen lieber ordentlich auf sich aufpassen, bis ihr den Täter habt.»

«Und warum treibst du dich um diese frühe Uhrzeit schon draußen herum, wenn es eigentlich soooo gefährlich ist?», fragt Rudi, dem es gar nicht gefällt, dass Ludwig im Internet schon wieder die Pferde scheu macht. Manchmal übertreibt der unglaublich. Und hat sich dadurch auch schon selbst in Gefahr gebracht.

«Ich bin auf dem Weg zur Lymphdrainage», erklärt Ludwig. «Da muss ich einmal pro Woche hin, wegen dem Wasser in meinen Beinen. Also: Habt ihr den Täter geschnappt? Erwin hat ihn doch gesehen!»

Da hat die Buschtrommel wieder mal in rasanter Geschwindigkeit die Neuigkeiten verbreitet.

«Leider nicht», gibt Rudi widerwillig zu. «Als wir ankamen, war der schon über alle Berge.»

«Erwin hätte ihn verfolgen sollen.»

«Ach nee. Erwin soll ihn verfolgen, aber du warnst alle

Leute davor, überhaupt aus dem Haus zu gehen? Du hast ja 'ne komische Art. Der Täter hatte eine Waffe. Da hätte sich Erwin beim Verfolgen aber gewaltig in die Schusslinie gebracht. Im wahrsten Sinn des Wortes.» Rudi schüttelt missbilligend den Kopf. Er sollte seine Zeit nicht mit Ludwig verplempern, schließlich geht die Dienstbesprechung in Wittmund gleich los.

«Ich hätte da übrigens noch eine Info wegen Tjark Ukena», lockt Ludwig Rudi erneut aus der Reserve. «Ich wollte das nur nicht in den Nachruf schreiben.»

Skeptisch sieht Rudi ihn an. «Was denn für eine Info?»

«Tjark war doch Motorradfahrer. Und wurde beim Motorradfahren erschossen.»

«Ja, und?»

«Vor ein paar Jahren gab es kräftig Zoff zwischen seinem Club und dem MC Darkstorm aus Norden. Die haben sich sogar so heftig geprügelt, dass drei von denen im Krankenhaus behandelt werden mussten. Aber du weißt ja, wie das ist: Eine Krähe hackt der anderen kein Auge aus, und deshalb ist es auch nicht zur Anzeige gekommen.» Lauernd linst Ludwig ihn an. «Ich mein ja nur, weil Tjark doch beim Motorradfahren erschossen wurde. Vielleicht solltet ihr da mal nachfragen. Norbert Freese ist mittlerweile der neue Vorsitzende des MC Freesen.»

Nobbi? Das ist ja interessant. Da hat der gar nichts von gesagt, als sie ihn wegen Antje-Marie befragt haben, wundert sich Rudi.

«Und warum kommst du damit so beiläufig rüber? Das hättest du mir doch auch schon eher mitteilen können? Wie lange ist diese Schlägerei denn genau her?»

«Drei Jahre. Vielleicht vier. Ich wollte nichts davon im Nachruf schreiben, weil Tjark ja mit seinem Motorrad ums Leben gekommen ist. Und als dann die Kiterin starb, hab ich den Gedanken ganz weggeschoben. Kiten ist ja nun was völlig anderes als Biken. Aber nun, wo Edo Wiemken ebenfalls erschossen wurde, da ist mir das wieder eingefallen. Der war früher auch immer mit seinem Motorrad unterwegs. Tjarks Tankstelle war damals der Treffpunkt.» Ludwig blinzelt. «Vielleicht war die Kiterin nur ein Ablenkungsmanöver? Um von dem Krieg zwischen den beiden Clubs abzulenken, der aus irgendeinem Grund wiederaufgeflammt ist.»

«Ach Ludwig, nun übertreibst du aber. Hier in Ostfriesland gibt es keinen Krieg wie zwischen den Hells Angels und den Bandidos. Hier ist alles friedlich.»

«Sach das nich, sach das man nich! Ich hab nämlich im Internet nachgeforscht ...»

«Dann hätte ich davon gehört. Das glaub mir man.» Rudi lächelt Ludwig beruhigend zu. «So, nun muss ich aber weiter, wir haben gleich eine Besprechung in Wittmund. Sieh zu.»

«Jo. Du sagst mir doch dann umgehend Bescheid, sobald es was Neues gibt, versprochen? Damit ich Entwarnung geben kann.»

«Schönen Tach, Ludwig!» Rudi läuft weiter und hört, wie Ludwig trotz E-Antrieb Gas gibt. Etwas flackert urplötzlich in seiner Erinnerung auf, aber er bekommt es nicht zu fassen.

Mit der elektrischen Zahnbürste bearbeitet Rosa ihre Backenzähne und das darüberliegende Zahnfleisch, spuckt den Schaum aus und zieht den sich drehenden Bürstenkopf

Zahn um Zahn weiter nach vorne. Sie hält inne und schaut in den Spiegel. Ihre Eckzähne sind längst nicht so hell wie ihre Vorderzähne. Nein, nicht gelblich, eher elfenbeinfarben. Aber auch nicht perlweiß. So wie bei Ava und Livia. Bestimmt haben die nachgeholfen. In Amerika ist Zähne-Bleachen ja Pflichtprogramm für Schauspieler und Promis. In Deutschland ist das allerdings noch nicht so gang und gäbe. Irgendwo hat sie in den letzten Tagen auch eine Frau gesehen, die genauso unnatürlich weiße Zähne hatte. Nur wo?

Rosa überlegt. Als sie mit der Zahnbürste beim Unterkiefer weitermacht, ist ihr immer noch nicht eingefallen, wo das gewesen sein könnte. Erst beim Ausspülen fällt es ihr ein. Freitag. Beim Frisör. Genau! Es war die Frau, die die Liebesbotschaft auf dem Handy ihres Mannes gesehen hat. Beatrix. Und der Mann hieß Nobbi. Könnte das Nobbi Freese sein, Dörtes Chef? Aber diese Beatrix sagte, die Botschaft kam von einer Marie. Andererseits ... zwischen Antje-Marie und Marie ... und Rudi nennt sich ja auch nicht ständig Rudolf Hieronymus ...

In Rosas Kopf macht es plötzlich «Klick». Dass sie gestern Abend nicht gleich geschaltet hat, als Rudi ihr von seinen Ermittlungsergebnissen erzählt hat, ärgert sie. Aber kein Wunder! Rudi hat zwar gesagt, dass die Kiterin einen verheirateten Mann als Geliebten hatte, aber er hat das alles ziemlich nebulös gehalten, wollte partout keine Namen nennen. Entschlossen wählt Rosa seine Nummer.

«Bakker.»

«Du, Rudi, manchmal arbeiten meine kleinen grauen Zellen in der Nacht weiter und ...»

«Rosa, ich bin in Eile, Ludwig hat mich schon aufgehalten,

und ich bin auf dem Weg zur Dienstbesprechung in Wittmund. Lass uns heute Abend reden.»

«Aber es ist entscheidend für eure Ermittlungen. Ich habe jemanden mit einem Mordmotiv.»

«Aha.»

Nun ist Rudi doch ganz Ohr. So, wie sich das gehört, wenn sie sich schon Gedanken zur Lösung des Falls macht. «Du hast gestern Abend gesagt, dass die tote Kiterin einen Geliebten hatte.»

«Jo.»

«Und ich weiß jetzt, wer das sein könnte. Norbert Freese.»

«Jo.»

«Was heißt hier ‹jo›?»

«Dass ich das auch weiß, ich meine, dass die Polizei das weiß.»

Mist. Jetzt hat sie gedacht, sie könnte Rudi Infos geben, mit denen er in Wittmund auftrumpfen kann. Aber das ist eigentlich auch egal. Den Clou ahnt er garantiert nicht.

«Seine Frau wusste von der Geliebten. Sie ist ihm durch sein Handy auf die Schliche gekommen. Eine Nachricht, die sie zufällig gelesen hat. Aber er hat vor ihr alles abgestritten.»

«Seine Frau wusste davon?»

«Sag ich doch. Sie hat das haarklein und ziemlich laut am Freitagmorgen beim Frisör erzählt. Und dabei gesagt, dass sie ihm nicht glaubt und sich das nicht gefallen lässt. Ihr würde schon was einfallen.» Rosa macht eine Pause, um den nächsten Satz wirkungsvoll zur Geltung zu bringen: «Und zu diesem Zeitpunkt lebte die Kiterin noch.»

Am liebsten würde Henner sich davor drücken, Maya heute die Post zu bringen. Aber es nützt nichts, es ist schließlich sein Job – und er muss ihr ja auch kondolieren. Als er sein Postrad vor dem Schaufenster des Frisörsalons abstellt, kommt die Yogalehrerin gerade aus dem Haus. Sie hat einen großen Zettel in der einen Hand und eine Rolle Tesafilm in der anderen.

«Moin», sagt er ungelenk und fischt den Brief einer Krankenversicherung aus seiner Posttasche.

«Moin Henner.» Maya sieht total verheult aus. Sie ist blass, die Augen und die Nase sind rot. Sie klebt den Zettel an die Tür. *Keine Yogastunden bis nach Ostern* steht auf dem Blatt.

«Fährst du weg?», fragt Henner überrascht.

Maya schluchzt auf. «Ach Henner! Es ist so furchtbar! Kommst du mit nach oben auf 'nen Tee?»

«Jo.» Eigentlich ist er ja im Dienst, aber er hat das Gefühl, in diesem Moment für Maya da sein zu müssen. Also folgt er ihr hinauf ins Studio, wo der Tee in einer Thermoskanne neben ihrer Vorturner-Matte steht. Aus dem Regal mit der Musikanlage nimmt sie einen zweiten Becher und gießt ein. Dann lässt sie sich im Lotossitz auf der Matte nieder und klopft mit der Hand neben sich. «Setz dich doch.»

Hin- und hergerissen kommt Henner ihrer Bitte nach. Sie reicht ihm den Becher. Schweigend trinken sie, Maya schluchzt alle paar Sekunden auf.

«Mein Beileid», presst Henner heraus.

Nun brechen bei Maya alle Dämme. Heulend löst sie ihren Sitz auf, schmeißt sich an seine Brust und drückt sich bebend an ihn. Das ist zwar genau das, was Henner sich gestern Morgen noch gewünscht hat, aber doch nicht so!

Nicht aus diesem Anlass. Unbeholfen streicht er ihr über den Rücken.

«Schschsch ...», murmelt er. Das hat seine Mutter immer gesagt, wenn eine seiner Schwestern geweint hat. *Er* hat selten geheult. Er war ja ein Junge. Meist hat Muddern noch «Heile, heile Segen» dazu gesungen, aber Henner glaubt nicht, dass es Maya nach drei Tagen Regen und drei Tagen Schnee nicht mehr weh tut. Trotzdem macht er weiter mit dem «Schschsch ...».

Nach einer Weile verebbt das Beben, und Maya richtet sich auf.

«Danke, Henner. Das tat gut. Lieb, dass du für mich da bist.» Sie zieht die Nase hoch.

«Klar doch. Ich mag dich schließlich. Wirklich.» Das ist ihm jetzt so rausgerutscht, aber Maya hat zum Glück gar nicht begriffen, dass das fast so etwas wie eine Liebeserklärung war – jedenfalls für Henners Verhältnisse.

«Ich weiß, ich mag dich ja auch», schnieft sie. «Was wolltest du gestern Morgen eigentlich?»

«Och ... nix Besonderes. Das war nur ...»

«Ist mir etwas peinlich, dass du uns da so ... Ich hätte abschließen sollen, aber es kam so überraschend ... dass Edo mich geküsst hat, meine ich. Da hab ich gar nicht mit gerechnet. Obwohl ...», nun wird sie rot, «gewünscht habe ich es mir schon. Ich war schon eine ganze Zeit verliebt in ihn.» Verlegen senkt sie den Blick.

Davon hat Henner keine Ahnung gehabt. Immer diese blöden Gefühle. Vaddern hat recht. Man soll gleich sagen, was man denkt und im Bauch spürt. Vielleicht hätte er mit dem Brief an Maya nicht so lange warten sollen. Vielleicht hätte sie sich gar nicht erst in den Ranger verliebt, wenn er nicht so lange gezögert hätte. Aber egal, den Brief hat er inzwischen verbrannt. Und Edo ist tot.

Maya legt ihre warme Hand auf seinen Oberschenkel. Dabei durchläuft ihn ein wohliger Schauer. Er bleibt ganz still sitzen.

«Weißt du, es ist so schön, dass ich mit dir über Edo sprechen kann! Er ist so engagiert gewesen. Nicht nur fürs Wattenmeer, sondern für alles, was mit der Natur zu tun hat. Er hat praktisch für den Umweltschutz gelebt. Das hat mir gefallen. Dazu war er Surfer. Zwar kein Kiter, aber er hat das Wasser, die Wellen und den Wind geliebt. Er suchte die Herausforderung. Früher ist er auch Motorrad gefahren, aber das war, bevor er sich für die Umwelt engagiert hat.»

Maya seufzt und lehnt sich wieder an Henner. Und diesmal fühlt er sich nicht mehr so unbehaglich wie noch vorhin. Diesmal macht sie das schließlich ganz bewusst. Ein Lächeln legt sich auf sein Gesicht.

Unvermittelt atmet Maya tief ein, schnappt sich die beiden Becher und steht auf. «Ich hoffe, Rudi und seine Kollegen in Wittmund finden den Mörder bald.»

Enttäuscht sieht Henner ihr nach, als sie die Becher in die Teeküche bringt. In der Tür bleibt sie stehen und dreht sich zu Henner um. «Edo ist so tierlieb gewesen. Erst vor kurzem hat er auf einem Acker eine Feldhamsterfamilie entdeckt. Feldhamster sind streng geschützt, weißt du?»

Henner nickt, aber in Wirklichkeit hat er keine Ahnung. Auf den Äckern seiner Familie graben auch jede Menge kleiner Viecher. Wühlmäuse. Maulwürfe. Machen alle Ärger. Vaddern regt sich ständig drüber auf. Vor allem, weil Maulwürfe heutzutage geschützt sind. Früher war das anders. Sein Großvater hat denen damals immer was mit dem Spaten auf den Dötz gegeben. Ohne lange zu fackeln. Aber dass Feldhamster inzwischen auch geschützt sind, ist ihm neu.

«Jedenfalls wurde Edo in letzter Zeit ordentlich aus dem Rat heraus angefeindet, hat er mir erzählt. Von denen, die das riesige Ackergelände bebauen wollen. Als er die Hamsterlöcher vermessen hat, kam sogar ein Bauer mit Mistforke und hat ihn vom Acker gescheucht. Edo hat gesagt, der Bauer hat ihn angeschrien, dass er ihm mit den blöden Hamstern den Verkauf des Grundstücks vermasseln würde, dabei bräuchte er das Geld dringend, weil die Milchpreise so eingebrochen sind.»

Schlagartig ist Henner wieder hellwach. «Glaubst du, der Bauer könnte ihn getötet haben?»

Als Rudi das Besprechungszimmer in Wittmund betritt, sieht er zu seiner Überraschung, dass auf dem langen Tisch mehrere Kaffeetassen stehen, zwei Thermoskannen und eine Dose mit Keksen. Auch Kollegen aus anderen Abteilungen sind anwesend. Das ist jetzt ganz großes Kino. Beinahe ehrfürchtig nimmt Rudi Platz. Insgeheim ist er froh, dass er das Käsebrötchen noch schnell in seiner Ente verzimmert hat.

Endlich sitzen auch die letzten Kollegen der neugegründeten «Soko Schnellschuss», wie Haueisen sie genannt hat, und der Chef legt los: «Also. Wir haben drei Tote mit Schussverletzungen. Emterbäumler hat heute eine extrafrühe Frühschicht für uns eingelegt, sodass wir schon das Ergebnis der Obduktion des Toten von gestern haben. Alle drei Opfer sind von ein und derselben Waffe erwischt worden. Wir können also davon ausgehen, dass es sich um ein und denselben Täter handelt. Der Zeuge Frerichs hat ihn gesehen. Wie im Fall Plumhoff trug der Täter einen Mantel und einen Hut, der das Gesicht verdeckte. Wir können jetzt mit Sicherheit sagen, dass es sich um einen großen Mann handelt. Jedenfalls deutlich über ein Meter siebzig. Das deckt sich mit den Fotos vom Boot, bringt uns aber nicht wesentlich weiter.» Haueisen stellt sich an das Whiteboard und tippt mit dem Stift auf die Namen: «Betrachten wir also die Opfer. Tjark Ukena. Tankwart. Motorradfahrer. Saß im Rat der Samtgemeinde Esens für die Wählergemeinschaft ‹Freche Friesen›. Verheiratet. Drei Kinder. Wurde auf dem Motorrad angeschossen, starb durch Genickbruch.» Der Stift wandert zum nächsten Namen: «Antje-Marie Plumhoff. Journalistin. Hat für die ‹Frechen Friesen› den Blog und die Facebook-Seite betreut. Kiterin. Wurde auf dem Wasser von zwei Schüssen erwischt, ist ertrunken.» Nun zeigt der Stift auf den dritten Namen: «Edo Wiemken. Nationalpark-Ranger. Wurde beim Angeln getötet und saß wie Ukena für die ‹Frechen Friesen› im Rat.» Haueisen sieht in die Runde. «Was haben wir sonst noch?»

«Chef», meldet sich Rudi zu Wort. «Beatrix Freese wusste, dass ihr Mann eine Geliebte hat.»

«Woher haben Sie das?»

«Sie hat es vor ein paar Tagen beim Frisör erzählt.»

«Dann vermute ich mal, dass die Info von Ihrer Frau Moll kommt», sagt Haueisen. «Die hat ja ihre Ohren überall.»

«Stimmt», sagt Rudi und ist ein bisschen verlegen, als er das zugeben muss.

«Noch was?»

«Edo Wiemken war der Ex-Freund von Antje-Marie Plumhoff», sagt Rudi. «Das ist mir heute Morgen aufgefallen, als ich meine Notizen noch einmal durchgegangen bin.»

«Das ist ja interessant», murmelt Haueisen. «Vielleicht besteht da ein Zusammenhang.» Er steht auf und zieht auf dem Whiteboard einen Verbindungsbogen zwischen den beiden Namen.

Erneut blitzt etwas in Rudis Hinterkopf auf. Etwas, das er gesehen, aber dem er keine Beachtung geschenkt hat. Rudi konzentriert sich. Schwarz-weiß. Plötzlich wird ihm klar, was ihm vorhin schon im Gespräch mit Ludwig vage gedämmert, was er aber nicht zu fassen bekommen hat.

«Motorräder!», ruft Rudi triumphierend.

Haueisen blickt ihn überrascht an, Schnepel verzieht argwöhnisch das Gesicht.

«Zwei der drei Opfer waren begeisterte Motorradfahrer», fährt Rudi fort. «Ukena hat es auf seiner Maschine erwischt. Plumhoff hat es zwar beim Kiten getroffen, aber als wir in ihrer Wohnung waren, hing an ihrer Garderobe eine Motorradjacke plus Helm. Ihr Geliebter ist der Vorsitzende des MC Freesen. Und: Es gab vor wenigen Jahren eine sehr handgreifliche Auseinandersetzung zwischen dem MC Freesen und dem MC Darkstorm. Danach mussten einige Mitglieder der Clubs im Krankenhaus behandelt werden.»

Haueisen nickt langsam.

«Das weiß ich auch erst seit heute Morgen, Chef», beeilt sich Rudi zu sagen. «Vielleicht ist die alte Fehde wiederaufgeflammt.»

«Bakker, alle Achtung! Da haben Sie ja über Nacht ordentlich was rausbekommen.»

Schnepel beißt sich auf die Unterlippe.

Kröver, der Chef der Kriminaltechnik, hat ebenfalls etwas zu vermelden: «Wir haben das Handy von Antje-Marie Plumhoff wieder in Gang bekommen. Ihre Mutter hat uns geholfen, es zu entsperren. Die junge Frau hatte ihr Geburtsdatum als Zahlencode. Nur umgekehrt.»

«Und?», will Haueisen wissen. «Irgendwas, was uns weiterbringt?»

Kröver zuckt mit den Schultern. «Wie man's nimmt. Es gibt jede Menge Nachrichten und nicht angenommene Anrufe von einem Nobbi.»

«Das ist Norbert Freese», wirft Rudi ein. «Ihr Geliebter. Der Vorsitzende vom Motorradclub. Aber der hat ein Alibi. Von seiner Frau bestätigt. Die beiden haben zusammen Hausputz gemacht.»

«Gemeinsamer Hausputz!» Ein Kollege lacht laut auf, und allgemeine Erheiterung durchflutet den Raum.

«Der scheint wohl keine Eier in der Hose zu haben», stänkert Schnepel sogleich und sieht sich beifallsheischend um.

«Und sonst?», will Haueisen wissen, ohne auf die Belustigung der anderen einzugehen.

Kröver schaut auf seinen Zettel. «Das Übliche halt. Außer den Anrufen von diesem Nobbi noch zwei weitere. Von ihrer Mutter und einer Dörte. Die hat ihr auf die Mailbox gesprochen und auch eine Nachricht geschickt. Außerdem gab es etliche Mails. Die werten wir gerade aus, da sind die Kollegen schon dran. Plumhoffs Laptop haben wir mit dem gleichen Passwort entsperren können. Auch da sitzen die Kollegen an der Auswertung. Dauert eben alles. Ist zeitaufwendige Fleißarbeit. Ihr kennt das ja.»

«Wir sollten als Nächstes die Arbeitskollegen der Plumhoff und von Edo Wiemken befragen», stellt Haueisen fest. «Was ist denn mit der Untersuchung auf Schmauchspuren an den Waffen und der Kleidung von Petra Ukena?»

Kröver runzelt die Stirn. «Waffen? Klamotten? Davon weiß ich nichts.»

«Oh Schiete!» Schnepel springt auf, rot im Gesicht wie ein Feuermelder. «Die liegen noch im Auto. Also im Einsatzfahrzeug. Ich hab vergessen, die gestern noch rauszunehmen. Ich war so kaputt vom Tag.» Das Rot seines Gesichts wird nun dunkelviolett und seine Stimme ganz leise.

«Die Waffen sind noch im Auto?», brüllt Haueisen entgeistert.

«Mann, Chef», versucht Schnepel sich zu verteidigen. «Ich war total k. o. Und die Gewehre hatten wir in blaue Säcke verpackt. Außerdem hat der Kombi doch die Kofferraumabdeckung. Da kann niemand sehen, dass hinten Waffen drin sind. Und selbst wenn, die waren ja nicht geladen.» Nun hebt Schnepel seine Brust. «Darauf habe ich natürlich geachtet, als wir sie mitgenommen haben.»

Um elf Uhr beginnt der Schnupperkurs auf dem Golfplatz in Lütetsburg, zu dem sich Rosa schon kurz nach Silvester angemeldet hat. Als guten Vorsatz fürs neue Jahr. Sport treiben steht für sie ziemlich weit oben auf ihrer To-do-Liste. Und endlich einen Mann fürs Leben finden. Das hat höchste Dringlichkeitsstufe. Ihr Horoskop hat ihr für dieses Jahr den Traumprinzen versprochen. Deshalb hat sie am Neujahrstag beschlossen, die Sterne aktiv zu unterstützen – und den Anfängergruppenkurs in den Osterferien gebucht.

Aus heutiger Sicht hätte sie sich das Geld sparen können, aber im Januar hat sie ja noch nicht gewusst, dass sie im April Wilko kennenlernen würde. Und in trockenen Tüchern ist die Beziehung ja auch noch nicht. Da sollte sie ihre Augen weiter offen halten, um ihrem Horoskop auf die Sprünge zu helfen.

Trotzdem: Rosa Onneken ... Der Name könnte ihr gefallen. Ein alter Häuptlingsname dazu. Sogar mit Bezug zum Golfplatz Lütetsburg, hat Wilko ihr gestern erzählt. Der Platz gehört nämlich der gräflichen Familie zu Inn- und Knyphausen, das ist ein Ableger der Familie Onneken. Als sie Wilko gegenüber ihr neues Sportprojekt erwähnte, hat er ihr gleich haarklein die Geschichte der Familie und der Burg erzählt, die ja immerhin in den Anfängen sogar mal ein Außenhof der Familie Manninga gewesen ist. Wilko ist ein wandelndes Lexikon, was die Geschichte der friesischen Freiheit angeht. Irre. Vor ein paar Wochen hat Rosa nicht mal gewusst, dass die Fürsten in Ostfriesland gar keine Fürsten, sondern Häuptlinge waren. Und jetzt tauchen diese Häuptlingsnamen an allen Ecken und Enden auf. Nicht nur, dass Rudis Vater einen solchen Namen trägt, auch zwei der drei Toten. Ist das Zufall oder hat das etwas zu bedeuten? Aber was? Einen richtigen Dreh bekommt sie nicht in die Sache. Das Einzige, was ihr einfällt, ist, dass in früheren Zeiten gemeuchelt und gemordet wurde, was das Zeug hielt, um an die Macht zu kommen. Aber hatten die jetzigen Toten denn irgendeine Macht?

Rosas Nase beginnt zu kribbeln. Das könnte vielleicht

wirklich ein Ansatz zur Lösung des Falls sein, auch wenn Rudi das nicht ernst nimmt.

Abgehetzt kommt Schnepel zurück in den Besprechungsraum.

«Hier.» Er legt die blauen Säcke mit den Waffen und den Beutel mit der Kleidung, die Petra Ukena am Donnerstag getragen haben will, auf den Tisch und drückt Kröver den Plastikumschlag mit den Klebestreifen in die Hand. «Tut mir wirklich leid, dass ich das gestern verpennt habe.»

Ungläubig blickt Kröver ihn an. «Du hast die Schmauchspuren mit Klebeband abgenommen?»

Schnepel nickt. «Ja, damit sie sie nicht entfernen kann. Sicher ist sicher.»

«Du hast extra dafür ein Set im Wagen, das ist dir schon klar, oder?»

«Ein Set?» Schnepel schlägt sich mit der flachen Hand gegen die Stirn. «Oh Schiete. Natürlich, das hast du mir gegeben, nachdem ich beim letzten Mal Tesafilm benutzt habe.»

«Genau.»

Rudi muss grinsen. Typisch Schnepel. Da kriegt der eine super technische Ausrüstung und vergisst die glatt.

Haueisen ist allerdings gar nicht belustigt. Im Gegenteil: «Schnepel, Schnepel, manchmal verzweifle ich wirklich an Ihnen.» Dann wendet er sich wieder Kröver zu. «Wie schnell kann ich die Auswertung haben?»

«Dafür brauchen wir vierundzwanzig Stunden.»

«Verdammt. Aber nicht zu ändern. Also machen Sie sich an die Arbeit, Kollege!»

«Soll ich tragen helfen?», bietet Schnepel dem Kriminaltechniker an, doch er erntet nur einen vernichtenden Blick.

«Das krieg ich schon alleine hin.»

«Kommen wir also zu Petra Ukena», sagt Haueisen, als Kröver gegangen ist. «Gibt es neue Erkenntnisse?»

«Sie wird immer verdächtiger», legt Schnepel los, um von seinem Versagen hinsichtlich der Waffen abzulenken. «Sie tanzt in der Squaredance-Gruppe von Ingrid Hansen, der Apothekersfrau, und übernimmt dort einen männlichen Part», sagt er. «Sie ist mit Frau Hansen und den anderen Frauen der Tanzgruppe des Öfteren mit dem Boot rüber nach Langeoog gefahren. Petra Ukena ist groß und Mitglied im Schützenverein. Sie könnte sich den Lodenmantel und den Hut angezogen haben, um als Mann durchzugehen. Sie könnte ihren Mann und Antje-Marie Plumhoff aus Eifersucht erschossen haben.»

Rudi runzelt die Stirn. Dass Schnepel aber auch immer gleich was raushaut, ohne vorher richtig nachzudenken!

«Erstens hatte Tjark Ukena gar kein Verhältnis mit der Plumhoff. Und wie passt Edo Wiemken da rein?», fragt er. «Soll der auch noch ein Verhältnis mit Tjark gehabt haben? Waren die beiden vielleicht ein bisschen bi?»

«Edo Wiemken könnte ein Ablenkungsmanöver sein», zischt Schnepel. «Damit es eben nicht ganz so offensichtlich ist, du Depp!»

Für einen Moment ist es still im Raum. Haueisen trommelt mit den Fingerspitzen auf der Schreibtischplatte, wie immer, wenn seine Nerven blank liegen. «Und, hat jemand einen anderen Ansatz, der uns zur Abwechslung weiterbringt?»

Dann muss eben Rudi in die Bresche springen. «Nicht nur Petra Ukena, auch Beatrix Freese ist groß und nicht dürr. Sie könnte sicher auch als Mann durchgehen, wenn sie Hut und Mantel trägt», gibt er zu bedenken. «Außerdem wusste sie von der Geliebten und hätte damit ein starkes Motiv.»

«Guter Gedanke, Bakker.» Haueisen wiegt den Kopf hin und her. «Aber wie soll Frau Freese Zugang zum Boot bekommen haben?»

«Ein Ersatzschlüssel liegt versteckt in der Kiste unter den Sitzflächen, hat der Apotheker uns verraten», erklärt Rudi. «Den könnte sich natürlich auch jeder andere nehmen, nicht nur Petra Ukena.»

«Dazu müssten diese anderen von dem Versteck wissen», giftet Schnepel, dem es wohl nicht gefällt, dass Rudi eigene Gedanken einbringt.

«Ist wie ein Ersatzschlüssel unterm Blumentopf neben der Eingangstür», kontert Rudi. «Das machen viele. Da könnte auch jemand gezielt auf verschiedenen Booten gesucht haben und wurde eben zufällig auf der ‹Meernixe› fündig.»

Haueisen schlägt mit der flachen Hand auf den Schreibtisch. «Nun gut, Sie werden es herausfinden. Schnepel, Sie fahren mit Bakker zu Frau Hansen, befragen sie wegen des Schlüssels, und dann zu Norbert Freese. Der wird sicher etwas zu der Fehde mit dem anderen Motorrad-Club sagen können. Meier, Müller», der Chef wendet sich an die anderen beiden Kollegen, die den Schlagabtausch aufmerksam verfolgt haben. «Sprechen Sie mit den Arbeitskollegen von Plumhoff und von Wiemken. Vielleicht gab es Konflikte im beruflichen Umfeld. Es muss eine Verbindung zwischen den dreien geben! Und wir werden sie finden! An die Arbeit!»

Die Sonne verschwindet immer wieder hinter den Wolken, dazu bläst ein kräftiger Wind. Gut, dass der Regen erst für morgen angesagt ist. Rosa hat Neßmersiel und Hagermarsch schon hinter sich gelassen, als ihre Gedanken erneut bei Beatrix Freese landen. Könnte sie die Geliebte ihres Mannes aus dem Weg geräumt haben, um wieder Ruhe in ihre Ehe zu bringen? Aber wenn alle drei Morde zusammenhängen, dann müsste sie Tjark Ukena und Edo Wiemken auch getötet haben. Das ist vielleicht doch ein bisschen weit hergeholt.

Allerdings nicht auszuschließen.

Der Mord an der Geliebten war das eigentliche Ziel, die anderen Opfer könnten reine Ablenkungsmanöver sein. Man darf schließlich nicht vergessen: Gekränkte Frauen können zu Furien werden. Das kann man in jeder Menge Kriminalromane nachlesen. Rosa begeistert sich geradezu für ihre Gedankensprünge, als ihr Navi verkündet, sie habe ihr Ziel erreicht. Etwas enttäuscht biegt sie auf den Parkplatz. Im Internet ist vom monumentalen Backsteinbau des benachbarten Wasserschlosses Lütetsburg die Rede gewesen. Sie sieht sich um. Auf den ersten Blick wirkt das Clubhaus nicht gerade beeindruckend. Hm, vielleicht ist sie einfach von der falschen Seite gekommen und nicht am Schloss vorbeigefahren.

Ihr Herz klopft bis zum Hals, als sie ihren Fiat zwischen einem Porsche Cayenne und einem Range Rover einparkt. In so guter Gesellschaft ist ihr kleines Vehikel selten. Ein verschmitztes Lächeln huscht über ihre Lippen. Wer weiß, wer ihr hier alles begegnet. Selbst wenn sie Wilko für einen vielversprechenden Kandidaten hält, gegen einen reichen Prinzen hätte sie auch nichts einzuwenden. Wenn er dann noch einem alten ostfriesischen Adelsgeschlecht entstammt – umso besser.

Diesmal steht kein Auto auf der großzügigen Auffahrt der Familie Hansen.

«Ist wohl keiner da», vermutet Schnepel und setzt sich seine verspiegelte Sonnenbrille auf die Nase.

Rudi tippt sich mit dem Finger an die Stirn. «Manno ... die haben 'ne riesige Garage! Da werden die Autos drin stehen.» Er öffnet die Beifahrertür und steigt aus, um zu klingeln. Tatsächlich macht Ingrid Hansen ihnen die Tür auf. Verschwitzt sieht sie aus.

«Oh. Sie schon wieder!» Sie wirkt nicht gerade begeistert, die beiden Polizisten zu sehen. «Was gibt's denn noch? Mein Mann ist nicht da, und ich bin mitten beim Saubermachen. Meine Putzfrau ist ausgefallen.»

«Es dauert nicht lang», versichert Schnepel, schiebt die Brille ein paar Millimeter zur Nasenwurzel hoch und drängt sich an ihr vorbei in den Flur.

«Das ist Hausfriedensbruch», beschwert sich Frau Hansen und stemmt die Hände in die Hüften.

«Wir sind wirklich gleich wieder weg», sagt Rudi. «Wir brauchen nur ein paar Informationen zu Ihrer Squaredance-Gruppe.»

«Meine Tanzgruppe? Was hat die denn mit allem zu tun?»,

will die Apothekersfrau wissen, lenkt dann jedoch ein: «Na gut. Kommen Sie rein. Aber passen Sie auf, dass Sie nicht über den Wischmopp und den Wassereimer fallen.»

Sie geht voraus in die helle Küche im Landhausstil, bittet sie jedoch nicht Platz zu nehmen, sondern bleibt an die Arbeitsfläche gelehnt stehen. «Also, was hat das mit meiner Gruppe zu tun?»

«Wissen Sie, ob Ihren Freundinnen das Versteck des Schlüssels für die ‹Meernixe› bekannt ist?», fragt Schnepel, ohne darauf einzugehen.

Ingrid Hansen runzelt die Stirn. «Wie kommen Sie denn jetzt darauf? Sie glauben doch nicht etwa, dass eine von ihnen sich heimlich das Boot ausgeliehen hat?»

«Wir glauben bislang gar nichts, wir stellen nur Fragen», sagt Schnepel von oben herab. «Aus den Antworten werden wir später ein Gesamtbild zusammensetzen. Also?»

«Na ja ... das kann durchaus sein. Ich glaube, im letzten Jahr sind wir spontan mal rüber nach Langeoog gefahren. Da war mein Mann bei einem Apothekerkongress in Konstanz, und ich habe den Schlüssel aus dem Versteck geholt.»

«Sehen Sie», triumphiert Schnepel. «Geht doch! Und nun erzählen Sie uns bitte, wer alles zu Ihrer Tanzgruppe gehört. Rudi, du schreibst die Namen auf.»

Rudi zückt sein Oktavheft und den Stift. Ingrid Hansen zählt auf: «Also, wir sind zu acht. Simone Bär, Martina Arenswald, Petra Ukena, Sandra Schmidt, Ulrike Meyer, Gaby Herbold, Beatrix Freese und ich.» Beim Namen Beatrix Freese blickt Rudi überrascht auf. Schnepels Augen leuchten.

«Aaah ja», sagt er. «Das ist doch schon mal prima, damit haben Sie uns sehr geholfen.»

«Hat Ihr Mann eigentlich inzwischen die Liste angefertigt, die er uns vorgestern versprochen hatte?», fragt Rudi, dem plötzlich siedend heiß einfällt, dass sie sich gar nicht mehr darum gekümmert haben.

«Welche Liste?»

«Die seiner Bekannten, die von dem Schlüsselversteck wussten.»

«Keine Ahnung. Das hat mein Mann in dem Hochzeitstrubel wohl vergessen. Ich werde ihn daran erinnern, wenn er nach Hause kommt.»

«Vielen Dank», sagt Schnepel, bevor Rudi etwas erwidern kann. «Sie können jetzt weiterputzen. Komm, Rudi.» Er stiefelt an der Frau vorbei zum Ausgang. Plötzlich hält er inne, zieht eine Visitenkarte aus seiner Jackentasche und reicht sie ihr. «Wenn Ihnen noch etwas einfällt oder Ihr Mann die Liste fertig hat, rufen Sie mich an. Jeder Hinweis ist wichtig für uns.» Er schiebt seine Sonnenbrille mit dem Zeigefinger ein kleines Stückchen nach unten, senkt den Kopf und blickt sie über den Rand der Brille hinweg an. «Wirklich jeder Hinweis!»

Noch bevor Schnepel den Motor startet, reibt er sich begeistert die Hände. «Hab ich's doch gewusst», sagt er. «Die Freese steckt da auch mit drin. Bis über beide Ohren. Vielleicht haben sich die Frauen auch zusammengetan. Mit Hut und Lodenmantel erkennt man sie ja nicht von weitem. Sie könnten durch diese Maskerade dafür gesorgt haben, dass sie ein echtes Alibi haben, weil die eine jeweils den Mann der anderen erschossen hat.»

«Aber Wiemken war doch gar nicht der Mann von der Freese. Das ist doch Nobbi.»

«Vielleicht hat sie aus Versehen den Falschen erschossen. Was weiß ich. Man muss da Schritt für Schritt vorgehen.» Schnepel startet das Auto und fährt an. «Jetzt auf zu den Freeses und den Stier bei den Hörnern packen.»

«Haueisen hat uns losgeschickt, damit wir Nobert Freese wegen des Motorradclubs befragen und nicht seine Frau wegen Eifersüchteleien», erinnert Rudi ihn an den Auftrag vom Chef. Schnepels Diensteifer kann manchmal nämlich ordentlich nach hinten losgehen.

«Spricht ja auch nichts dagegen. Wenn wir bei ihm in der Wohnung sind, nehme ich mir seine Frau eben auch gleich vor. Zwei Fliegen, eine Klappe ... du verstehst.» Er zwinkert Rudi zu.

«Helmut, heute ist Montag. Da ist Nobbi auf der Arbeit. Du musst zur Versicherung fahren, wenn du ihn um diese Uhrzeit sprechen willst.»

«Meinetwegen.»

Während der Fahrt von Wittmund nach Neuharlingersiel schweigen sie. Rudi denkt über die beiden Frauen nach, die Schnepel verdächtigt.

«Du meinst wirklich, Beatrix Freese hat Tjark Ukena erschossen, um ihrer Freundin und Tanzpartnerin einen Gefallen zu tun?»

«Absolut! Das könnte passen.»

«Aber wen soll dann Petra Ukena getötet haben? Antje-Marie Plumhoff? Für die Tatzeit hat sie ein Alibi. Sie war bei ihrer Mutter», gibt Rudi zu bedenken.

«Nun sei mal nicht so ein Erbsenzähler. Dann war es eben in allen Fällen die Freese.»

«Und warum? Kannst du mir das vielleicht auch verraten?»

«Nur mal so als Idee: Vielleicht sind sie und Petra Ukena ein Liebespaar.»

«Helmut, nun mach aber halblang!» Was der sich aber auch immer zusammenspinnt!

«Nee, nee, tu das man nicht so ab. Die Freese könnte in die Ukena verliebt sein.» Er rümpft die Nase. «Die Ukena aber ist nicht nur verheiratet, sondern auch unglücklich darüber, dass ihr Mann ein Verhältnis mit Antje-Marie Plumhoff hat.»

«Hatte er doch gar nicht. Die hatte was mit Nobbi Freese!»

«Das muss die Ukena ja nicht gewusst haben. Vielleicht hat sie es vermutet, weil die beiden dauernd wegen des Blogs der ‹Frechen Friesen› zusammengesessen haben, und sie hat Beatrix Freese davon erzählt. Die wiederum hat ihre Chance gewittert. Sie hat erst Tjark umgebracht und dann die Plumhoff, von der sie wusste, dass die die Geliebte von ihrem eigenen Mann war.»

«Wir wissen doch gar nicht, ob die schießen kann», widerspricht Rudi. «Das ist immerhin nicht so leicht, jemanden vom fahrenden Motorrad zu schießen oder eine Kiterin von einem schwankenden Boot aus. Und überhaupt, warum sollte die denn dann auch noch den Wiemken töten? Das ist alles eine ziemlich verdrehte Theorie!»

«Aus Ablenkung. Oder …» Schnepels Augen blitzen auf. «Moment! Jetzt hab ich es! Sie war es bei dem Wiemken tatsächlich nicht. Wir haben es bei ihm mit einem anderen Täter zu tun. Mit einem, der auf den Zug aufgesprungen ist. Ein Trittbrettfahrer für ein Verbrechen aus Eifersucht!»

«Und wer, bitte schön, soll das in dem Fall gewesen sein?» Rudi fasst es nicht, wie schnell Schnepel sich in Verdächtigungen und wilde Theorien verrennen kann – und in welchem Tempo er die eine gegen die andere austauscht.

«Dein Freund Henner!», frohlockt Schnepel.

«Also nun sind bei dir wohl sämtliche Lampen durchgebrannt», stellt Rudi fest. «Mein Freund Henner! Du hast sie doch nicht alle am Sender!»

«Nein, nein! Ich habe gestern sehr wohl gehört, wie er sich am Telefon bei dir darüber beschwert hat, dass seine Freundin mit Edo Wiemken rumgeknutscht hat.»

«Das ist nicht seine Freundin. Das ist unsere Yogalehrerin. Außerdem besitzt Henner gar keinen Lodenmantel. Und so einen Hut würde er im Leben nicht aufsetzen. Und 'ne Waffe hat er auch nicht.»

«Unsinn. Er kommt von einem Bauernhof. Da gibt es das alles. Das weiß doch jeder.»

Adelheid und Sigrid füllen im Andenkenlädchen am Ende der Hafenpromenade gerade das Bücherregal mit neu eingetroffenen Küstenkrimis auf, als die Tür mit Schwung aufgeht und Gudrun hereinkommt.

«Moin», sagt sie und wirkt ziemlich bedröppelt an ihrem frisörfreien Montag.

«Was ist denn los?», fragt ihre Schwester Adelheid, kaum dass sie vor ihr steht. «Ist dir eine Laus über die Leber gelaufen?»

«Wie man's nimmt. Ich mach mir nämlich solche Sorgen, dass ich die ganze Nacht nicht schlafen konnte.»

«Dann setz ich schon mal Wasser für einen Tee auf.» Sigrid springt hoch. «Ist sowieso schon längst Zeit fürs Elführtje.»

Während Sigrid nach hinten läuft und mit dem Wasserkocher und der Teekanne hantiert, legt Adelheid ihrer jüngeren Schwester die Hand auf die Schulter. «Was ist denn los? Worüber machst du dir Sorgen?»

Adelheid schwant Böses, aber sie weiß nicht so recht, wie sie das taktvoll zur Sprache bringen kann.

«Hat dein Mann etwa eine andere?», schallt es vom Wasserkocher her durch den ganzen Laden.

«Quatsch, Sacky doch nicht», ruft Gudrun Sigrid zu. «Das wär dem viel zu anstrengend. Aber ich mach mir tatsächlich wegen ihm Sorgen. Weil er doch auch bei den ‹Frechen Friesen› ist. Und auf die muss irgendwer eine mächtige Wut haben, wenn erst Tjark erschossen wurde und nun auch noch Edo.»

«Und was hat das mit deinem Mann zu tun?», schallt es erneut von hinten.

«Denk doch mal nach: Er ist der Parteivorsitzende! Stell dir vor, einer will die alle ausmerzen, weil dem deren Meinung nicht gefällt.»

Adelheid wird blass. «Ina macht da doch auch mit.»

«Und Doro auch. Die druckt sogar sämtliche Flugblätter von denen», fügt Gudrun hinzu. «Verstehst du nun, warum ich nicht mehr schlafen kann?»

Als Rudi und Schnepel das Gebäude der NV-Versicherung betreten, wo Nobbi Freese als Abteilungsleiter arbeitet, sieht Dörte sie überrascht von ihrem Platz hinter dem Empfangstresen an.

«Rudi! Was macht ihr denn hier?» Sie wirkt beunruhigt. «Ist was mit Herrn Freese?»

Nun ist es an Rudi, verwundert zu sein. «Wieso fragst du? Wir sind tatsächlich hier, um mit ihm zu sprechen. Ist er denn da?»

«Nee.» Dörte wirkt irritiert. «Er hat gestern Abend eine Mail geschickt, dass er krank ist. Was ist denn los?»

Schnepel setzt schon zu sprechen an, aber Rudi tritt ihm unsanft auf den Fuß und drückt ihm unmerklich den Ellbogen in die Seite. «Er scheint ein paar Schwierigkeiten zu haben. Darüber wollen wir mit ihm sprechen. Du warst doch Samstag mit ihm im Dattein. Hat er denn da gar nichts erzählt? Ich hatte den Eindruck, dass ihr euch gut unterhalten habt. Ich war sogar richtig überrascht, euch zusammensitzen zu sehen. Bislang hab ich immer gedacht, dass ihr nur Arbeitskollegen seid.»

Rudi registriert Schnepels verwunderten Blick, zum Glück hält sein Kollege sich zurück.

Dörte fummelt an dem Halstuch herum, das perfekt zu ihrem blau-weiß geringelten Oberteil passt. Vielleicht ist es auch ein Kleid, das kann Rudi aber nicht sehen, weil Dörte ja hinter dem Tresen sitzt.

«Es ging ihm wirklich nicht besonders gut», sagt Dörte. «Ich war auch überrascht, im Dattein ist er sonst eigentlich nie. Ich wollte mich mit einer aus meinem Kochkurs treffen, aber ich war zu früh dran. Na, und dann stand Freese an der Theke. Hab ich mich halt zu ihm gestellt. Und Antje-Marie ist nicht gekommen. Fand ich blöd. Sie hätte ja absagen können, wenn ihr was dazwischengekommen ist. Ich hab ihr eine Nachricht auf die Mailbox gequatscht und eine WhatsApp geschickt ...»

«Antje-Marie?», unterbricht Rudi verblüfft ihren Redefluss. Im Hinterkopf dämmert ihm, dass in der Dienstbesprechung der Name Dörte gefallen ist, als es um die Personen ging, die Frau Plumhoff kontaktiert hatten. Er hat ja nicht ahnen können, dass *die* Dörte gemeint ist. Gibt ja noch ein paar mehr davon hier in der Gegend.

«Ja. Antje-Marie Plumhoff. Wir machen zusammen den vegetarischen Kochkurs. Letzte Woche gab es Tofu asiatisch, dazu einen Gurken-Zucchini-Salat mit Chili. Sehr lecker. Und ganz einfach. Ich kann dir das Rezept geben, wenn du magst.»

«Nee, lass man. Und was hat Freese gesagt? Hat der auch auf jemanden gewartet?»

«Keine Ahnung. Ich hab ihn nicht gefragt. Ich hatte den Eindruck, er wollte einfach mal raus. Irgendwie tat er mir leid. Er wirkte traurig, dauernd hat er auf sein Handy geguckt. Als wenn er eine Nachricht erwarten würde. Ich hab ihn gefragt, ob ich ihm irgendwie helfen kann, aber er sprach ganz nebulös davon, dass es Situationen im Leben gibt, die man sich nicht wünscht, die aber auf einen zukommen und mit denen man klarkommen muss.» Dörte blickt Rudi an. «Das stimmt. Hab ich am eigenen Leib erleben müssen.»

Sie schnieft, und Rudi kann sich schon denken, um was es geht: Henner hatte vor einer Weile ihre ziemlich forschen Annäherungsversuche abgewiesen.

«Und dann hat er versucht, vom Thema abzulenken. Irgendwie kamen wir aufs Kochen, und wie mir der Kurs gefällt. Da hab ich erzählt, dass ich eigentlich verabredet bin.»

«Mit Antje-Marie Plumhoff.» Schnepel kann nicht mehr still sein.

«Ja. Hab ich doch eben schon gesagt.»

«Haben Sie Freese gegenüber den Namen auch erwähnt?»

«Nein. Hätte ich das tun sollen?», fragt Dörte und klingt dabei ungewohnt kiebig.

Montags sind die Postsäcke zum Glück immer leichter. Das ist wenigstens etwas, wo ihm schon das Herz so schwer ist. Henner schiebt sein Fahrrad durch das Sieltor zur Hafenmauer. Die Restaurants und Läden befinden sich oberhalb, auf der ursprünglichen Deichhöhe, um vor Sturmfluten geschützt zu sein. Er parkt Berta neben einem der gerade erst wieder aufgestellten Strandkörbe für die Touristen, läuft hinauf und reicht die Post für Hinrichs direkt in die Bäckerei rein. Nur ein kurzer Gruß, mehr Zeit ist heute nicht drin, schon ist er wieder raus aus dem verlockenden Brötchenduft.

Die nächsten drei Umschläge sind für Ludwig und Sigrid. Unentschlossen steht Henner kurz darauf mit den Briefen vor dessen Haus. Entgegen seiner üblichen Gewohnheit will er sie einfach in den Briefkasten werfen, aber Ludwig muss ihn aus seinem Wohnzimmerfenster bereits gesehen haben.

«Is offen. Komm rauf!», schallt es von oben. Henner kennt das schon. Was bleibt ihm also anderes übrig, als die Treppenstufen hochzustapfen und dem Frührentner mit der gewaltigen Leidenschaft fürs Internet die Post persönlich zu bringen. So wie jeden Tag.

«Magst du eine Tasse Tee?», fragt Ludwig, der an der Wohnungstür auf Henner wartet.

«Nein, danke. Bin ohnehin schon spät dran», erwidert er, drückt Ludwig die Briefe in die Hand und macht schon kehrt, aber Ludwig hält ihn zurück.

«Nicht so schnell. Ich hab gerade mit Erwin telefoniert. Und den zur Schnecke gemacht.»

«Wieso das denn?»

«Wenn der gestern ein bisschen Mumm in den Knochen gehabt hätte, säße der Mörder jetzt hinter Gittern.»

«Na hör mal, da verlangst du aber viel von Erwin! Der Täter war doch bewaffnet!» Henner hat vollstes Verständnis für Erwin Frerichs. Er hätte sich genauso verhalten. Lieber abtauchen, als sich selbst in Gefahr zu begeben. «Da muss man verdammt vorsichtig sein. Außerdem ist Erwin ja nicht Superman, der im Alleingang für Recht und Ordnung sorgt.»

«Nicht Superman!» Ludwig kichert. «Da hast du auch wieder recht. Stell dir mal Erwin im Superman-Kostüm vor!» Der Online-Reporter prustet. «Na, immerhin hat er erkannt, dass der Mörder ein Jäger ist.»

«Echt?» Da hat Rudi gestern gar nichts von gesagt.

«Grüner Lodenmantel, passender Hut und ein Gewehr. Ich sage dir, die Polizei muss nur in den hiesigen Jagdkreisen suchen. Vor allem, wo doch noch Schonzeit ist. Sag das Rudi, wenn du ihn siehst.»

«Die Schonzeit für Wildschweine ist dieses Jahr aufgehoben. Hast du das nicht in der Zeitung gelesen?», fragt

Henner. Ludwig hockt doch sonst den ganzen Tag vorm Computer. Da müsste er das eigentlich wissen. «Wegen der Afrikanischen Schweinepest.»

«Jo, jetzt wo du's sagst.»

Als Beatrix Freese ihnen die Tür öffnet, ist Rudi erneut über die makellose Erscheinung von Nobbis Frau erstaunt. Sie wirkt, als wolle sie gleich die Moderation einer Nachrichtensendung übernehmen. Ihr knallroter Lippenstift unterstreicht das blitzende Weiß ihrer Zähne. Automatisch fährt Rudi sich mit der Zunge über seine oberen Schneidezähne. Er müsste dringend einen Zahnarzttermin machen, der letzte ist schon über ein Jahr her.

«Moin Frau Freese», grüßt er, «tut uns leid, dass wir stören, aber wir müssen noch mal mit Nobbi reden. Auch wenn er krank ist. Apropos: Was hat er denn?»

Beatrix Freese zieht die Luft durch die Nase ein, weicht aber keinen Schritt zurück. «Das kann ich Ihnen nicht sagen», gibt sie kühl zurück. «Mein Mann hält sich nicht hier auf.»

Sofort schnellt Schnepel einen Schritt vor. «Was soll das heißen? Wo ist er denn?»

«Ich habe ihn gebeten, anderweitig unterzukommen», sagt Beatrix Freese. «Nachdem Sie fort waren, haben wir gestritten. Er hat eine Tasche gepackt und ist gegangen.» Sie schaut die beiden Polizisten mit einem Blick an, der Rudi an die böse Königin aus dem Kinofilm «Schneewittchen» erinnert. «Meine Herren ...»

«Und wo ist er jetzt?», beharrt Schnepel.

«Ich habe keine Ahnung. Und es ist mir ehrlich gesagt auch egal.»

«Dann schreiben wir ihn eben zur Fahndung aus.» So leicht gibt Schnepel nicht auf. «Wir werden ihn schon finden. Wo wir aber schon mal hier sind: Sie gehören doch zur Squaredance-Truppe von Ingrid Hansen, oder?»

Verblüfft sieht Beatrix Freese Schnepel an. «Das stimmt. Warum interessiert Sie das?»

Schnepel übergeht ihre Frage. «Welchen Part übernehmen Sie dabei?»

Frau Freese kräuselt die Stirn. «Wie? Welchen Part?» Sie tritt einen Schritt zurück. «Kommen Sie doch herein. Muss ja nicht jeder mitkriegen, dass ich Besuch von der Polizei habe.»

Na bitte. Geht doch. Rudi verkneift sich ein Grinsen, als sie Nobbis Frau in die Küche folgen.

«Nehmen Sie Platz.» Beatrix Freese deutet auf die Sitzgruppe, bietet ihnen jedoch nichts zu trinken an – im Gegensatz zu gestern, wie Rudi registriert.

«Wir sind acht Frauen in unserer Gruppe», erklärt sie. «Es gibt leider nicht so viele Männer in unserer Region, die Squaredance mögen. Von daher übernehmen vier von uns den männlichen Tanzpart. Eine davon bin ich.»

Bevor Schnepel wieder einen Querschuss loslässt, sagt Rudi: «Das bietet sich bei Ihrer Größe ja auch an.»

«Genau. Wir haben es tatsächlich nach Körpergrößen eingeteilt, damit es optisch ein gutes Gesamtbild ergibt. Auch das fließt letztlich in die Bewertung der Jury ein, selbst wenn das vielleicht nicht immer ganz richtig ist. Beim letzten Schlick Dance in Wilhelmshaven haben wir viel Beifall bekommen. Da kamen Squaredance-Gruppen sogar aus Österreich und der Schweiz, und die Zeitung schrieb nachher: ‹Mit den Füßen im Watt tanzt es sich am besten›.»

Rudi spürt, dass das Eis gebrochen ist. «Sie scheinen eine tolle Truppe zu sein, nach allem, was ich gehört habe. Sie tanzen nicht nur, Sie unternehmen auch gemeinsam Ausflüge.»

Beatrix Freese lächelt, zum ersten Mal vollkommen natürlich – und wirkt plötzlich sympathisch. «Ja, das stärkt das Gemeinschaftsgefühl, wir verstehen uns mittlerweile untereinander wirklich gut. Das ist wichtig für mich. Als mein Mann vor drei Jahren die Stelle bei der Versicherung angenommen hat, kannte ich ja niemanden hier im Ort. Einmal im Monat treffe ich mich mit den anderen Frauen zum Frühstück, manchmal gehen wir zusammen ins Kino, und ein paarmal sind wir auch schon mit Ingrids Boot rüber nach Langeoog gefahren. Das waren besondere Highlights. Was meinen Sie, wie die drüben gucken, wenn acht Frauen vom Boot steigen. Normalerweise machen ja eher Männergruppen diese Trips», feixt sie. «Es hat schon etwas total Dekadentes, einfach so mit einem Motorboot nach Langeoog zu fahren, in der ‹Kajüte› ein Fischbrötchen oder Scampis zu essen und dann wieder zurückzubrausen.»

Rudi grinst. «Das glaube ich gerne.»

«Wobei man bei der rasanten Fahrt spürt, dass die Nordsee ziemlich hart sein kann, das können Sie mir glauben. Für empfindliche Rücken ist das nichts», ergänzt Nobbis Frau. Anscheinend hat sie Schnepels Gesichtsausdruck bemerkt. Zum Glück verkneift sich sein Kollege einen Kommentar und kommt gleich zur eigentlichen Frage: «Frau Hansen hat den Bootsschlüssel nicht immer dabei, stimmt's?» Er schaut sie dabei so gewinnend an, dass Rudi erstaunt ist.

Beatrix Freese lächelt prompt zurück. «Ja. Aber es gibt einen Reserveschlüssel, den sie auf dem Boot versteckt haben.» Sie scheint mittlerweile jeden Argwohn über Bord geworfen zu haben.

Schnepel zwinkert ihr zu. «Wo denn?»

«Unter den Sitzen. In der Kiste zwischen den Schwimmwesten.»

«Ist ja auch gut, wenn man so ein Versteck hat. So rein für den Notfall, versteht sich.»

«Es war zwar kein Notfall, aber Ingrids Mann war irgendwo im Süden auf einem Kongress und hatte den Schlüssel aus Versehen mitgenommen. Deswegen hat sie ihn aus der Kiste geholt.»

«Ich sag ja: Wie gut, wenn man einen Reserveschlüssel versteckt hat», wiederholt sich Schnepel. Dann verabschieden sie sich. An der Tür dreht Schnepel sich in Columbo-Manier noch einmal um: «Sagen Sie, Frau Freese, kann es sein, dass Sie an Ihrem früheren Wohnort zweimal Schützenkönigin waren?»

Beatrix Freese lacht auf. «Tatsächlich war ich sogar dreimal Schützenkönigin unseres Vereins in Celle.»

Wow. Rudi ist platt. Das ist ja ein genialer Schachzug von Schnepel.

«Moment. Bin gleich wieder da.» Flugs hat Schnepel das DNA-Stempelset aus dem Kofferraum geholt. Beatrix Freese sieht entgeistert zu, wie er den Kasten öffnet und alles für die Abdrücke vorbereitet.

«Das ist jetzt nicht Ihr Ernst, oder?»

Schnepel geht darauf nicht ein. Stattdessen fragt er: «Wo waren Sie eigentlich am letzten Donnerstag gegen 18 Uhr?»

«Letzten Donnerstag?» Sie scheint zu überlegen. «Da habe ich gebügelt. Und dabei eine Serie angeschaut. Bei Netflix. Grace & Frankie.»

Schnepel ist inzwischen fertig mit den Vorbereitungen. «Geben Sie mir Ihre Hand», fordert er.

«Oh nein», widerspricht Beatrix Freese. «Ich gebe Ihnen gar nichts. Wissen Sie, was ich jetzt tun werde? Ich rufe meinen Anwalt an.»

Die Anfängergruppe besteht aus vier Personen. Rosa, zwei Frauen um die vierzig und ein Mann von schätzungsweise Mitte sechzig. In seinem Rentnerbeige fällt er definitiv nicht in Rosas Beuteschema.

Die theoretische Einführung durch den Golflehrer hat sich zum Glück nicht allzu sehr in die Länge gezogen. Dass der kleine weiße Ball ins weit entfernte Loch muss, ist Rosa eh klar gewesen. Auch dass es 18 Bahnen gibt. Ist beim Minigolf genauso. Nur das mit dem Handicap hat Rosa nicht ganz begriffen. Aber das muss sie ja auch noch nicht.

Zum Eingewöhnen fangen sie mit dem Einlochen an. Putten nennt der Golflehrer das. Witzig. Wie bei Rudi, der seine Hühner auch immer mit «Putt, putt, putt» in den Stall lockt. Rosa macht ihre Sache ganz gut, gerade fällt ihr Ball zum dritten Mal nach nur einem Schiebeschwung in den weißen, eingegrabenen Plastiktopf. Auch der Ball einer der anderen Frauen kullert hinein.

«Super macht ihr das», lobt der jugendlich wirkende Trainer prompt. Die andere Frau reckt begeistert ihren Hals, der so faltig ist wie der einer Schildkröte. Kleidergröße 34 fordert eben ihren Preis im Alter. Diesen gehässigen Gedanken kann sich Rosa nicht verkneifen und sieht auf ihre eigenen kurvigen Hüften hinab.

«Wann üben wir denn endlich ein paar richtige Schläge?», fragt der ältere Herr nun schon zum dritten Mal.

«Jetzt», bekommt er als Antwort, und jeder Teilnehmer kriegt einen Eimer mit Bällen und einen anderen Schläger. Der Trainer macht vor, wie man den Schläger schwingen muss, damit der Ball fliegt.

«Keine Scheu», sagt er. «Einfach drauflos.» Begeistert greift Rosa in den Eimer und legt den Ball vor sich auf den Boden. Dann nimmt sie den Schläger so in die Hand, wie der Trainer es ihr gezeigt hat – das ist gar nicht so leicht –, holt aus und … hackt in den Boden. Das tut verdammt weh in der Schulter.

«Augen unten lassen», raunt ihr der Golflehrer zu. Der hat gut reden. Bei ihrer Neugierde! Als die Eimer fast leer sind, sagt der Trainer: «Wenn ihr mögt, treffen wir uns gleich auf der Terrasse des Clubhauses zum Begrüßungsgetränk.»

«Tja, mein Lieber», sagt Schnepel, als sie zurück zum Auto gehen. «Wie ich es dir schon gesagt habe: Beatrix Freese scheint bis zum Hals in der Sache drinzuhängen. Sie wusste schon länger von der heimlichen Liebesbeziehung. Sie hat ein 1A-Motiv, Antje-Marie Plumhoff umzubringen, sie könnte auch Tjark Ukena getötet haben … und: Sie war Schützenkönigin!»

«Woher weißt du das eigentlich?»

«Ich hab sie gegoogelt», gibt Schnepel gelassen zurück. «Als du bei der Versicherung noch schnell auf'm Klo warst. Man muss eben clever sein, mein Lieber. Aber das lernst *du* nie.»

«Hätteste mir ruhig vorher sagen können.»

«Hast *du* mir das mit dem Motorradclub gesagt?» Schnepel sieht ihn patzig an. «Jedenfalls spür ich es tief in mir drinnen: Sie ist diejenige, die die Leute hier abgeknallt hat. Fernsehen ist kein Alibi. Damit muss sie mir nicht kommen. Und dass sie ihren Anwalt angerufen hat, spricht doch auch dafür, dass sie etwas auf dem Kerbholz hat.»

«Ich weiß nicht. Ich kann sie verstehen. Und letztlich hat sie ihre Fingerabdrücke dann ja doch freiwillig abnehmen lassen», sagt Rudi.

«Nach der Analyse der Abdrücke wissen wir mehr. Außerdem ist dein Freund Henner Steffens auch noch nicht aus dem Schneider, was den Wiemken angeht. Den werde ich mir bald vornehmen. Vor allem sein Alibi.»

«Ach nee. Gerade behauptest du, es sei Frau Freese gewesen, und nun schwenkst du wieder zu meinem Kumpel um?»

«Natürlich. Man muss in alle Richtungen überlegen und nachdenken! Das nennt sich taktisches Ermitteln. Davon hast du aber ja überhaupt keine Ahnung, du kleiner Streifenpolizist.»

«Hör mal», empört sich Rudi. «Ich bin Kommissar!»

«Quatsch. Du sitzt da mit dem dicken Bernie in eurer Polizeistation in Esens und lässt den lieben Gott einen guten Mann sein. Du hast doch keinen blassen Schimmer davon, wie richtige Polizeiarbeit geht.»

Nun wird Rudi langsam sauer. «Und was war in letzter Zeit? Wo wärt ihr denn, wenn wir, und da meine ich Rosa, Henner und mich, euch nicht so tatenreich unterstützt hätten? Das hättest *du* allein nicht hingekriegt. Also spiel dich mal nicht so auf!» Rudi guckt Schnepel wütend an, schluckt dann den Ärger auf seinen Kollegen runter. Er ist schließlich Profi. «Das tut jetzt aber nichts zur Sache. Wichtig ist: Wo steckt Nobbi?»

Schnepel wirft Rudi einen scharfen Blick zu. «Hat er denn gute Freunde, bei denen er unterkommen könnte?»

«Woher soll ich das denn wissen? Ich kenne den nur vom Yoga und als Versicherungsmenschen. Privat hab ich sonst nix mit ihm zu tun. Der wohnt auch erst seit drei Jahren hier.»

«Nun denn. Ich werde die Hotels der Umgebung abfragen.» Schon zieht Schnepel sein Handy heraus und beginnt zu telefonieren. Nach dem dritten erfolglosen Versuch greift Rudi zu seinem eigenen Handy, denn ihm fällt ein, dass er die Nummern von allen «Young Yoga Boys» eingespeichert hat.

«Freese», antwortet sein Yoga-Kumpel kurz darauf.

«Nobbi, ich bin's. Rudi.»

Schnepel wirft einen verdutzten Seitenblick auf seinen Kollegen.

«Sag mal, wo bist du denn? Wir haben von Dörte erfahren, dass du dich krank gemeldet hast, aber deine Frau sagt, du hast deine Tasche geschnappt und bist weg.»

«Das ist ihre Version. Die Wahrheit ist: Sie hat mich rausgeschmissen. Ich bin in Antjes Wohnung. Es geht mir echt scheiße.»

«Wir kommen.»
«Wer ist wir?»
«Schnepel und ich.»
«Muss das unbedingt sein?»
«Ja.»
Nobbi seufzt. «Na denn. Bis gleich.»

Kaum ist Henner weg, reibt sich Ludwig die Hände. Manchmal hat Henner gar keine schlechten Ideen, auch wenn er immer ein bisschen lahmarschig daherkommt. Wäre doch gelacht, wenn er nicht mit ein paar Klicks alle wichtigen Informationen über diese komische Schweinepest auf seinem Rechner hätte. Das könnte ein interessantes Thema für die Mitmachzeitung sein. Vielleicht fragt er seine User mal, was die davon halten, Wildschweine einfach so zum Abschuss freizugeben.

Ludwig schnappt sich in der Küche zwei Quark-Futjes mit Rosinen, isst die norddeutsche Krapfen-Variante im Stehen, humpelt dann auf seinen Krücken zurück und setzt sich an seinen Platz am Fenster. Er tippt in den Browser seines Tablets: Afrikanische Schweinepest. Sofort werden ihm 36 800 Treffer angeboten. Alle Achtung! Da wird er ordentlich zu tun haben, um einen Überblick zu bekommen. Am besten orientiert er sich an den aktuellsten Beiträgen. Als Erstes ruft er den Zeitungsartikel vom letzten Wochenende auf. Titel: «Die Angst vor der wilden Sau». Das hört sich gut an. Könnte er glatt als Überschrift für seinen eigenen Artikel übernehmen.

Eine halbe Stunde später ist Ludwig schlauer. Obwohl das

mit der ASP, der Afrikanischen Schweinepest, verdammt kompliziert ist. Die Pest kommt aus Afrika. Ist ja klar bei dem Namen. Der Virus wird von Lederzecken übertragen und ist für die afrikanischen Warzenschweine ungefährlich. Aber damit braucht Ludwig seinen Lesern nicht zu kommen, da schalten die gleich ab. Was interessiert die Ostfriesen schon ein afrikanisches Warzenschwein. Und hat es überhaupt mit den Morden zu tun?

Ludwig sieht hinaus aufs Hafenbecken und überlegt. Vielleicht ist der Mörder ein gestresster Jäger, der Nacht für Nacht versucht, seiner Pflicht nachzukommen, aber es nicht schafft, die Viecher zu erlegen. Immerhin gibt es eine Abschussquote, die erfüllt werden muss. Sonst kann es teuer werden. Ob das auch für diesen Fall gilt? Egal. Der Jäger jedenfalls könnte langsam durchdrehen und auf alles schießen, was vor seine Flinte kommt. Und dabei hat er versehentlich ... Nee. Das war nie und nimmer versehentlich. Garantiert nicht. Ob er wirklich darüber einen Artikel schreiben soll?

«Kommt rein», sagt Nobbi. Er sieht übernächtigt aus. Und unrasiert. So kennt Rudi ihn gar nicht. Nobbi geht ins Wohnzimmer vor.

«Ich habe Maries Mutter angerufen und ihr gesagt, dass ich hier bin», sagt er. «Nicht dass die herkommt und sich zu Tode erschreckt. Aber ich wusste nicht, wohin – und hier bin ich Marie zumindest noch sehr nahe. Irgendwie.»

«Wie kommt es denn überhaupt dazu, dass du ... na ja, dass du hier bist?», fragt Rudi.

«Bea hat mich rausgeschmissen, hab ich doch schon am Telefon gesagt.» Nobbi deutet auf die Couch. «Setzt euch.» Er selbst zieht sich einen Stuhl vom Esstisch heran. «Sie hat das Gespräch mit euch belauscht. Sie hat sich sogar die Schuhe ausgezogen und sich auf ihren Perlonstrümpfen angeschlichen, um kein Wort zu verpassen. Nachdem ihr weg wart, gab es einen Riesenkrach. Sie hätte mir immer vertraut. Nie hätte sie es für möglich gehalten, dass ich sie betrüge. Dann hat sie verkündet, sie könne unmöglich weiter mit mir unter einem Dach leben. Und mich aufgefordert, zu packen und zu gehen. Du kannst dir vorstellen, wie ich mich gefühlt habe, Rudi.» Nobbi atmet tief ein, Selbstmitleid trieft aus seiner Stimme.

Tja. Selbst schuld. Hätte er sich mal eher überlegen sollen. Aber so ist das: Erst wenn man erwischt wird, merkt man, dass das wohl alles nicht so klasse war, was man gemacht hat. Rudi hat dafür absolut kein Verständnis.

«Ich mache mir solche Vorwürfe», sagt Nobbi.

«Warum», fragt Schnepel sofort. «Was werfen Sie sich denn vor?» Sein Tonfall klingt lauernd.

«Ach, irgendwie sage ich mir, ich hätte sie beschützen müssen.»

Schnepel beugt sich vor. Wie eine Katze, die sich schon sicher wähnt, die Maus gleich packen zu können. «Vor was hätten Sie Ihre Frau denn beschützen sollen?»

«Ich meine doch nicht Bea. Ich meine Marie. Ich denke immer und immer wieder, dass ich versucht habe, sie zu erreichen, und dass sie da schon tot war. Und ich Döspaddel hab mir vorgestellt, sie würde sich mit einem anderen Mann amüsieren. Mit einem von diesen Kitern, einem, der so jung ist wie sie. So lebensfroh. Ich war so eifersüchtig.» Tränen rinnen über seine Wangen. «Was soll sie auch mit so einem Langweiler wie mir. Ich bin über zwanzig Jahre älter als sie und nicht mal wohlhabend. Das Einzige, was uns verbindet, ist das Motorradfahren. Aber auch da bin ich eher der Zurückhaltende, während Marie die Geschwindigkeit geliebt hat.»

«Zum Motorradfahren kommen wir gleich noch», sagt Schnepel, und es klingt wie eine Drohung. «Bleiben wir bei Ihrem Gedanken, Sie hätten sie beschützen müssen. Gibt es denn einen Ex-Freund, mit dem Frau Plumhoff vor kurzem Schluss gemacht hat? Kann es sein, dass der vielleicht gar nicht so freiwillig ins Ende der Beziehung eingestimmt hat? Dass er Frau Plumhoff zurückhaben wollte?»

«Unsinn. Es gab zwar einen, aber die Sache war geklärt. Sie hatten nur noch über ihr gemeinsames Engagement für die Umwelt ab und zu miteinander zu tun.»

«Wissen Sie, wie der Mann heißt?», hakt Rudi ein.

«Ich muss gestehen, ich hab mich nicht wirklich dafür interessiert, weil der in Maries Leben keine Rolle mehr spielte. Ich glaube, wenn sie Ärger mit ihm gehabt hätte, hätte sie es mir gesagt. Wir sind sehr offen miteinander umgegangen.»

«Könnte es Edo Wiemken gewesen sein?» Schnepels Blick ist noch lauernder geworden.

Nobbi zuckt mit den Mundwinkeln. «Möglich.»

«Aha!» Schnepel grunzt selbstzufrieden.

Bestimmt ist Nobbi nun sein nächster Verdächtiger. Das Tempo, in dem sein Kollege mögliche Täter präsentiert, wird immer rasanter.

«Weiter im Text. Sie sind der amtierende Vorsitzende des MC Freesen?» Schnepel reibt sich die Hände.

Nobbi nickt. «Jo. Hat sich sonst keiner zur Wahl gestellt. Viele Leute meinen ja, nur weil man Mitglied in einem Motorradclub ist, ist man automatisch ein krimineller Rocker.» Er lächelt schwach. «Na ja. Da hat man mich gefragt, ob ich nicht Vorsitzender werden könnte. Schließlich sei ich als sehr konservativer Versicherungsmensch bekannt.» Ein bitterer Zug schleicht sich um seinen Mund. «Das kam mir zwar beinahe wie eine Beleidigung vor, und ich wollte schon ablehnen, aber Marie war an dem Abend auch da. Sie saß in der ersten Reihe und strahlte mich an. Da konnte ich nicht widerstehen.»

«Apropos Ärger. Was war denn mit dem MC Darkstorm? Da gab es doch vor einigen Jahren eine sehr gewalttätige Auseinandersetzung.» Schnepel lehnt sich selbstgefällig auf der Couch zurück, fast kippt er nach hinten weg, richtet sich aber gerade noch rechtzeitig wieder auf.

Rudi sitzt die ganze Zeit schon im Neunzig-Grad-Winkel, die Tücken dieser Couch hat er schon beim Reinkommen erkannt. Fast das gleiche Modell stand nämlich in der Wohnung einer jungen Frau, mit der er sich mal getroffen hat, kurz nachdem Denise ausgezogen war. Damals hat er gedacht, er könnte seinen Liebeskummer am besten mit einer neuen Freundin bekämpfen. Hat aber nicht geklappt. Und insgeheim ist er jetzt ganz froh darüber. Obwohl ... so langsam könnte sich da doch mal was tun. Beziehungstechnisch. Sein Liebesleben liegt seit Jahren auf Eis.

«Das war vor meiner Zeit», berichtet Nobbi. «Die sind damals einfach vor dem Clubhaus aufgetaucht und haben

Ärger gemacht. Angeblich hätte einer von uns eines ihrer Motorräder beschädigt. Daraufhin kam es zu dieser Prügelei. Gut, drei Leute mussten im Krankenhaus behandelt werden. Aber das wollten weder wir vom MC Freesen noch die vom MC Darkstorm an die große Glocke hängen. Und seitdem herrscht Friede zwischen den Clubs. Also seit gut sieben Jahren.»

Die Sonne knallt auf die Terrasse. Jetzt um die Mittagszeit sind viele Tische besetzt, an einigen sind sogar Sonnenschirme aufgespannt. Der Golflehrer sitzt schon am Tisch, direkt an der backsteinernen Hauswand. Mit dem weit herunterreichenden Dach erinnert Rosa das Gebäude an eine alte Scheune, auch wenn die große Eingangstür und die vielen Fenster und Türen nicht dazu passen. Rosa schnappt sich einen freien Stuhl mit Blick auf die anderen Tische. Schließlich interessiert sie sich dafür, wer hier so seine Freizeit verbringt. Hinten in der Ecke sitzen drei jüngere Männer. Die sehen ganz vielversprechend aus. Schade, dass keiner von denen überhaupt nur einmal in ihre Richtung schaut.

Ihre drei Mitspieler quasseln die ganze Zeit über Golf, obwohl sie keine Ahnung davon haben. Sogar noch, als die Bedienung das Begrüßungsgetränk bringt – eine undefinierbare rosa Flüssigkeit in einem Softdrinkglas.

«Das sieht ja krass aus», juchzt die kleinere der beiden Frauen, Verena Klingbier. «Die gleiche Farbe wie mein Nagellack!»

Ein Grund mehr, das Zeug vorsichtig zu trinken, beschließt Rosa.

«Wir nennen das Distel», sagt der Golflehrer. «Grapefruitsaft mit Tonic. Prost, die Herrschaften! Auf einen erfolgreichen Start in den Golfsport. Und immer daran denken: Golf ist neben Stabhochsprung die komplizierteste Sportart überhaupt.»

«Das ist ja interessant», murmelt der Rentner Karsten Rehrstieg und verzieht nach dem ersten Schluck den Mund. «Aber ich hätte heute schon mal gerne auch Einzeltraining gehabt, ich ...»

Er mault weiter, aber Rosa hört nicht hin. Das Gespräch am Nachbartisch erscheint ihr wesentlich interessanter. Vier Damen jenseits der sechzig trinken ihren knallroten Aperol Sprizz mit Strohhalmen aus bauchigen Gläsern und lachen immer wieder laut auf.

«Habt ihr den ...», die Stimme einer Blondine mit auffällig runder Sonnenbrille senkt sich, «der spielt doch sonst in Wiesmoor. Vor drei Jahren war er dort Clubmeister.»

Mit einem Mal verstummt das Gerede am Nebentisch. Ein großer Mann geht an Rosa vorbei auf den Damentisch zu. Von hinten ist er eine beeindruckende Erscheinung. Sein Gang hat so das gewisse Etwas.

«Schönen Tag, die Damen», grüßt er. «Euer Platz ist wunderschön. Die Greens sind wirklich gut in Schuss. Dazu die Ausblicke auf die kleinen Seen. Herrlich.»

«Ja, mein Lieber», gurrt die mit der Sonnenbrille. «Das finden wir auch.»

Als der Mann durch die Tür ins Restaurant verschwindet, flüstert die mit der Sonnenbrille den anderen etwas zu. Rosa wüsste zu gerne, über was die reden, aber sie versteht kein Wort.

Kurz darauf kommt der Mann wieder heraus. Jetzt erkennt Rosa ihn. Es ist der, der ihr bei der Absicherung der Unfallstelle geholfen hat. Er scheint sie jedoch nicht zu erkennen, sondern steuert direkt den Weg zum Parkplatz an. Schade. Wenn man vom Alter absieht, eigentlich ein ganz attraktiver Typ.

«Mist, verdammter», schimpft Schnepel, als sie zurück nach Esens fahren. «Da können wir die Spur mit den verfeindeten Motorradclubs also vergessen. Obwohl ...», wieder leuchtet sein Gesicht auf, «vielleicht ist die Fehde für den anderen Club ja doch noch nicht beigelegt.» Er entriegelt das Dienstfahrzeug per Fernbedienung.

«Helmut.» Manchmal zweifelt Rudi wirklich an Schnepels Kombinationsgabe. «Denk doch mal nach. Warum sollten die von Darkstorm zugeben, dass die noch immer sauer sind, damit würden die sich doch sehr verdächtig machen. Und wenn der Vorsitzende der Freesen sagt, da ist alles im Lot, dann glaub das man. Sonst hätte Nobbi sicher die Chance genutzt, es dem anderen Club in die Schuhe zu schieben.»

«Wo du recht hast, hast du recht. Streichen wir die», stimmt ihm Schnepel widerwillig zu. «Jetzt kommen uns langsam die Verdächtigen abhanden. Scheint so, als ob wir bei deinem Freund und den beiden Frauen hängenbleiben. Da hab ich ja schon die ganze Zeit das Gefühl, als ob da der Kern des Problems liegt, auch wenn du das immer abwiegelst. Bin gespannt, ob die von der KTU Schmauchspuren in den Proben unserer beiden Damen entdecken.»

Seit seine Frau Susanne ihn verlassen hat, sind Frauen stets die Tatverdächtigen Nummer eins für seinen Kollegen.

Frauen! Ach herrje, Rudi hat ganz vergessen, das Rosengelee mitzunehmen, das Mudder Steffens gemacht hat. Bernie will es seiner Frau Magda heute zusammen mit einem dicken Rosenstrauß zum zehnten Hochzeitstag schenken.

«Helmut, können wir noch mal kurz bei mir zu Hause vorbeifahren?», bittet er. «Ich habe heute Morgen was Wichtiges vergessen.»

Als sie auf der Höhe des BadeWerks sind, kommt ihnen Henner auf der anderen Straßenseite entgegengeradelt. Er steuert Hinnis Frische-Imbiss an.

«Moment», sagt Schnepel, steigt in die Eisen und hält vor der Tourismus-Information. «Wo dein Freund hier gerade rumkurvt, können wir uns den auch gleich mal vorknöpfen. Butter bei die Fische, wie man so schön sagt.»

«Helmut, lass das. Das ist doch ausgemachter Schwachsinn», versucht Rudi ihn zu bremsen, doch Schnepel kennt mal wieder kein Pardon. Er flitzt direkt hinter Henner her und drückt im Laufen auf die Fernbedienung, die den Einsatzwagen verriegelt. Rudi bleibt nichts anderes übrig, als ihm hinterherzulaufen. Ein wenig außer Atem kommt er neben Schnepel und Henner zu stehen.

«Herr Steffens, wo waren Sie am Sonntagnachmittag?» Schnepel kehrt schon den Oberwichtigtuer heraus.

«Wieso wollen Sie das wissen?», fragt Henner verdutzt.

«Beantworten Sie meine Frage: Wo waren Sie in der Zeit zwischen 17 und 18 Uhr?»

«Und warum?»

«Das kann ich Ihnen sagen: Sie stehen unter Verdacht, Edo Wiemken erschossen zu haben.»

Ungläubig wandern Henners Augen zu Rudi. «Sag mir, dass das jetzt ein Witz ist.»

Rudi will schon etwas sagen, aber er kommt nicht dazu.

«Absolut nicht.» Schnepel mustert Henner durch seine Sonnenbrille, schiebt sie dann mit dem Zeigefinger ein paar Millimeter höher auf der Nase. «Also: Wo waren Sie gestern Nachmittag?»

«Ich sage überhaupt nichts, bis mir jemand erklärt, was hier los ist.» Henner umklammert immer noch den Lenker seiner Berta, starrt jedoch Rudi dabei fassungslos an.

Jetzt muss er wirklich eingreifen. «Na ja. Du hast mich doch gestern Mittag angerufen. Und von Maya erzählt. Und dass da der Ranger mit ihr … auf ihrer Yogamatte … Du weißt schon.»

«Ja, und? Warum wollt ihr jetzt wissen, wo ich Sonntagnachmittag war? Was hat das damit zu tun?»

«Schnepel saß neben mir, als wir telefoniert haben …»

«Jetzt eier nicht so rum», fällt Schnepel Rudi ins Wort und baut sich vor Henner auf. «Ich hab genau gehört, dass Sie wütend auf ihn waren, weil er mit Ihrer Freundin rumgeknutscht hat! Und ein paar Stunden später ist Edo Wiemken tot. Haben Sie sich mal eben freie Bahn geschossen?» Schnepel beugt den Kopf zu ihm vor und zieht die Oberlippe bis übers Zahnfleisch hoch. «Sie haben allerdings nicht damit gerechnet, dass ich Zeuge dieses Gesprächs werde und eins und eins zusammenzähle. Also! Wo waren Sie gestern Nachmittag?»

Henner ist ganz blass geworden. «Ich bin Fahrrad gefahren.»

«Aha, interessant», sagt Schnepel süffisant. «Wohin denn?»

«Am Sieltief entlang. Richtung Seriemer Mühle. Ich wollte dort einen Apfelkuchen essen.»

«Na, so ein Zufall: Genau am Sieltief wurde Wiemken erschossen.»

«Helmut! Henner war auf der ganz anderen Seite des Ortes unterwegs. Wiemken wurde am Altharlinger Sieltief erschossen, Henner ist am Neuharlinger Sieltief gefahren.»

«Genau. Ich war da nicht mal in der Nähe!», begehrt Henner auf.

«Gibt es Zeugen dafür?», fragt Schnepel unerbittlich.

Henner verzieht den Mund. «Keine Ahnung. Es waren einige Leute unterwegs bei dem schönen Wetter. Ich hab nicht drauf geachtet. War mit meinen Gedanken woanders.»

«Haben Sie keine Bekannten getroffen? Sie kennen als Briefträger doch Gott und die Welt.»

«Denk noch mal nach, Henner!», schaltet sich Rudi ein. «Hast du nicht irgendwen getroffen, den du kennst? Das wäre wirklich hilfreich.»

«Nur so'n paar vom Boßelverein, aber ich hab nicht mit denen gesprochen. Die haben geangelt.» Henner schüttelt den Kopf, doch plötzlich hellt sich sein Gesicht auf. «Ich hab die Quittung der Seriemer Mühle im Portemonnaie.» Schon greift er in seine Gesäßtasche und zieht die Geldbörse heraus.

Die Sonne strahlt, und der Wind hat den Himmel blankgeputzt. In Scharen tummeln sich die Touristen in der Vorosterwoche in dem nostalgischen Hafen. Kaum einer der Strandkörbe, die die Kurverwaltung ums Hafenbecken herum aufgestellt hat, ist frei.

Hoyko Manninga und seine Töchter steuern das Gebäude der Reederei am Fähranleger an, wo sie Karten für die Überfahrt nach Spiekeroog kaufen wollen. Jeder zieht einen kleinen Rollkoffer ratternd über den gepflasterten Weg.

«Na, Mädels, hab ich euch zu viel versprochen?», sagt Hoyko. «Das ist Romantik pur. So was haben wir in Kanada nicht. Das ist hier jahrhundertealt. Samt Piraten- und Häuptlingsgeschichte.» Er lacht auf. «Und was haben wir für ein Glück mit dem Wetter. Wie im Bilderbuch. Hab ich natürlich extra für euch bestellt.»

Ein Krabbenkutter läuft gerade ein. Möwen umflattern ihn schrill kreischend.

«Das ist wirklich total idyllisch», frohlockt Ava. Sie bleibt mit ihrem Rollkoffer stehen und knipst mit dem Handy ein Foto. Als sie das Telefon zurückstecken will, kündigt das Display blinkend den Eingang einer Nachricht an. Sie lächelt und errötet sogar ein bisschen. «Wilko bietet an, dass er uns nachher das Sielhafen-Museum in Carolinensiel zeigen könnte. Ist wohl nicht weit von hier.»

«Das ist ja süß», sagt Livia. «Ich glaub, der hat sich ein bisschen in dich verguckt.»

Ava errötet noch mehr. «Ich schreib ihm nachher, dass wir für zwei Tage nach Spiekeroog rüberfahren. Aber dass wir uns freuen, wenn er es uns nach unserer Rückkehr zeigt. Ist das okay für euch?»

«Klar.» Livia zwinkert ihr zu.

Hoyko sieht, wie andere Fahrgäste ihre Koffer in die kleinen Metallcontainer neben dem Hafengebäude packen und auf die Fähre zulaufen. «Los Mädels, let's go. Die Insel ruft.» Sie haben keine Zeit zum Trödeln, die Fähre legt in zwanzig Minuten ab. Aber das werden sie locker schaffen, wenn seine Töchter endlich aufhören, dauernd Fotos zu machen.

Schließlich sitzen sie auf dem Schiff. Sie haben sich einen Platz auf dem Oberdeck ausgesucht, halten ihre Nasenspitzen in die Sonne und genießen den Frühling, während das Schiff langsam und unter dröhnendem Tuten den Hafen verlässt.

«Ich schicke Rudi eben eine Nachricht.» Livias Fingerspitzen flitzen über die Tastatur des Handys. «Nicht dass der denkt, wir sind einfach so abgereist.»

«Lies aber vorm Abschicken laut vor!», meldet sich Hoyko zu Wort, dem seine Töchter manchmal ein wenig zu spontan und übereifrig sind. Auch wenn er ihnen den Mailverkehr in seinem Hotel in Kanada überlässt, weil er sie langsam in die Verantwortung einführen will, geht nichts raus, was er vorher nicht abgesegnet hat.

«Hi Rudi!», liest Livia vor. «Wir fahren für zwei Tage auf die Insel. Ins Hotel zur Linde. Wenn du die Mordfälle vorher gelöst hast, melde dich. Dann kommen wir eher zurück.»

«Schreib, dass wir gerne noch mehr Zeit mit ihm und seinem Sohn verbringen möchten und unsere geplante Europaroute deshalb abändern.»

«Dad, das sind Kurznachrichten, keine Romane.»

«Okay», seufzt Hoyko ergeben. Er wird sich mit der Sprachaufnahmefunktion seines Handys vertraut machen müssen, dann kann er längere Nachrichten auch selbst abschicken.

Auf der Polizeistation in Esens lässt Schnepel sich auf einen der Drehstühle hinterm Empfang fallen. Er reckt die Arme und verschränkt die Hände hinter dem Kopf. «Was für ein Desaster», sagt er.

«Was'n los?», fragt Bernie mit vollem Mund, weil er mal wieder ein Mettbrötchen am Wickel hat. «Is mein Mittagessen», ergänzt er.

«Uns brechen die Verdächtigen weg», erklärt Rudi und stellt Bernie das Rosengelee auf den Schreibtisch. «Anscheinend haben alle ein Alibi.»

«Echt?» Bernie blickt den missmutig dreinschauenden Schnepel an, während er von seiner Brötchenhälfte abbeißt. Er tippt auf das Marmeladenglas. «Danke, Rudi. Magda wird sich freuen.»

Plötzlich geht ein Ruck durch Schnepel. Mit neu entfachter Energie steht er auf, schiebt den Drehstuhl schwungvoll zurück, schnappt sich einen Edding vom Schreibtisch und läuft auf die Wand zu. Ehe Rudi einen klaren Gedanken fassen kann, hat Schnepel schon den Namen Tjark Ukena an die gelbe Wand geschrieben und einen Kreis darum gezogen.

«Helmut!», ruft Rudi entrüstet. «Was soll das denn? Du kannst doch nicht einfach die Wand beschmieren!»

«Ach was, natürlich kann ich das. Auf diese Weise können wir uns ein genaues Bild über die aktuelle Lage machen. Das hab ich letztens in einem Film gesehen. Hinterher nehmt ihr euch einen Pott Farbe und pinselt das wieder über.»

«Das können wir doch auch in Wittmund machen. Wozu stehen da diese Whiteboards! Dafür musst du die Wände unsere Station nun wirklich nicht verhunzen!», schimpft Rudi. Bernie bleibt der Mund vor Erstaunen offen stehen.

«Ich will mit Fakten nach Wittmund kommen. Ich will dem Chef was liefern. Und dafür müssen wir uns hier und jetzt einen Überblick verschaffen. Also: Tjark Ukena. War Mitglied im Motorradclub. Genau wie Antje-Marie Plumhoff und deren Geliebter Norbert Freese.» Schnepel schreibt die beiden Namen darüber. Dazu setzt er «MC Freesen». «Das ist doch schon mal eine Verbindung. Fehlt nur noch die Verbindung zu Edo Wiemken.» Schnepel dreht sich zu Rudi um. «Aber da ist ja dein Freund vielleicht noch mit im Spiel. Die Quittung von der Seriemer Mühle kann er auch irgendwo gefunden haben. Und mit den Boßelleuten haben wir noch nicht gesprochen.»

Bernie, der gerade wieder von seinem Brötchen abgebissen hat, hebt den Finger, um auf sich aufmerksam zu machen. «Wisst ihr eigentlich, dass Antje-Marie Plumhoff und Edo Wiemken auch mal ein Paar waren?», sagt er mit vollem Mund.

«Woher weißt *du* das denn?», fragt Rudi verdutzt.

«Die waren zusammen mit mir und meinem Sohn im Naturschutzbund, beim Krötenprojekt. Die waren ein Herz und eine Seele. Sind immer zusammen mit dem Motorrad gekommen. Ein schönes Paar war das. Irgendwann war es vorbei. Keine Ahnung, warum. Aber die sind im Guten auseinandergegangen und Freunde geblieben. Das weiß ich, weil Antje-Marie immer noch über unsere Projekte in der Sonntagszeitung geschrieben hat.»

«Du bist im Naturschutzbund aktiv?» Rudi kommt aus dem Staunen gar nicht mehr raus. «Hast du ja noch nie was von erzählt.»

«Warum auch? Häng ich nicht an die große Glocke. Aber man muss was tun für die Umwelt.»

Schnepel hat die ganze Zeit hochkonzentriert zugehört. Jetzt steht er vor der Wand und schließt für einen Moment die Augen. Sieht aus, als wenn er meditiert. Plötzlich greift er wieder zum Stift, schreibt Edo Wiemkens Namen neben Antje-Maries, MC Freesen darunter und zieht einen Pfeil von jeder Person zum Motorradclub.

«Jetzt kriegen wir unsere Toten alle in einen Zusammenhang», verkündet er mit stolzgeschwellter Brust.

«Aber Norbert Freese lebt doch noch», wendet Rudi ein.

«Noch», sagt Schnepel bedeutungsschwanger und sieht auf das Schaubild. «Theorie eins wäre also der Zusammenhang mit dem Motorradfahren. Das ist schon mal etwas, was ich dem Chef vorlegen kann. Bleibt noch Theorie zwei.» Schnepel legt zwei Finger vor den Mund und schließt die Augen.

Langsam findet Rudi dieses Getue dämlich.

«Und was wäre das für eine Theorie?»

Henner ist mittlerweile am Ende seiner Postrunde angelangt. Sein Magen hängt ihm in den Kniekehlen. Gestern kein Abendbrot und heute kein Frühstück. Er hat sich eigentlich bei Hinni eine Portion Backfisch holen wollen, aber das Gespräch mit Schnepel hat ihm den Appetit verdorben. Und das passiert ihm wirklich nicht oft. Unterstellt der ihm doch tatsächlich, etwas mit dem Tod von diesem Ranger zu tun zu haben. Also wirklich! Und dass Rudi da nicht gleich gegen angegangen ist, nimmt Henner durchaus persönlich! Jetzt ist ihm ziemlich flau im Magen. Seine Hände zittern direkt ein wenig. Gut, dass er schon fast bei seinen Eltern ist. Er tritt ein bisschen schneller in die Pedale. Hoffentlich hat Muddern was Leckeres gekocht. Allein bei dem Gedanken läuft ihm das Wasser im Mund zusammen.

Mit letztem Elan in den Waden radelt Henner die Einfahrt zum Steffens-Hof hoch. Die Hühner springen gackernd zur Seite, als sie das Fahrrad kommen sehen, nur der Hahn plustert seine goldenen Schwingen auf und stellt sich ihm mit lautem Krähen in den Weg. Henner fährt einen Bogen und bremst nach dem kleinen Schlenker direkt vor dem Bauernhaus, wo sein Vater wie üblich müßig auf der Bank sitzt. Zu seinen Füßen liegt Butscher, der nur träge mit dem rechten Auge blinzelt, als Henner vom Fahrrad steigt.

«Moin Vadder.»

Heinrich Steffens blinzelt ihn an. Genau wie Butscher. Im Alter werden sich Hund und Herrchen immer ähnlicher, sagt seine Schwester Gudrun. Die muss es wissen, ihr Mischling Schecki sieht manchmal genauso verwuschelt am Kopf aus wie sie.

«Moin min Jung, sett di man daal. Hast Hunger?»

«Ordentlich!»

«Gibt Reissuppe mit Milch. Muddern meint, wir haben die letzten Tage genug Fettlebe gehabt. Und wo Hoyko mit den Mädels rüber auf die Insel ist, setzt sie uns auf Diät.» Vaddern kaut auf seinem Priem herum.

«Jo, denn», sagt Henner und setzt sich. Reissuppe. Das ist nun nicht gerade seine Leib- und Magenspeise. Dieser Montag scheint es in sich zu haben. Aber da muss er nun durch. Er kann ja jetzt schlecht sagen, dass er sich doch lieber bei Hinnis Frische-Imbiss einen Backfisch holt. Das würde ihm Muddern nie verzeihen.

Einträchtig sitzen Vater und Sohn in vertrautem Schweigen nebeneinander, nur Butscher gibt einen lauten Schnarchton von sich.

«Bist du deinen Brief inzwischen losgeworden?», fragt Vaddern unvermittelt und ohne Henner direkt anzusehen.

«Nee. Also, ich wollte. Und war auch schon da. Aber dann kam was dazwischen. Und damit hat sich das jetzt auch erledigt», gesteht Henner.

«Wieso?»

«Is kompliziert.»

«Is Liebe immer.»

«Jo», murmelt Henner, hebt den Kopf und starrt in den Himmel. Nur ein paar Schäfchenwolken treiben da vor sich hin. Die haben es gut. Die müssen mit niemandem reden und können ganz sutsche in die Richtung gehen, in die der Wind sie schubst. Wenn das im Leben man auch so einfach wäre.

«Du darfst nicht so schnell aufgeben.»

Henner dreht seinen Kopf zur Seite und sieht seinem Vater genau in die Augen. «Das sagt sich so leicht. Aber … die … die hat schon wen anders.»

«Muss ja nicht so bleiben.»

Henner fällt fast die Kinnlade runter. «Wie meinst du das?»

Heinrich Steffens spuckt den Priem aus. «Ach, min Jung. Ich hab doch keine Tomaten auf den Augen. Ich hab doch gesehen, wie du die Maya anguckst. Und wie du mit ihr redest. Mit deinen Schwestern sprichst du ganz anders. Mit Dörte und Rosa auch.» Er stopft sich ein neues Stück Kautabak in die Wange. «Du musst um sie kämpfen.»

«Ich hab den Kampf schon verloren, Vaddern», gesteht Henner leise. «Denn der, in den Maya verliebt ist, ist gestern umgebracht worden. Und sie ist todunglücklich.»

«Ja, der Wattenmeer-Ranger.»

Henner guckt seinen Vater überrascht an. «Woher weißt du denn von dem?»

«Hat Adelheid erzählt. Die war vorhin kurz da, um sich Bratheringe abzuholen. Muddern hat welche eingelegt. Kannst bestimmt auch welche mitnehmen. Muddern hat jede Menge gemacht. Du kennst sie ja. Wenn sie erst mal anfängt, ist sie nicht zu bremsen.»

Einlegte Bratheringe. Das ist ja nun ein ganz anderer Schnack als Reissuppe. Allein bei dem Gedanken daran läuft ihm das Wasser im Mund zusammen. Da stippt er gleich gern ein bisschen in der Reissuppe rum, um Muddern nicht zu verärgern. Und nachher macht er sich eine große Portion Pellkartoffeln. Die kann er heute Abend zu den Heringen anbraten und dann ordentlich reinhauen.

«Theorie zwei. Tjark Ukena könnte nach Feierabend von seiner Frau erschossen worden sein.» Schnepel schreibt den Namen Petra neben den von Tjark und zieht einen Pfeil zwischen den beiden Eheleuten.

Bernie schüttelt den Kopf. «Geht nicht. Ich war Donnerstag nach Feierabend bei ihr in der Tankstelle, meine Frau ist am Freitagmorgen nach Münster zu ihrer Schwester gefahren, da hab ich ihr schon Donnerstag den Sprit aufgefüllt. Ich war noch gar nicht lange weg von der Tanke, als du mich angerufen hast und ich zurückgefahren bin, um Frau Ukena über den Unfall zu informieren.»

Schnepel guckt Bernie böse an.

«Ich kann nix dafür, ich sag nur die Wahrheit. Sie war in der Tankstelle.»

«Gut. Streichen wir die Dame als Verdächtige. Dann bleibt uns immer noch Beatrix Freese.» Schnepel schreibt den nächsten Namen an die Wand. Zieht wieder einen Pfeil zu Tjark. «Sie hat ihn angeschossen und nicht – wie sie uns hat weismachen wollen – vorm Fernseher gesessen und gebügelt. Zumal das kein wirklich belastbares Alibi ist. Die Serie kann sie sich zu jeder Zeit bei Netflix angucken.»

«Und das Motiv?», will Bernie wissen. Er greift zu seinem Schokodrink im Tetra Pak und saugt genüsslich am Trinkhalm.

«Eifersucht», erklärt Schnepel. «Die beiden Frauen könnten sich verabredet haben, jeweils für die andere zu morden. Sie sind davon ausgegangen, dass niemand dahinterkommt, weil sie ja kein offenkundiges Motiv haben. Ich hab das schon mal in einem Film gesehen, ich komm jetzt nur nicht darauf, welcher das war.»

Bernie guckt Rudi fragend an, der zuckt vage mit den Schultern. Vielleicht sollte Schnepel lieber im Kino arbeiten und nicht bei der Kripo.

Schnepel malt neben Antje-Maries Namen ein Kreuz und

ergänzt: Samstag 11 Uhr. «Petra Ukena hat sie erschossen, weil sie ihrer Tanzfreundin die Lüge geglaubt hat, dass Tjark sie mit Antje-Marie betrügt. Das war ein ganz raffinierter Schachzug von der Freese.»

«Helmut, das kannste vergessen», widerspricht Rudi. «Die Ukena war mit ihren Kindern bei ihrer Mutter.» Das war's dann wohl mit Schnepels wilder Theorie. Schade um die schöne Wand.

«Das muss ja nicht stimmen. Das zählt für mich noch lange nicht als hieb- und stichfestes Alibi. Aber gut, glauben wir das erst mal für den Moment. Dann war es vielleicht die Freese selbst», beharrt Schnepel und zieht von ihr einen Pfeil zu Antje-Marie. «Sie hat auch hier kein wirkliches Alibi, Hausputz lasse ich nicht gelten. Außerdem hatte ihr Mann ein Verhältnis mit der Plumhoff.»

«Dann würde er ihr aber garantiert kein Alibi für die Zeit geben, als auf seine Geliebte geschossen wurde», widerspricht Rudi. «Und wie passt da Edo Wiemken hinein? Der wurde Sonntag am späten Nachmittag erschossen. Da waren wir bei den Freeses, um mit Nobbi zu sprechen. Seine Frau war anwesend. Da kann sie also auf gar keinen Fall die Täterin gewesen sein. Und warum sollte Petra Ukena Edo Wiemken erschießen?»

«Als Ablenkung, weil das andere reine Beziehungstaten waren», sagt Schnepel scharf. In diesem Moment klingelt sein Handy. Er runzelt die Stirn, als er aufs Display guckt. «Kenne ich nicht», sagt er und meldet sich: «Oberkommissar Schnepel.»

Eine Frauenstimme dringt aus dem Mobiltelefon in den Raum.

«Ach, Frau Hansen, moin!» Schnepel blickt Rudi grinsend an. «Schön, dass Sie anrufen. Ist Ihnen noch etwas eingefallen?»

Die Apothekersfrau legt los, Rudi versteht aber nichts.

Schnepel hört aufmerksam zu, sagt «Ach ja» und «Wirklich?». Er wird von Sekunde zu Sekunde wachsamer und sagt dann: «Warten Sie, Frau Hansen. Wir kommen gleich zu Ihnen und halten das schriftlich fest. Geben Sie uns eine Stunde, dann sind wir bei Ihnen.» Schon beendet er das Telefonat.

«Was ist los?», fragt Rudi neugierig. «Hat ihr Mann endlich die Liste fertig?»

«Nein, aber das ist auch nicht mehr so wichtig.» Schnepel grinst breit. «Wie es scheint, hatte nicht nur Norbert Freese ein außereheliches Verhältnis, sondern auch seine Frau.» Er tritt an die Wand und zieht mit Schwung drei weitere Kreise um den Namen Beatrix Freese.

«Was? Alle beide?», fragt Rudi entsetzt. Das ist ja das reinste Sodom und Gomorrha.

«Ge-nau. Und nun schnapp dir deinen Block und komm, Frau Hansen wird es uns gleich detailliert berichten. Sie sagte, sie hätte lange überlegt, ob sie darüber spricht, aber bei Mord müsse man die Karten auf den Tisch legen.»

Zu dritt sitzen sie um den großen Esstisch in der Küche. Die Suppenterrine steht in der Mitte, und Muddern gibt jedem eine ordentliche Kelle auf den Teller. Henner streut Zucker und Zimt auf die weiße Pampe und nimmt einen Löffel. Als Kind hat er das geliebt. Aber inzwischen ist es nicht mehr so sein Ding. Vor allem überhaupt nicht vergleichbar mit Brathering.

«Was habt ihr eigentlich für einen Eindruck von Rudis Vater?», fragt Henner. «Meint ihr, dem tut es leid, dass er sich hier in all den Jahren nie gemeldet hat? Ihr habt doch gesagt, dass er und Rudis Mutter so ein tolles Paar waren. Und dass die Rotz und Wasser geheult hat, als der Frachter untergegangen ist. Habt ihr wirklich nie geglaubt, dass Rudis Vater einfach nur ein Luftikus war?»

«Henner, bitte!», maßregelt ihn seine Mutter. «Hoyko war kein Luftikus.»

«Na ja. Er hat damals mit Rudis Mutter ja doch ein bisschen mehr gemacht als nur Händchen gehalten ... Und dann ist er aufs Schiff und ward nicht mehr gesehen. Das zeugt nicht gerade davon, dass er damals ein Mann mit Ehrgefühl war. Finde ich.» Henner sieht, wie seine Eltern einen Blick wechseln. Als keiner von beiden etwas sagt, fährt er fort: «Es geht mir um Rudi. All die Jahre hat er geglaubt, seine Eltern hätten sich geliebt und sein Vater sei bei einem Schiffsunglück ums Leben gekommen. Und nun muss er feststellen, dass sein Vater für seine Mutter doch nicht so viel empfunden hat. Sonst hätte er sich schließlich bei ihr gemeldet oder sie sogar nach Kanada geholt. Sie und Rudi.»

Henner legt den Löffel hin. Ihm ist jetzt nicht nach Süßspeise.

«Wisst ihr, im Moment ist das für Rudi sicher alles ganz aufregend, und durch diesen Irren, der da wahllos Leute erschießt, kommt er wohl auch nicht zum Nachdenken. Aber ich mache mir schon Gedanken darüber, was mit Rudi wird, wenn er das erst mal alles richtig verarbeitet hat.» Er blickt seine Mutter nachdenklich an. «Hat Hoyko Manninga irgendwie bedauert, jetzt erst erfahren zu haben, dass er einen Sohn hat?»

Muddern sieht Vaddern an und wiegt den Kopf nachdenklich von einer Seite zur anderen. «Hoyko hat sich verändert», sagt sie schließlich. «Oder wir haben ihn damals nicht wirklich gekannt. Obwohl, der war früher durchaus ein Hans Dampf in allen Gassen. Immer zu einem Gläschen Schnaps, einem Aufgesetzten oder einem Tänzchen aufgelegt. Das hat Helga gefallen. Die beiden sind ein Herz und eine Seele gewesen. Tanz op de deel. Das war ihr Ding. Ich meine von beiden. Die waren so innig miteinander. Keiner von uns wäre auf die Idee gekommen, dass Hoyko ganz nach Matrosenmanier in jedem Hafen ein Liebchen hatte.»

«Gerda, nun mach den Hoyko mal nicht schlecht», regt sich Vaddern auf. «Der ist krank in Kanada von Bord gegangen. Mutterseelenallein hat er dagestanden. Ohne Geld. Das waren ganz andere Zeiten damals! Er musste sich irgendwie durchschlagen. Hat er uns doch gestern Abend haarklein erzählt.» Vadderns Kopf ist beim Reden richtig rot geworden. Anscheinend haben sich die beiden Männer ein bisschen länger unterhalten.

«Nee, nee, nee. Nun lob den man nich übern grünen Klee. Das war nich in Ordnung, wie der sich Helga gegenüber – Gott hab sie selig – verhalten hat. Kaum unterwegs, schon hat er Heimat und Helga vergessen», widerspricht Muddern. «Henner hat recht. Das zeugt nicht von Charakter. Nein, das tut es ganz und gar nicht.»

«Och Gerda. Nun sei mal nicht päpstlicher als der Papst.

Hoyko war doch so jung damals. Gerade zweiundzwanzig.» Vadderns Stimme überschlägt sich fast.

Was ist mit dem denn los? So lebhaft kennt Henner seinen Vater gar nicht. Auch seine Mutter reagiert heftig. «Er hätte Helga schreiben können», keift sie. «Nein, er hätte ihr schreiben *müssen*. So teuer ist ein Brief aus Kanada garantiert auch damals nicht gewesen.»

«Hat er doch auch gemacht», sagt Vaddern.

«Behauptet er.»

«Briefe kommen manchmal eben nicht an. Schon gar nicht damals, als noch alles mit dem Schiff direkt über den großen Teich ging.»

«Das kann man wohl sagen», meint Henner und ist froh, etwas beitragen zu können. Mit dem Postwesen kennt er sich schließlich aus.

«Und warum hat er dann nicht telefoniert?» Gerda Steffens sieht ihren Mann mit vor Zorn blitzenden Augen an.

«Gerda, nu hör aber auf. Wir hatten damals doch noch gar kein Telefon.»

Statt einer Antwort schaufelt Muddern sich einen weiteren Löffel Reissuppe auf den Teller. Besonders flüssig ist die nicht mehr.

«Henner, du auch noch?»

«Nee, danke», beeilt er sich zu sagen und hält die Hand über seinen Teller.

«Immerhin hat Hoyko da drüben 'ne gute Partie gemacht.» Vaddern zwinkert Henner zu.

Augenblicklich lässt Gerda Steffens ihren Löffel in die Suppe fallen, weiße Spritzer landen auf der blankgehobelten Eichentischplatte.

«Was soll das denn heißen, und warum zwinkerst du Henner zu?» Sie schlägt mit beiden Fäusten krachend auf den Tisch, dass die Teller wackeln. «Wärst du vielleicht auch lieber durch die Weltgeschichte gestromert und hättest irgendwo eine bessere Partie gemacht? Eine, die dir zusätzlich zum Hof noch eine große Mitgift gebracht hätte?»

Für einen winzigen Moment hängt ein unangenehmes Schweigen in der Wohnküche. Dann bricht Vaddern in wieherndes Lachen aus.

«Muddern, du bist doch mein Goldstück! Das solltest du nach über fünfzig Ehejahren nun langsam wissen.» Er steht auf, beugt sich über die Tischplatte zu ihr vor, spitzt die Lippen und drückt ihr einen Kuss auf den Mund. Henner ist platt. Das hat er bei den beiden noch nie gesehen.

Rosa sitzt schon eine Weile auf der Bank vorm Haus. Beim Lesen in dem neuen Buch von Gisa Pauly hat sie vollkommen die Zeit vergessen. Sie wirft einen Blick auf die Uhr. Oh. Schon so spät. Und Henner ist noch nicht da. Komisch. Mit seiner Postrunde müsste er doch längst durch sein. Und Rudi reagiert überhaupt nicht auf ihre Anrufe. Das ist wieder typisch. Wenn der mit Schnepel unterwegs ist, macht er immer auf obercoole Socke. Scheint ansteckend zu sein. Wie soll sie ihm aber helfen, Licht ins Dunkel der Mordermittlungen zu bringen, wenn er sie außen vor lässt. Es wäre hilfreich, wenn sie über die laufenden Ermittlungen im Bilde wäre. Vor allem über die Ergebnisse. Immerhin hat sie sich gestern Nachmittag und sogar am Abend mit seiner Verwandtschaft beschäftigt. Da sollte er ihr dankbar sein und nicht mit allem hinterm Berg halten. Aber darüber hat sie sich schon heute Morgen aufgeregt. Das bringt sie auch nicht weiter. Sie muss einfach alleine loslegen. Sonst wird das nie was.

Sie schließt die Augen und streckt die Beine weit von sich, um entspannt nachzudenken. Damit ihre Gehirnströme fließen und sich verketten können. Sie spürt es direkt in sich, fühlt, wie die Gedanken auf sie zurauschen. Zwei der Ermordeten gehörten alten ostfriesischen Häuptlingsfamilien an. Tragen zumindest deren Namen.

Das könnte etwas bedeuten! Nur was? Sie grübelt und grübelt, schließlich zückt sie entschlossen ihr Handy. Immerhin hat sie einen Telefonjoker!

Nach dem dritten Klingeln nimmt Wilko das Gespräch an.

«Hi, hier ist Rosa! Ich hätte da mal ein paar Fragen zu den Häuptlingen. Wollen wir das in Ruhe bei dir besprechen? Dann würde ich gleich rüberkommen.»

«Oh, das tut mir leid, Rosa. Leider passt es jetzt gerade überhaupt nicht. Aber vielleicht kann ich dir ja am Telefon weiterhelfen.»

Enttäuscht zieht Rosa einen Flunsch. Nie hat einer Zeit für sie! «Gut. Dann eben am Telefon», sagt sie und springt über ihren eigenen Schatten. «Ich versuche einen Zusammenhang zwischen den Morden an Tjark Ukena und Edo Wiemken herzustellen.» Als es am anderen Ende der Leitung still bleibt, fügt sie schnell hinzu: «Du weißt schon, wegen der Nachnamen.»

«Wegen der Nachnamen?», fragt Wilko verständnislos. «Was haben die denn damit zu tun?»

«Das isses ja, was ich wissen möchte. Die beiden Toten tragen die Namen alter Häuptlingsfamilien. Was könnte das zu bedeuten haben? Kannst du dir eine Verbindung vorstellen?»

Wilko schweigt kurz. Dann sagt er langsam, als ob er noch nachdenkt: «Ukena und Wiemken. Geschichtlich kann man die Namen schon zusammenbringen, aber das ist so verdammt lang her. Der Streit zwischen der Hanse und Störtebekers Piraten war so um 1400 – und ist damit echt kalter Kaffee.» Wilko lacht auf. «Und an einen späten Rachefeldzug der Hanseaten aus Bremen, Hamburg, Rostock und Lübeck glaube ich nun wirklich nicht.»

Rosa bläht die Nasenflügel auf. «Nein, nein, tu das man nicht einfach so ab», protestiert sie. «Könnte es vielleicht Streitigkeiten geben wegen irgendwelcher Besitztümer?» Diese Idee geistert seit heute Morgen in Rosas Kopf herum, seit sie die Lütetsburg gesehen hat. So ein Gemäuer muss doch irre viel wert sein, Unterhaltungskosten hin oder her.

«Nicht dass ich wüsste. Und glaub mir, ich wüsste das, wenn es da heutzutage noch Streit um die eine oder andere Burg gäbe. Das ist alles vor Generationen geklärt worden. Und nach 500 oder 600 Jahren buddelt da niemand mehr was Neues aus.»

Bei seinen Worten wird Rosa hellhörig. «Buddelt niemand was Neues aus? Und was machst *du* gerade? Du glaubst doch auch, dass auf dem Acker deiner Familie die Überreste einer Burg sind! Könnte das nicht sehr viel wert sein, wenn es gut erhaltene Reste sind? Gibt es vielleicht andere Ausgrabungen in Ostfriesland, die schon weiter fortgeschritten sind? Kann es sein, dass dort neuer Streit entsteht, weil die Nachfahren der Häuptlinge so eine Burg für sich beanspruchen?» Rosas Nase kribbelt erneut.

Diesmal überlegt Wilko länger, bevor er spricht. «Nein, das glaube ich nicht. Schließlich weiß man, wer in welchem Gebiet gewohnt hat. Und darum kann man die Reste alter Burganlagen auch genau den Familien zuordnen.»

«Bist du dir hundertprozentig sicher?»

«Hundertprozentig gibt es da nicht.»

«Siehste», sagt Rosa triumphierend. «Es könnte also tatsächlich so sein.» Schweigen am anderen Ende der Leitung. Wilko scheint sich Rosas Überlegungen geschlagen zu geben. Aber sie ist noch lange nicht fertig. «Die beiden toten Männer waren doch Mitglieder bei den ‹Frechen Friesen›. Die haben auch zusammen im Rat gesessen. Und Antje-Marie hat den Blog betreut und die Facebook-Seite.»

«Genau.»

«Das ist schon ein echt ausgefallener Name für so eine Wählergemeinschaft. Finde ich cool. Und die haben ja auch ganz ordentlich Stimmen gekriegt.»

«Na ja, wir haben uns eben das Wohl unserer Heimat auf die Fahne geschrieben.»

«Das haben die anderen Parteien doch auch.»

Wilko lacht auf. «Aber was das für ein Wohl ist, da gehen die Meinungen manchmal schon sehr weit auseinander. Guck dir doch nur an, wie die angeblich großen Volksparteien mit der Burg unter meinem Acker umgehen. Aber wenn du dich für die ‹Frechen Friesen› interessierst, geh doch heute Abend einfach zum offenen Treffen in die Friesenkate. Wir treffen uns immer montags um 19 Uhr. Da ist jeder willkommen. Ich bin auch da.»

«Bevor wir nach Wittmund fahren, nehmen wir uns noch mal Petra Ukena vor», bestimmt Schnepel. «Wir fahren ja eh an der Tankstelle vorbei.»

Ach, deshalb hat Schnepel sie erst in einer Stunde bei der Apothekersfrau angekündigt. Planlos kann Rudi das Vorgehen seines Kollegen nun wirklich nicht nennen.

Tjarks Witwe ist nicht gerade begeistert, als sie das kleine Tankstellengebäude betreten. Die Tür müsste dringend ersetzt werden, in Höhe des Schlosses ist das Holz am Türrahmen gesplittert.

«Hat man in den letzten Tagen versucht, hier einzubrechen?», fragt Schnepel.

Petra Ukena schüttelt den Kopf. «Nee, das ist schon länger her. Aber die Kerle haben es nicht geschafft. Unsere Tür ist zwar alt, aber sie hält. Zumindest, wenn man sie aufhebeln will. Tjark hat gesagt, wir lassen das alles so, damit potenzielle Einbrecher gleich sehen: Hier kommt man so schnell nicht rein. Ihr Kollege Bütefisch hat das damals aufgenommen.»

«Ach so.»

Rudi macht schon den Mund auf, um nach ihrem Alibi für Samstagvormittag zu fragen, doch Schnepel kommt ihm wieder zuvor.

«Wegen Samstag haben wir noch ein paar kurze Fragen. Sie sagten, Sie waren am späten Vormittag mit Ihren Kindern bei Ihren Eltern?»

«Ja. Wir haben dort übernachtet. Das habe ich Ihnen doch bereits erzählt.»

«Ihnen ist natürlich bewusst, dass das kein vernünftiges Alibi ist, wenn nur Ihre Eltern das bestätigen», sagt Schnepel, der Petra Ukena offensichtlich nicht wirklich von seiner Verdächtigenliste streichen will. «Die sind schließlich befangen.»

Petra Ukena guckt Schnepel entgeistert an. «Meinen Sie, ich würde meine Eltern bitten, für mich zu lügen? So ein Unsinn! Das würde ich nie und nimmer machen. Und warum sollte ich diese junge Frau töten wollen?»

«Sie haben vermutet, dass Ihr Mann ein Verhältnis mit Frau Plumhoff unterhielt.» Schnepel tut dabei, als hätte er einen Trumpf aus dem Ärmel gezogen.

Die Witwe blickt wütend zurück. «Das ist jetzt nicht Ihr Ernst, oder? Sie wollen mir doch nicht wirklich unterstellen, ich hole meine Waffe aus dem Schützenverein, überrede meine Eltern für mich zu lügen, klaue ein Boot vom Yachthafen in Accumersiel, jage auf blauen Dunst übers Meer, um jemanden zu erschießen, den ich nur mal beiläufig gesehen habe?»

So leicht gibt Schnepel allerdings nicht auf. «Ach was, Sie können uns viel erzählen! Natürlich haben Sie Frau Plumhoff schon längere Zeit beobachtet. Darum kannten Sie ihre Gewohnheiten und wussten auch, wie sie im Surfanzug aussieht. Jemand wie Sie begeht eine solche Tat nicht aus dem Affekt heraus.»

Petra Ukena verschränkt die Arme vor ihrer Brust. «Da haben Sie ausnahmsweise recht. Jemand wie ich begeht diese Tat nämlich überhaupt nicht! Außerdem gibt es noch weitere Zeugen, die mein Alibi für Samstagvormittag bestätigen können.»

Sie zieht die Ärmel ihres langärmligen T-Shirts hoch, anscheinend ist ihr warm geworden.

«Unsere Nachbarn kamen herüber. Freunde meiner Eltern. Sie haben mir kondoliert. Wir haben zusammengesessen und über Tjark gesprochen. Ich kann Ihnen gern die Namen geben.»

Augenblicklich presst Schnepel seine Lippen zu seinem Strich zusammen. «Rudi, notier Namen und Anschrift. Und die Telefonnummer, falls Sie die auch haben.»

Bereitwillig gibt Petra Ukena Auskunft, und Rudi schreibt mit. Schnepel allerdings hat sein Pulver noch nicht komplett verschossen. «Verraten Sie uns auch, wo Sie am Sonntagnachmittag waren?», fragt er mit hörbar falscher Freundlichkeit.

Petra Ukena lächelt gequält zurück. «Natürlich. Ich war mit den Kindern beim Osterbastelkreis der Kirche. Wenn Sie möchten, kann ich Ihnen die Papphasen und ausgepusteten Eier zeigen, die meine Lütten da angemalt haben. Pastor Bornschein kann das übrigens bestätigen. Ich hoffe, zumindest er ist in Ihren Augen ein richtiger Zeuge.»

Wütend stapft Schnepel auf den Dienstwagen zu, als sie kurz darauf die Tankstelle verlassen. «Verdammter Mist. Da können wir die wohl tatsächlich streichen.» Er entriegelt den Wagen, setzt sich aber nicht hinein, sondern blickt Rudi über das Autodach hinweg an. «Aber wir haben immer noch Beatrix Freese. Immerhin wusste die nicht nur, dass ihr Mann eine Geliebte hatte, sie hatte sogar selber einen. Und das Alibi von deinem Freund Henner muss auch noch überprüft werden. Wie gesagt: So eine Kuchenquittung kann der sich ja leicht beschafft haben.»

Ludwig sitzt nachdenklich auf seinem curryfarbenen Ledersessel, das Tablet auf dem Schoß. Mit seiner heutigen Arbeit ist er ganz und gar nicht zufrieden. Die Recherchen zu den Wildschweinen haben ihn zwar auf eine Idee gebracht, aber bislang ist er nicht mal dazu gekommen, Rudi davon zu berichten, dass der mal ein Auge auf die Jäger werfen soll. Und einen Artikel wird Ludwig schon gar nicht darüber schreiben, da ist er sich mit sich selbst einig. Und mit seiner Frau Sigrid, die im Moment alles lesen will, was er schreibt. Die anderen Mädels vom Häkelbüdel-Club haben sie ganz verrückt gemacht. Dass er sich mit seiner Schreiberei noch mal um Kopf und Kragen bringt, hat sie prophezeit. Die Weiber spinnen doch. Aber Sigrids Fürsorglichkeit ist irgendwie ganz drollig. Er ist direkt ein bisschen gerührt.

Nun aber Schluss mit diesen Firlefanzgedanken. Etwas Aktuelles muss heute noch in die Mitmachzeitung. Er hat immerhin einen Ruf zu verlieren. Und seine Abonnenten erwarten Berichte zur Lage. Da ist er schließlich viel dichter dran als die gedruckten Tageszeitungen.

Irgendein Erinnerungsfetzen ist ihm in den letzten Stunden in den Sinn gekommen. Da war was Wichtiges. Aber was? Er überlegt hin und her. Doch es fällt ihm nicht ein. Deshalb sieht er sich seine letzten Artikel an.

Im Nachruf von Tjark Ukena hat er auf die Erwähnung des Motorradclubs verzichtet. Als er den über Antje-Marie Plumhoff geschrieben hat, hat er nicht mal gewusst, dass die auch Motorrad fährt und in diesem Club ist. Das hat er vorhin erst im Netz entdeckt. Einer ihrer Facebook-Freunde hat jede Menge Fotos von ihr gepostet. Was für eine neue Unsitte, Fotos von Verstorbenen zu posten.

Ob Edo Wiemken auch Motorrad gefahren ist?

Ludwig hat keine Ahnung. Er weiß auch nicht, wie er das rauskriegen soll.

Dafür kommt ihm eine andere Idee. Tjark Ukena und Edo Wiemken saßen für die «Frechen Friesen» im Rat der Samtgemeinde Esens. Antje-Marie Plumhoff, die hauptberuflich für die Sonntagszeitung schreibt, betreute den Blog der Wählergemeinschaft. Ist das vielleicht ein Anhaltspunkt?

Neugierig geworden ruft Ludwig den Blog auf und sieht erstaunt das Sammelsurium von Kommentaren. Besonders das Gehetze gegen die Windräder fällt ihm ins Auge. Ganz unten tippt er auf den Link zur Homepage der Wählergemeinschaft. Da geht es vorrangig um ein Logistikzentrum und einen Windpark, den die «Frechen Friesen» verhindern wollen. Eine Bürgerenergiegesellschaft, die vom Freiherrn von Ihlow angeführt wird, möchte den Park bauen und hat anscheinend gute Chancen, die Ausschreibung zu gewinnen. Ludwig klickt auf deren Website, und schon sieht er ein Foto des Freiherrn. Der große Mann im Lodenmantel präsentiert sich mit Jagdhund und geschultertem Gewehr. Über allem thront der Slogan: «Wir Friesen waren schon immer autark! Werden Sie Mitglied unserer Bürgerenergiegesellschaft, und erzeugen Sie Ihren eigenen Strom!»

Bingo. Ludwig klatscht sich begeistert auf die Schenkel. Das passt. Wie von selbst fliegen seine Finger über das Tablet, und sein Artikel wächst und wächst. Als er ihn eine halbe Stunde später im Ganzen liest, ist er mit sich überaus zufrieden. Das hat Hand und Fuß. Aber er wird ihn erst am späten Abend online stellen. Vorher wird er Vor-Ort-Recherche betreiben. Bei den «Frechen Friesen». Sicher ist sicher.

Henner öffnet das Gartentor und schiebt Berta zu ihrem Parkplatz an der Hecke.

«Moin Henner.»

Er zuckt zusammen, denn er hat Rosa gar nicht bemerkt, still, wie sie da in ihrer Daunenjacke und mit einer Wolldecke um die Beine auf der Bank sitzt. Sie klappt ihr Buch zu und legt es auf den Tisch. Hoffentlich hat sie nicht wieder auf ihn gewartet. Der Tag war schon schlimm genug.

«Moin Rosa», brummt er und nimmt das Paket mit den eingelegten Heringen aus seiner Satteltasche. Zum Glück steckt es in einer Papiertüte von Edeka. Nicht dass Rosa noch meint, sie könnten heute zusammen zu Abend essen.

«Wir müssen reden.» Rosa klopft auf den freien Platz neben sich. Sie hat schon extra ein Kissen hingelegt.

Seufzend ergibt sich Henner in sein Schicksal. Er hat ja noch die dicke Jacke an, und in der Nachmittagssonne ist es angenehm warm. Also tut er, wie ihm geheißen, und setzt sich, die Papiertüte legt er neben seine Füße. Er ist ja nicht egoistisch, das kann man wirklich nicht sagen, aber von den Bratheringen möchte er nichts abgeben, so selten wie Muddern die Dinger macht. Weil das ganze Haus immer davon so stinkt, sagt sie. Als wenn ihn das stören würde. Außerdem haben seine Schwestern und er ihr vor zehn Jahren extra eine Kochplatte geschenkt, die sie auch draußen in die Steckdose stecken kann. Damit es eben nicht mehr so im Haus nach Fisch stinkt.

«Das mit den Mordermittlungen geht gerade wieder richtig in die Hose», sagt Rosa.

Er verdreht die Augen. Als ob ihn das jetzt interessieren würde. Er hat ganz andere Probleme. Maya ... Er seufzt. Rosa deutet das als Zustimmung und redet weiter.

«Von wesentlichen Dingen haben die in Wittmund noch nie einen Schimmer gehabt. Ich ahne Schlimmstes. Das hab ich heute Morgen schon gemerkt, als ich Rudi angerufen habe, um ihm auf die Sprünge zu helfen.» Rosa wirft Henner einen vielsagenden Blick zu. «Und wie wir Schnepel kennen, prescht der garantiert in die falsche Richtung vor.»

«Das kannste laut sagen», stimmt Henner ihr sofort aus tiefstem Herzen zu und vergisst Maya für einen Moment. «Schnepel hat sie nicht mehr alle.»

«Sag ich ja schon immer.»

«Weißt du, dass der sogar mich verdächtigt?» Henner hat zwar nicht darüber reden wollen, so unglaublich, wie Schnepels Unterstellung ist, aber jetzt ist es raus.

«Dich!?», ruft Rosa überrascht.

«Jo.»

«Weshalb das denn? Hast du silberne Löffel geklaut?»

Henner guckt sie nachsichtig an. Manchmal ist Rosa wirklich eher albern als die professionelle Detektivin, die sie gerne sein möchte. Vermutlich klappt es deshalb auch nicht mit den Krimis, die sie schreibt und die kein Verlag haben will.

«Nun sag schon», drängelt Rosa. «Was hat Schnepel für einen Bock geschossen?»

«Da bringst du das richtige Stichwort. Er behauptet, *ich* hätte Edo Wiemken erschossen.»

Für einen Moment fehlen Rosa die Worte. Dann fragt sie empört: «Wie kommt er denn auf diesen ausgemachten Dünnschiss? Du wusstest bis gestern doch nicht mal, wer der ist.»

Henner verzieht den Mund. Die Erinnerung an die Szene auf der Yogamatte in Mayas Studio kommt wieder in ihm hoch. Ja, er ist eifersüchtig auf den Naturpark-Ranger gewesen. Schnepel hat recht. Aber deshalb hat er ihn noch lange nicht ins Jenseits befördert.

«Was denn nun?», fragt Rosa.

«Na ja.» Ein wenig verlegen wird Henner nun doch. «Ich hab Rudi angerufen, nachdem wir beide miteinander geredet haben, weil ich mich tierisch aufregt hab über den Wiemken. Wie der sich an Maya rangemacht hat, das war ja schon fast überfallmäßig.»

«Ach, wirklich?» Rosa blickt ihn mit spitzem Mund an.

«Blöderweise hat Schnepel neben Rudi im Auto gesessen und alles mitgehört. Ist nun mal bei den Handys so. Du redest normal, und jeder kann hören, was du sagst. Da müssten sie noch was erfinden, da geht ja die Privatsphäre so was von flöten! Alle pochen immer auf Datenschutz, aber bei Handytelefonaten kriegt jeder alles mit.»

Jetzt hält Rosa tatsächlich für einen Moment den Mund. Aber nur für einen kurzen. Dann lacht sie laut auf. «Schnepel ist doch wirklich ein totaler Loser!», ruft sie. «Dir zu unterstellen, den Wiemken getötet zu haben! Du hattest doch gar keinen Grund!» Sie sieht ihn schräg von der Seite an. «Oder läuft da was zwischen Maya und dir?»

«Quatsch!» Henner hofft, er hat das mit allem Nachdruck gesagt. «Außerdem habe ich ein Alibi.»

«Da hast du aber Schwein gehabt. Ich kann mir gut vorstellen, dass Schnepel dich sonst garantiert gleich eingebuchtet hätte. Du kennst den ja.» Wieder blickt sie ihn neugierig an. «Nur mal so unter Freunden: Wo warst du denn am Sonntagnachmittag?»

«Oh nee ... Nicht du auch noch.» Als er ihren Blick auffängt, ergänzt er: «Aber gut, wenn du es unbedingt wissen willst: Ich war mit dem Fahrrad unterwegs. Hab gegen den Wind angestrampelt. Musste den Kopf freikriegen.»

Rosa verzieht das Gesicht. «Ein gutes Alibi ist was anderes.»

«Nee, nee. Rudi sagt, Wiemken wurde am Altharlinger Sieltief erschossen. Da bin ich gar nicht langgefahren. Außerdem war ich zu der Zeit, als das passierte, in der Seriemer Mühle, hab Kaffee getrunken und Apfelkuchen gegessen.»

Rosa wirkt erleichtert. Das gefällt Henner. Eigentlich ist es gut, sie als Obermieterin zu haben. Auch wenn sie meistens ziemlich anstrengend ist, aber man kann mit ihr über alles reden. Allerdings ist *sie* es in der Regel, die etwas loswerden möchte. Aber so tief drinnen ist sie wirklich in Ordnung. Da muss man über ihr Gesabbel und ihre aufdringliche Neugierde einfach ein bisschen wegsehen.

«Ich nehme mal stark an, Schnepel wird das überprüfen, und wenn es jemand bezeugt, bist du aus dem Schneider. Ich hoffe, du hast noch die Quittung über Kaffee und Kuchen?» Rosa senkt den Kopf und die Stimme.

Henner nickt. «Die hab ich Schnepel gegeben.»

Nun beugt sie sich verschwörerisch zu ihm vor. «Wir müssen eine Strategie entwickeln, damit der Täter schnell gefasst wird. Ich habe da schon ein paar Ideen.» Sie lächelt ihm zu. «Die werde ich euch beim Abendessen erläutern. Ich hab alles für einen ordentlichen Snirtjebraa eingekauft. Der köchelt schon nach dem Rezept deiner Mutter auf dem Herd vor sich hin. Gegen sechs können wir essen. Hoffentlich ist Rudi dann auch da, und wir können unsere Pläne abstimmen.»

Henner nickt. Snirtjebraa isst er ebenso gern wie Bratheringe. Und die sind ja eingelegt. Die halten sich locker noch ein paar Tage im Kühlschrank. Muss er also erst mal nicht selber kochen. Und bei dem Rest muss man sehen.

«So, meine Herren», beginnt Haueisen, als die gesamte Soko Schnellschuss zur Dienstbesprechung im Polizeikommissariat sitzt. «Die vorläufige Untersuchung der Waffen der Ukenas ist abgeschlossen.» Haueisen wirft einen strengen Blick in Richtung Schnepel. «Es hat den Anschein, dass aus keiner der Waffen geschossen wurde.»

«Was nichts heißen muss!» Schnepel springt auf. «Die Ukenas können Waffen besitzen, die nicht registriert worden sind. Wir müssen die Untersuchung der Schmauchanhaftungen abwarten.» Er lässt sich wieder auf seinen Stuhl fallen.

«Auch die anderen Untersuchungen waren negativ», sagt Haueisen knapp. «Weder an den prächtigen Klebestreifen, mit denen Sie Frau Ukena das eine oder andere Härchen von den Fingern gerissen haben, noch auf der Kleidung sind Schmauchspuren nachzuweisen gewesen. Sie scheidet als Täterin wohl aus. Es sei denn, Sie können mir belastbare Beweise dafür bringen, dass sie sich die Hände in Kenntnis der Nachweisbarkeit dieser Spuren gründlichst mit Essig oder Ähnlichem gewaschen und uns absichtlich falsche Kleidungsstücke gegeben hat.»

Schnepel schüttelt ermattet den Kopf. «Leider nicht.»

Rudi ergänzt: «Wir waren auf dem Weg hierher noch mal bei ihr. Sie hat auch für die anderen Tatzeiten Alibis. Sie ist raus, sie kann es nicht gewesen sein.»

«Gibt es weitere Erkenntnisse?», fragt Haueisen.

Rudi überlegt, ob er etwas vom Besuch bei der Apothekersfrau sagen soll, aber Schnepel bringt ihn mit einem Blick zum Schweigen. Dann legt er selbst los: «Ich verfolge zwei Theorien. Die eine dreht sich um die Fehde zwischen den Motorradclubs. Alle Opfer sind Motorrad gefahren. Sogar Edo Wiemken. Der übrigens bis vor einiger Zeit mit Antje-Marie Plumhoff liiert war.»

Ausführlich berichtet Schnepel nun über die Auseinandersetzung zwischen den Motorradclubs.

«Gute Arbeit», lobt Haueisen, verpasst Schnepel aber gleich einen Dämpfer: «Auch wenn das mit Wiemken und Plumhoff ja nun schon seit Samstag bekannt sein könnte, wenn die Herren Kommissare den Vornamen des Ex-Freundes richtig in Zusammenhang gebracht hätten.»

«Das ist aber noch nicht alles», ereifert sich Schnepel. «Wir haben eine ganz neue heiße Spur, die sich immer mehr verdichtet! Ich sage nur: ein Eifersuchtsdrama allererster Güte! Beatrix Freese steckt bis zum Hals drin! Sie hat nicht nur schwammige Alibis für die Taten am Donnerstag und am Samstag, sie wusste von der Affäre ihres Mannes, und sie selbst unterhielt eine intime Beziehung zu einem der Opfer.»

«Ach nee.» Nun ist Haueisen platt. «Wer war das denn? Und woher wissen Sie das?»

Schnepels Brustkorb weitet sich, als er aufsteht und zum Whiteboard geht. «Gemach, gemach. Der Reihe nach.» Er genießt seinen Auftritt sichtlich. «Wir haben die Information von Ingrid Hansen. Der Frau des Apothekers, dem das Boot gehört, von dem aus geschossen wurde.» Schnepel tippt auf den Namen und wartet einen Moment, damit die Informationen von jedem am Tisch zugeordnet werden können. «Ich hatte das ja schon so im Urin, dass Frau Hansen uns was verschweigt, als wir das letzte Mal mit ihr gesprochen haben.» Er blickt wichtig in die Runde. «Darum habe ich ihr meine Visitenkarte in die Hand gedrückt und gesagt, sie könne mich jederzeit anrufen, wenn ihr etwas Entscheidendes zu dem Fall einfällt.» Erneut macht Schnepel eine Pause, um seine Worte sacken zu lassen. «Sie hat wohl einige Zeit mit sich gerungen, ob sie uns mitteilt, was sie weiß. Aber vorhin rief sie an. Wir sind natürlich gleich zu ihr gefahren. Ich habe gemerkt, dass es ihr nicht leichtgefallen ist, ihre Tanzfreundin zu verraten, aber sie tat es, wenn auch schweren Herzens. Beatrix Freese, die sich noch vor wenigen Tagen öffentlich so betroffen darüber äußerte, dass ihr Mann eine Freundin hat, hatte selbst einen Geliebten!»

Ein Raunen geht durch die Soko Schnellschuss. Schnepel blüht auf. «Und nicht nur das, dieser Mann war ...» Eine Kunstpause folgt. «Tjark Ukena!»

Bei «Mainz bleibt Mainz» würde jetzt ein Tusch folgen, denkt Rudi, aber vielleicht hat er in den vorangegangenen Wochen einfach zu viele Karnevalssitzungen im Fernsehen geguckt.

«Das heißt, Beatrix Freese könnte Ihrer Meinung nach unsere Täterin sein?», bringt es Haueisen auf den Punkt.

«Möglich ist es. Zumal sie ebenfalls mit der Waffe umgehen kann. Sie war mehrmals Schützenkönigin. Außerdem habe ich da so meine ganz eigene Theorie, wie sie und ihre Freundin Petra Ukena das Ganze gedreht haben könnten.» Schon legt er los.

Rudi schließt die Augen. Langsam kann er diesen gequirlten Blödsinn nicht mehr hören. Aber soll Schnepel sich ruhig zum Affen machen.

Als Dörte die Klappe des Druckers öffnet, um die Toner-Kartusche auszuwechseln, reißt ihr Nagel am linken Zeigefinger ein. Verdammter Mist. Schon wieder! Wie gut, dass sie in weiser Voraussicht eine Nagelfeile in der obersten Schreibtischschublade deponiert hat. Sie schnappt sich die Feile und bearbeitet den Einriss, bis er geglättet ist. Nun noch ein bisschen Nagellack drüber, dann sollte das bis zum Feierabend gehen. Heute findet der vorletzte Kochabend des Kurses in Esens statt. Dörte ist beim Gedanken daran direkt ein bisschen wehmütig zumute. Die letzten Wochen hat sie immer mit Antje-Marie zusammen gekocht. Sie haben sich fast ein wenig angefreundet. Dörte hat keinen Artikel der jungen Journalistin in der kostenlosen Sonntagszeitung ausgelassen. Auch ihre Blogbeiträge für die «Frechen Friesen» hat sie regelmäßig und gerne gelesen. Antje-Marie hatte ein unglaubliches Talent, sich auszudrücken. Allein ihre bildhaften Vergleiche! Die haben Dörte regelrecht fasziniert. Dass sich Antje-Marie gerne mit ihr über ihre beruflichen

Themen unterhielt, hat Dörte geschmeichelt. Und jetzt ist sie tot.

Tränen schießen ihr bei diesem Gedanken in die Augen.

Als Antje-Marie am Samstagabend nicht wie verabredet ins Dattein gekommen ist, hat sie sich nichts weiter dabei gedacht. Kann ja immer mal was dazwischenkommen. Aber gewundert hat sie sich schon. Inzwischen weiß Dörte, warum keine SMS kam.

Sie starrt aus dem Fenster auf die Straße. Erinnerungen an das letzte Gespräch in der Versuchsküche des EWE-Kundencenters werden wach. Antje-Marie erzählte von einem Dossier, das sie gerade für die «Frechen Friesen» zusammengestellt hat. Es sei ziemlich brisant, jemand habe ihr sogar viel Geld dafür geboten, es zu vernichten und über den Inhalt zu schweigen. Zu gern hätte Dörte mehr darüber gewusst. Deshalb hat sie Antje-Marie auch gefragt, ob sie sich nicht einmal abends außerhalb des Kochkurses treffen wollen. Zu ihrer eigenen Überraschung hat Antje-Marie gleich zugestimmt und den Samstagabend im Dattein vorgeschlagen. Nicht ahnend, dass sie da schon nicht mehr leben würde. Derjenige, der die Veröffentlichung des Dossiers verhindern wollte, kann sich nun auf der sicheren Seite fühlen.

Halt! Dörte legt die Nagelfeile weg. Aber nur dann, wenn er auch im Besitz der Unterlagen ist. Antje-Marie hat allerdings gesagt, dass sie die nie im Leben rausrücken würde.

Krampfhaft denkt Dörte nach, während sie automatisch einen weiteren Fingernagel mit Nagellack bestreicht. Antje-Marie ist nicht in ihrer Wohnung gestorben, sondern auf dem Wasser. Dementsprechend könnte sich das Dossier noch in ihrer Wohnung befinden. Für Rudi müsste es ein

Leichtes sein, das herauszufinden. Die Polizei kann doch an Antje-Maries Computer gehen. Garantiert ist dort etwas zu finden.

Soll sie Rudi anrufen?

Sie zögert. Eigentlich ist das ja alles nichts Halbes und nichts Ganzes. Sie hat keinen Beweis. Das Telefon auf ihrem Schreibtisch klingelt.

«NV-Versicherung Neuharlingersiel, Sie sprechen mit Dörte Jacobs. Was kann ich für Sie tun?»

«Wolperding. Es geht um meine Hausratsversicherung. Können Sie mich bitte mit dem zuständigen Sachbearbeiter verbinden?»

Kaum hat Dörte das Gespräch durchgestellt, läutet der Geschäftsapparat erneut.

Gut, dass endlich Feierabend ist. Ein paar Kollegen kümmern sich noch um den MC Darkstorm, und Haueisen und Schnepel stellen eine Liste mit Varianten zu Schnepels Theorie zwei auf, die sie morgen abarbeiten werden. Ein Glück, dass sie nicht auch noch einen Auftrag für ihn gehabt haben. Ein Kollege bringt Rudi nach Neuharlingersiel. Der ist als regelrechte Quasseltüte im Revier bekannt, das tut Rudi aber heute ganz gut. Es lenkt ihn von den Ermittlungen ab. Selbst über einen blöden Schäferhund-Witz kann Rudi heute lachen. Am BadeWerk lässt er seinen Kollegen anhalten und steigt aus. Dann kann er auf den letzten Metern noch ein bisschen frische Luft schnappen, bevor er in sein leeres Haus kommt.

Ist schon seltsam, so ganz ohne Sven. Richtig einsam.

Wird Zeit, dass der wiederkommt. Immerhin warten sein Opa und seine Tanten darauf, ihn kennenzulernen. Auch wenn es nur Halbtanten sind. Aber egal. Auf jeden Fall echte, leibliche Verwandtschaft! Ein Seufzer entweicht Rudis Brust. Schade, dass er selbst im Moment keine Zeit hat, seinen Vater näher kennenzulernen. Es gibt eine Menge, was Rudi gern wissen würde. Vor allem, was Hoyko Rudis Mutter gegenüber empfunden hat. Aber irgendwie sind sie die ganze Zeit nie allein gewesen. Immer waren entweder Ava und Livia oder die alten Steffens dabei. Ob Hoyko sich davor scheut, ihm Rede und Antwort zu stehen? Immerhin hat Rudis Mutter bis zuletzt geglaubt, Hoyko sei tot. Sie hat ihm bis aufs Sterbebett die Treue gehalten. Dabei war sie eine fesche Frau. Mit ordentlich Humor obendrauf.

Es ist für Rudi auch nicht einfach, dass sein Vater, der Totgeglaubte, nach Jahrzehnten wieder auftaucht. Einfach so. Auf Urlaubstour mit seinen Töchtern. Das ist wie ein Stück aus dem Ohnsorg-Theater. Aber im Moment hat er keine Zeit, sich damit auch noch gefühlsmäßig auseinanderzusetzen. Erst kommt die Aufklärung der Morde. Dann das Private. Und er weiß ja nun, wo er seinen Vater findet, auch wenn der wieder in Kanada ist.

Rudi beschleunigt seinen Schritt und prallt fast mit jemandem zusammen.

«Entschuldigung», stammelt er und sieht erst jetzt, wen er da beinahe umgerannt hätte.

«Nein, das ist meine Schuld», sagt die Frau mit den perfekt sitzenden roten Haaren, denen man den Schnitt von Henners Schwester Gudrun ansieht. Susanne Schnepel. Die neue Frisörin im Salon Anita. Die Frau seines Kollegen. Die

Frau, die im letzten Herbst die eheliche Wohnung in Wittmund gegen ein Zimmer in einer Pension in Neuharlingersiel eingetauscht hat. Eine Tatsache, über die sein Kollege ihm gegenüber bisher kein Sterbenswörtchen verloren hat.

Bei ihrem Anblick wird Rudi direkt ein bisschen schwummerig. Er atmet tief ein. Weiche Beine kann er nun gar nicht brauchen.

«Guten Tag, Frau Schnepel», sagt er förmlich und deutet einen Diener an.

«Nun übertreiben Sie mal nicht, Herr Bakker», entgegnet sie und lacht laut auf. Bei diesem Lachen vibriert Rudis Wirbelsäule. Nun muss er erst mal Boden wiedergutmachen, wo er den Einstieg schon so vergeigt hat.

«Ich wollte nur höflich sein.» Er zwinkert ihr aus einem Impuls heraus zu.

Wieder lacht sie auf. «Das wirkte eben allerdings etwas übertrieben. Vor allem, wo Sie mit meinem Noch-Ehemann zusammenarbeiten. Aber ich vermute, das ist für Sie auch nicht leicht.» Jetzt zwinkert sie.

Rudi muss direkt grinsen. Geschafft. Der Gesprächsbogen ist gefunden. Aber wie soll er weiter vorgehen? Er kann sie unmöglich jetzt einfach ihres Weges ziehen lassen. Soll er sie spontan zu einem Kaffee oder Tee einladen? Aber auch ohne auf die Uhr zu gucken, weiß er, dafür ist es jetzt zu spät. Vielleicht auf ein frühes Bier im Dattein? Er zögert. Verdammt, er hat wirklich keine Erfahrungen mehr damit, eine Frau einzuladen. Früher ...

«Haben Sie einen schönen Abend», wünscht Susanne Schnepel und nimmt ihm damit jede Entscheidung ab. Er hat einfach zu lange gezögert.

«Tschüs», antwortet er ein wenig hilflos, als sie, ohne auf eine Entgegnung zu warten, in die andere Richtung marschiert. «Wir sehen uns bestimmt bald mal wieder», schiebt er flüsternd hinterher, aber das hört sie schon nicht mehr. Rudi greift sich ins Haar. Viel zu lang. Er muss dringend wieder zum Frisör gehen. Und er wird sich diesmal nicht bei Henners Schwester, sondern bei der Neuen einen Termin geben lassen. Wenn er auf diese Weise eine geschlagene Viertelstunde mit Susanne Schnepel verbringt ... keine Ahnung, was sich dabei ergibt. So macht Rosa das doch auch immer. Sein Herz fängt bei diesem Gedanken jedenfalls an zu wummern. Nun ist definitiv ein Bier bei Henner fällig.

Henner freut sich, als Rudi plötzlich bei ihm im Flur steht. Er selbst hat sich gerade die Postuniform ausgezogen und will zum Essen zu Rosa hochgehen. Snirtjebraa. Lecker. Sein Magen knurrt schon wieder. Reissuppe hält einfach nicht lange vor.

«Das mit Schnepel heute Morgen tut mir leid», entschuldigt sich Rudi, bevor Henner was sagen kann. «Aber du weißt doch, wie der ist. Der vergaloppiert sich ja gern mal. Da konnte ich echt nix machen. Und natürlich habe ich nicht eine Sekunde lang geglaubt, dass du mit der Sache irgendwas zu tun hast. Das weißt du, oder?»

Henner grient. Die Entschuldigung war aber auch dringend fällig.

«Sogar seine Frau bezeichnet ihn als riesengroßes Arschloch. Hat Rosa gesagt.»

«Schon gut. Ist sowieso klar, dass ich mich immer auf

dich verlassen kann. Aber du hättest deinem Kollegen schon in die Parade fahren können und nicht einfach stumm danebenstehen sollen.» Diesen Seitenhieb kann Henner sich nicht verkneifen. Es hat ihn geärgert, dass sein bester Kumpel nicht sofort dazwischengegangen ist, als Schnepel ihn beschuldigte. Aber Schwamm drüber, er kann ja belegen, wo er am Sonntagnachmittag gewesen ist. Gönnerhaft schlägt er Rudi auf die Schulter. «Los, komm. Rosa hat gekocht. Snirtjebraa.»

«Echt?» Rudi klingt begeistert.

In diesem Moment klopft es an der Tür, und Rosa steht im Flur. Mit hochrotem Kopf. Sie riecht ein bisschen seltsam.

«Was ist denn los?», fragt Henner.

«Ich hab das Fleisch genau so mariniert, wie es deine Mutter gesagt hat, danach habe ich es angebraten», sagt Rosa trotzig. «Und dann hat eine ehemalige Kollegin aus Hannover angerufen. Wir sind ins Quatschen gekommen, und ich hab vergessen, die Temperatur runterzuschalten, als ich nach unten gegangen bin.» Sie guckt zerknirscht.

«Ist also nix mit Snirtjebraa heute Abend?» Henner ahnt, was passiert ist.

«Nee. Ist alles nur noch eine schwarze Kruste auf dem Boden des Bräters.» Rosa schnieft. Dann entdeckt sie Rudi, der im Türrahmen zum Wohnzimmer steht. «Rudi, gut, dass du da bist. Wir müssen dringend reden.»

Eine halbe Stunde später sitzen sie um Henners Küchentisch. Henner hat schnell Schmorkartoffeln mit Speck und Zwiebeln gemacht, dazu gibt es die eingelegten Bratheringe.

«Die sind wirklich eine Wucht», lobt Rosa. Ihre Augen

glänzen. «Aber», sagt sie, als fast alle Bratheringe vertilgt sind, «wir sind ja nicht nur zum Essen hier. Wir müssen die drei Todesfälle aufklären.»

Rudi klopft empört auf den Tisch. «Rosa, das ist Sache der Polizei.»

«Seit wann das denn? Hast du etwa vergessen, dass es stets unser Trio gewesen ist, das die Lösung der letzten Mordfälle in dieser Gegend auf den Weg gebracht hat? Wohl wahr, der Prophet gilt nichts im eigenen Land.»

«Und genau *diese* Polizei hat mich des Mordes verdächtigt!», ergänzt Henner und wirft Rudi einen amüsierten Blick zu. «Schnepel verrennt sich wieder mal. Rosa hat völlig recht. Ihr bekommt den Fall nicht auf die Reihe und verdächtigt Unschuldige.»

Rosa klatscht Beifall. «Gut gesagt, Henner! Deshalb müssen wir unsere Informationen zusammentragen, sie auswerten und die *richtigen* Schlüsse daraus ziehen.» Sie legt sich den letzten Brathering auf den Teller. «Möchte jemand einen halben abhaben?»

«Ich.» Henner hält ihr in Windeseile seinen Teller hin. Nicht dass sie den alleine verputzt.

Während Rosa den halben Fisch auf seinen Teller bugsiert, sagt er: «Maya hat mir heute Morgen übrigens ein paar interessante Dinge berichtet.»

«Maya?», fragen Rosa und Rudi im Chor und schauen erst Henner und dann sich gegenseitig grinsend an. Das gefällt ihm absolut nicht. Was bilden die sich denn ein? Er muss sich doch nicht rechtfertigen!

«Ich habe ihr heute Morgen Post gebracht», sagt Henner betont ruhig. «So wie immer. Und kondoliert. Das gehört sich ja nun mal so. Dann haben wir Tee getrunken. Eigentlich hatte ich keine Zeit, aber ich hab gedacht, es tut ihr gut, wenn sie mal reden kann. Auch wenn ich deshalb heute erst später Feierabend machen konnte. Jedenfalls hat sie sich wirklich gefreut, mit mir über Edo reden zu können.» Henner hält kurz inne. «War ja 'n büschen langweilig», gibt er zu. «Maya hat von Feldhamstern erzählt, die Edo auf einem Feld entdeckt hat. Wen interessiert das schon. Vaddern hat ständig mit so'm Untergrundviehzeug zu tun. Jedenfalls war Maya von diesen Feldhamstern ganz begeistert. Ich hab schon überlegt, ob ich ihr zum Geburtstag einfach einen Hamster schenke. Aber womöglich würde sie den Edo taufen.»

«Du weißt, wann sie Geburtstag hat?», fragt Rosa spitz.

«Nee. Aber das kann man leicht herausfinden. Ist ja auch egal. Jedenfalls hat Maya von einem Bauern berichtet, der Edo mit der Mistforke bedroht hat. Der hat wohl gesagt, durch diese blöden Feldhamster würde Edo dem Bauern irgendein Geschäft vermasseln. Oder so ähnlich. Genau wusste Maya das auch nicht, aber ich finde das ganz schön heftig, dass der Bauer mit 'ner Forke auf den Wiemken losgegangen ist. Wir leben doch hier nicht im Wilden Westen.»

«Wegen der Hamster? Mit 'ner Forke?», wundert sich Rudi.

«Jo, das hat Maya gesagt. Feldhamster sollen eine bedrohte Tierart sein. Wie gesagt, mehr weiß ich auch nicht, aber ihr könnt ja mal nachhaken.»

Rudi verdreht die Augen. «Weißt du, wer der Bauer war?»

«Nee. Das hat Maya nicht gesagt. Vielleicht fragst du sie. Mir war das ja auch nicht so wichtig. Ich wollte ihr nur das Gefühl geben, dass sie in dieser Situation nicht allein ist.»

«Ich wusste gar nicht, dass du neuerdings auch Seelentröster bist», sagt Rosa.

Henner guckt sie verwundert an. «Bin ich doch gar nicht. Das ist einfach ein Freundschaftsdienst. Würde ich für dich genauso machen.»

«Ich hoffe, darauf werde ich niemals angewiesen sein», sagt Rosa, und Henner wundert sich über ihren kiebigen Ton. Er hat ihr doch gar nichts getan. Verstehe einer die Frauen.

«Lassen wir die dummen Feldhamster Feldhamster sein», sagt Rosa. «Rudi, erzähl lieber, was ihr herausgefunden habt.»

«Darf ich nicht. Haueisen reißt mir sonst den Kopf ab.»

«Ich verrate es doch keinem weiter. Großes Indianerehrenwort!» Rosa blickt Rudi treuherzig an.

«Na gut.» Er legt seine Zurückhaltung ab und berichtet von den Frauen, die ins Visier der Ermittlungen geraten sind. Je länger Henner zuhört, desto klarer wird ihm, dass Schnepel wirklich nicht mehr alle Tassen im Schrank hat.

«Interessant ist auch, dass die drei Toten mit den ‹Frechen Friesen› in Verbindung stehen. Wisst ihr das?» Rosa sieht Rudi an und stippt mit einem Stück Brot den letzten Soßenrest auf.

«Natürlich, meinst du, wir sind blöd?»

«Das hat keiner behauptet. Ich finde, wir sollten uns bei denen mal umhören.» Rosa grinst bei diesen Worten übers ganze Gesicht. «Zufälligerweise findet heute Abend ein offenes Treffen von denen hier in der Friesenkate statt. Was meint ihr, wollen wir nicht zusammen hingehen?»

Pünktlich um neunzehn Uhr betreten Rudi, Henner und Rosa den großen Gastraum der Friesenkate. Die Tische des Restaurants sind zu einem U zusammengeschoben, fast alle Plätze sind besetzt. Die drei quetschen sich mit ihren Stühlen in die zweite Reihe, das passt gerade noch so. Rudi macht sofort Ludwig aus, der sitzt hinten auf der anderen Seite neben Henners jüngster Schwester Ina. Klar, als eifrigster Online-Reporter des Ortes darf er nicht fehlen.

Die meisten der Anwesenden kennt er zumindest vom Sehen. Was allerdings kein Wunder ist, wenn man so wie er sein ganzes Leben in Neuharlingersiel verbracht hat.

Den Vorsitz der Versammlung hat Thomas Sackschewsky, der Mann von Henners Schwester Gudrun. Dem reicht anscheinend die Arbeit auf dem Campingplatz nicht, der muss jetzt auch noch in der Politik mitmischen.

«Moin allerseits!» Sacky eröffnet die Zusammenkunft. «Die ‹Frechen Friesen› freuen sich, dass heute Abend wieder so viele Menschen den Weg zu unserem offenen Treffen gefunden haben.» Demonstrativ nickt er Rudi, seinem Schwager Henner und Rosa zu, vergisst aber auch Ludwig nicht. Die Presse darf man nie ignorieren. Wichtige Lektion! Das hat Sacky schon oft gepredigt. Er ist eine richtige Rampensau, das wird Rudi schlagartig klar.

«Innerhalb von vier Tagen haben wir drei unserer Mitglieder verloren. Alle drei wurden erschossen. Bitte lasst uns eine Schweigeminute für sie einlegen. Und darum beten, dass die Polizei den Mörder bald findet. Denn der ist noch auf freiem Fuß.»

Die Anwesenden erheben sich und verharren in Stille. Als die Minute vorbei ist, blickt Sacky Rudi an, bevor er zu sprechen beginnt. «Die Angst geht um unter unseren Mitgliedern und Freunden. Deshalb bin ich stolz und dankbar, dass ihr trotzdem heute hier seid.» Er macht eine Kunstpause und lässt seinen Blick schweifen. «Wir werden uns nicht von der Angst anstecken lassen.» Erneut sucht er den Augenkontakt zu Rudi. «Wir weichen keinen Schritt von unseren Forderungen zurück! Wir lassen uns nicht unterkriegen, auch wenn wir seit Monaten angefeindet werden. Aber jetzt will offensichtlich jemand unsere Partei mit brutaler Gewalt auslöschen. Rudi Bakker, wie sieht es denn mit Polizeischutz für unsere Mitglieder aus?»

Gemurmel erhebt sich im Saal. Polizeischutz. Sacky hat doch nicht mehr alle Latten am Zaun. Für einen Moment ärgert Rudi sich, dass er überhaupt hergekommen ist. Was kann er denn für den ganzen Kram? Aber es nützt nichts, er muss reagieren. Also steht er auf.

«Na ja», gibt er zu, «das mit dem Polizeischutz ist nicht so einfach. Für jedes Mitglied der Wählervereinigung schon mal gar nicht, vielleicht für die Führungsriege.» Da kommt ihm eine Idee, wie er aus der Nummer rauskommt. «Ich werde das gleich morgen in der Frühbesprechung der Sonderkommission in Wittmund als Antrag stellen und sagen, dass etliche Mitglieder der ‹Frechen Friesen› heute Abend Angst um ihr Leben zum Ausdruck gebracht haben.»

Wieder reden die Anwesenden lebhaft durcheinander. Rudi setzt sich, und nun hebt Ludwig seine Hand. Sacky erteilt ihm das Wort, aber das Gemurmel verebbt nicht.

Ludwig klopft mit einem Kugelschreiber an sein Glas Cola und ruft: «Ich würde gerne wissen …», doch die mehr als dreißig ‹Frechen Friesen› machen ihrem Namen alle Ehre und reden weiter durcheinander.

Plötzlich ein schriller Pfiff. Direkt an seinem Ohr. Augenblicklich ist es still, und alle gucken ihn an. Was ist denn jetzt los? Dann merkt er, dass die Leute nicht ihn anstarren, sondern Rosa, die direkt neben ihm sitzt und Zeige- und Mittelfinger immer noch zwischen den Lippen stecken hat. Rudi ist beeindruckt. Respekt! Was Grundschullehrerinnen so alles können!

«Danke, Rosa», sagt Sacky und wendet sich der Versammlung zu. «Im Interesse aller bitte ich darum, private Gespräche erst nach Ende der Veranstaltung zu führen. Getuschel bringt uns nicht weiter.» Er deutet auf Ludwig. «Bitte, Ludwig. Was möchtest du wissen?»

Rosa grinst in sich hinein. Ein bisschen stolz ist sie schon auf sich, so ruckizucki für Ruhe gesorgt zu haben.

Ludwig nutzt die Stille, kneift seine Augen zusammen und blickt Sacky herausfordernd an. «Ist es richtig, dass ihr euch in letzter Zeit vehement gegen den geplanten Windpark gestellt habt und dass ihr deswegen angegriffen worden seid?»

«Ja, das kann man so sagen», entgegnet Sacky. «Nach der Änderung des ‹Erneuerbare-Energien-Gesetzes› sind die Grundlagen, auf denen damals die Umwidmung der Flächen beschlossen worden sind, hinfällig. Man hat gedacht, durch die neuen Windenergieanlagen dauerhaft Geld in die Kasse unserer Samtgemeinde spülen zu können. Jetzt aber würde der Ertrag lediglich bei fünftausend Euro pro Jahr liegen, was die Kosten niemals wieder hereinbringt.» Die Anwesenden nicken, und Sacky fährt in wahrer Politikermanier wortgewaltig fort: «Doch das ist nicht das einzige Thema, das uns beschäftigt. Aber egal, worum es geht: Wir lassen uns nicht kaufen und auch nicht einlullen! Wir haben kein Parteibuch und wollen frei und unabhängig bleiben! Und uns frei von jedem Parteizwang für die Interessen unserer Bürger einsetzen! Wir unterwerfen uns nicht dem Klüngel von Wirtschaft und Politik! Fortschritt und Erhaltung der Natur schließen sich nicht aus. Dafür setzen wir uns ein!»

Alle im Saal klatschen Beifall.

Rosa ist überrascht, wie sehr Sacky schon die Sprache der Politiker übernommen hat. Wenn der so weitermacht, ist ihm eine große Karriere sicher. Zumindest hier in der Region. Es sei denn, jemand will tatsächlich die «Frechen Friesen» ausradieren und macht gnadenlos weiter. Bei diesem Gedanken zuckt Rosa zusammen. Sie wird Rudi nach der Veranstaltung darum bitten, wenigstens Sacky unter Polizeischutz zu stellen. Immerhin ist er Henners Schwager. Und damit auch irgendwie eine Art Halbschwager für Rudi.

Jetzt meldet sich Ina Steffens zu Wort. Sie steht auf und richtet ihren Blick abwechselnd auf ihren Bruder, Rosa und Rudi.

«Denkt man bloß nicht, dass das hier alles Geschwafel ist. Wir sorgen uns nämlich wirklich um unsere Heimat. Es geht uns darum, unsere Landschaft zu erhalten und nicht überall diese Energiespargel hinzustellen, deren Strom wir momentan gar nicht langfristig speichern können. Natürlich ist Windkraft eine tolle Sache, die wir vom Prinzip her voll unterstützen. Aber die Grundlagen müssen sich ändern.

Dieses Hin und Her in der Gesetzgebung ist doch für alle ein Ding der Unmöglichkeit. Und dann dieser Wahnsinn mit der Verteilung von Bau- und Industriegrundstücken. Es kann doch nicht sein, dass an der ostfriesischen Küste und auf den Inseln ein Ausverkauf nicht nur von Grundstücken, sondern auch von Wohnungsbestand an Auswärtige stattfindet, dass die Quadratmeterpreise ins Utopische steigen und bezahlbarer Wohnraum, geschweige denn ein Bauplatz für Einheimische oder hier Beschäftigte fast gar nicht mehr zur Verfügung steht. Auf den Inseln gibt es kaum noch dauerhaften Wohnraum für Servicekräfte und Angestellte!» Sie reckt ihren Kopf. «Das dürfen wir uns als Ostfriesen nicht gefallen lassen! Egal, welcher Partei wir angehören!»

Applaus brandet auf und will gar nicht wieder abebben.

«Ina sollte für Tjark in den Rat nachrücken», ruft eine Frau. Die Stimme kommt Rosa bekannt vor. Es ist Doro, Henners viertjüngste Schwester, die den Copyshop in Neuharlingersiel betreibt. Neben ihr sitzt Dörte, beide bislang verdeckt von zwei korpulenten Männern. Rosa hat gar nicht gewusst, dass die beiden sich politisch engagieren.

«Ja! Ina Steffens soll nachrücken», ruft ein Mann, den Rosa nicht kennt, dessen Wunsch aber mit allgemeinem Klopfen auf den Tischen unterstützt wird.

Die Tür geht auf, und Wilko Onneken kommt herein. «Entschuldigung für die Verspätung, aber …»

«Und ich schlage Wilko Onneken als zweiten Nachrücker vor», tönt es prompt aus der vordersten Reihe.

«Ich auch!», wird der Ruf von der gegenüberliegenden Seite und von zustimmendem Klopfen unterstützt. «Die beiden werden sich unnachgiebig für unsere Ziele einsetzen.»

Als wäre das ihr Stichwort, setzt Ina zur Brandrede an: «Ostfriesland soll idyllisch bleiben. Lasst uns das touristische Potenzial unseres Landstrichs nutzen und weiter ausbauen! Ökologie und Gewerbe sinnvoll und nachhaltig miteinander zu verweben muss unsere Aufgabe sein! Wir werden den Bau dieses Windparks verhindern. Material dagegen müssten wir in ausreichendem Maß haben. Antje-Marie hat schließlich ein ganzes Dossier zusammengestellt.»

«Wo ist das denn?», fragt Doro. «Das haben wir ja noch gar nicht zu Gesicht bekommen.»

«Antje-Marie wollte es uns eigentlich heute Abend überreichen», sagt Sacky. «Wir werden ihre Eltern bitten, es uns zu geben, es muss ja in ihrer Wohnung sein.»

Ein Dossier. Rosas Nase beginnt heftig zu kribbeln.

«Und denkt an die Feldhamsterpopulation, die Edo Wiemken auf dem Grundstück entdeckt hat, das der Gemeinderat für den Bau eines Logistik-Zentrums zur Verfügung stellen wollte! Die haben das total ignoriert», ruft Wilko. «Wollen uns damit einwickeln, dass dort angeblich Arbeitsplätze geschaffen werden, aber das ist nur Geschwätz. In diesen Hallen arbeiten doch kaum Menschen, das sind alles Robotermaschinen. Außerdem hat man versucht, Edo mit Gewalt daran zu hindern, die Hamsterpopulation zu dokumentieren. Er wurde bedroht und angegriffen. Mit einer Mistforke!»

Lautes Gemurmel macht sich breit. Einer ruft: «Stimmt doch gar nicht. Da arbeiten jede Menge Leute. Ich weiß das, weil die Frau meines Cousins in Hannover in so 'nem Zentrum Schichtdienst macht.»

Wilko geht darauf nicht ein und spricht weiter. «Wenn die Burg erst freigelegt ist, können wir im großen Stil in Tourismus machen, so wie Ina es gerade schon sagte. Wir wollen keine Lastwagenkolonnen, die durch den Ort zur Logistik-Halle kriechen, weil alle nur noch im Internet bestellen. Im Gegenteil! Ostfriesland steht für Natur, Ruhe und Umweltschutz. Und dabei soll es bleiben.»

Wieder brandet Applaus auf.

«Nun tut man nicht so verlogen», regt sich Ludwig auf. «Hier auf große Klappe machen, aber selber alle nur online bestellen. Hättet ihr eure Radio- und Fernsehgeräte vor Ort gekauft, gäbe es den Laden noch, in dem ich über dreißig Jahre gearbeitet hab.»

«Da hast du recht», sagt Henner. «Wer weiß das besser als ich. Ich muss die ganzen Pakete schließlich schleppen.»

Eine halbe Stunde später sind die Nachrücker gewählt. Ina Steffens und Wilko Onneken. Alle scheinen froh zu sein, dass die Arbeit der «Frechen Friesen» ohne große Unterbrechung weitergehen kann. Schließlich ist am Donnerstag nach Ostern die Ratssitzung der Samtgemeinde.

Nach der Versammlung beschließen Rosa, Henner und Rudi, noch auf einen Absacker ins Dattein zu gehen. Es gibt ja doch so allerhand, was man besprechen muss, hat Rosa gesagt. Dörte hat sich ihnen gleich angeschlossen.

Für einen Montagabend ist die Kneipe gut besucht. Dennoch ergattern die vier ihren Lieblingsplatz an der Theke neben der Meerjungfrau, die als Galionsfigur die Gäste begrüßt.

Rosa bestellt sich eine Weißweinschorle, Henner, Rudi und Dörte ein Bier. Henner nimmt noch einen Magenbitter dazu. Den kann er heute ausnahmsweise mal dringend gebrauchen.

«Ist ja ein Ding, dass Antje-Marie Unterlagen für die ‹Frechen Friesen› zusammengestellt hat», sagt Rosa, noch bevor die Getränke vor ihnen stehen. «Dann müsstet ihr die doch bei der Durchsuchung gefunden haben, Rudi.»

Henners Kumpel zuckt mit den Schultern. «Ich war nur im Schlafzimmer. Da war nix. Schnepel hat das Wohnzimmer übernommen.»

«Vielleicht war es ja auch noch gar nicht ausgedruckt», vermutet Dörte. «Sacky hat doch gesagt, dass Antje-Marie es dem Vorstand erst heute geben wollte.»

«Vielleicht gibt's das aber auch gar nicht», meint Henner. «Vielleicht hat sie das nur so dahingesagt. Manche machen sich ja gerne mal wichtig.»

«Doch, das gibt es.» Dörte nickt bekräftigend. «Antje-Marie hat mir auch davon erzählt. Und nicht nur das, sie hat sogar gesagt, dass man ihr eine Menge Geld geboten hat, damit sie es nicht an die ‹Frechen Friesen› gibt, sondern vernichtet und vergisst, was sie herausgefunden hat. Das wollte sie aber nicht.»

«Ist nicht wahr.» Rosa blickt Dörte erstaunt an. Rudi trinkt indessen einen Schluck Bier, wird aber sofort von Rosa in die Seite gestoßen.

«Rudi! Hast du gehört? Jemand hat Antje-Marie Geld geboten, und nun ist sie tot, weil sie die Unterlagen nicht verkaufen wollte. Das schreit doch zum Himmel! Das muss das Mordmotiv sein!»

«Und warum sind dann Edo Wiemken und Tjark Ukena tot? Die haben nichts geschrieben.»

«Rudi!» Rosas Stimme klingt ganz schrill, Henner ist schon versucht, sich die Ohren zuzuhalten. «Edo Wiemken und Tjark Ukena waren die Ratsmitglieder der ‹Frechen Friesen›. Sie hätten die Unterlagen von Antje-Marie im Rat vorlegen können! Und das wollte jemand verhindern.» Rosa ist ganz aufgeregt, sie kann kaum noch stillsitzen. «Weißt du denn, wegen was Antje-Marie recherchiert hat?», wendet sie sich an Dörte.

«Nee, tut mir leid. Ich wollte mich am Samstag hier mit ihr treffen, um ein wenig mehr herauszufinden, aber sie kam nicht. Dass sie da schon tot war, davon hatte ich zu dem Zeitpunkt ja keine Ahnung. Sie erzählte aber von dem Dossier, als ich beim letzten Kochabend sagte, ich wolle mich an der Bürgerenergiegesellschaft beteiligen, die der Freiherr von Ihlow gegründet hat. Da kann man schon ab tausend Euro mitmachen, und es gibt gute Zinsen. Dreieinhalb Prozent. Die kriegt man bei der Bank ja schon lange nicht mehr.» Nun schleicht sich ein verschmitztes Grinsen auf Dörtes Gesicht. Das hat Henner noch nicht oft bei ihr gesehen. Das letzte Mal hat sie so geguckt, als sie ihn nach seiner Kur auf Norderney am Hafen in Norddeich abgeholt hat. Die scheint was im Schilde zu führen.

«Theo», ruft er dem Wirt zu, «machst du mir noch ein Bier?»

Theo nickt.

«Mir auch», sagt Rudi, während Dörte weiter berichtet: «Jedenfalls fiel mir das vorhin in der Sitzung wieder ein, und darum hab ich mir die Website von der Bürgerenergiegesellschaft noch mal auf dem Handy angeguckt. Und, was soll ich euch sagen: Auf der Startseite der Homepage strahlt einem der Freiherr entgegen. Er steht vor einer imposanten Villa, neben sich ein Hund. Macht was her, das sag ich euch.»

«Na und», meint Henner, «Freiherren mit Hund machen immer was her.»

«Nun lass mich doch mal ausreden», beschwert sich Dörte. «Das ist doch gar nicht der Clou an der Sache. Der Clou ist, dass der Freiherr einen Lodenmantel und einen Hut trägt.» Beifallheischend blickt sie die anderen an.

Und tatsächlich springt Rudi sofort drauf an. «Lodenmantel und Hut. So wie der Täter?»

«Genau so», frohlockt Dörte.

«Na und, so sehen doch alle Jäger aus», sagt Henner.

Rosas Gesicht leuchtet auf. Garantiert heckt auch die wieder was aus.

DIENSTAG

Es weht ein kräftiger Wind, als Rudi mit seiner Ente zur Besprechung nach Wittmund fährt. Einmal drückt eine heftige Böe die alte Dame in der Straßenkurve zur Seite, aber Rudi lenkt routiniert dagegen.

Im Polizeikommissariat steht Schnepel am Kaffeeautomaten, wieder einmal scheint sich die Maschine zu weigern, ihm auf Knopfdruck einen Kaffee auszuspucken. Zumindest nicht in einen Plastikbecher. Der Automat gibt zwar Geräusche und Kaffee von sich, der rinnt jedoch über die Abstellfläche hinab auf den Boden.

«Mistvieh», wütet Schnepel und tritt beherzt gegen den Apparat. Damit hat er Erfolg. Nun kommt ein Becher aus dem Schlitz, direkt unter den Auslauf.

«Moin, Helmut.» Rudi läuft an Schnepel vorbei und versucht, sich das Grinsen zu verkneifen.

Um kurz nach acht ist die komplette Truppe der Soko Schnellschuss im Besprechungsraum versammelt. Von den anderen gibt es kaum neue Erkenntnisse. Schnepel berichtet von der Befragung Beatrix Freeses.

«Dann tappen wir also weiter im Dunkeln», sagt Haueisen und fasst noch einmal alle bisherigen Erkenntnisse zusammen. Als der Chef fertig ist, meldet sich Rudi zu Wort.

«Liegt die Liste des Apothekers mittlerweile vor?»

«Nicht dass ich wüsste», erwidert Haueisen. «Haken Sie

da gleich noch mal nach.» Er sieht sich im Raum um. «Gibt es sonst etwas, was uns weiterbringen könnte?»

«Wir waren ... also ich war gestern bei der Versammlung der ‹Frechen Friesen›», beginnt Rudi. «Innerhalb der Wählervereinigung geht inzwischen die Angst um, dass man es gezielt auf die Mitglieder abgesehen hat. Die Forderung nach Polizeischutz wurde laut. Ich habe natürlich gesagt, dass wir unmöglich jeden beschützen können, aber ich möchte zumindest zu bedenken geben, dass der Vorsitzende der Vereinigung vielleicht wirklich in Gefahr ist. Solange wir noch nicht wissen, was das Motiv für die Taten ist, könnte er der nächste auf der Abschussliste unseres Todesschützen sein.»

«Gibt es denn bereits Drohungen gegen ihn?», will Haueisen wissen.

«Nein. Zumindest hat Sacky nichts davon gesagt. Aber er wollte die Mitglieder vielleicht auch nur nicht verunsichern.»

«Sacky?», hakt der Chef nach.

«Thomas Sackschewsky.»

«Auch einer Ihrer Kumpel?»

Rudi könnte sich dafür ohrfeigen, nicht gleich Sackys ganzen Namen genannt zu haben. «Ja. Er ist ein Schwager von Henner ...»

«Schon gut, lassen Sie mal ... ich weiß ja: Sie kennen den ganzen Ort.»

«Den ganzen nicht», widerspricht Rudi. «Nur die, die schon ewig dort leben.»

«Sie können Ihrem Freund Sacky», Haueisen zieht das Wort in die Länge, «sagen, dass wir ihm erst dann Polizeischutz geben können, wenn es massive Drohungen gegen ihn gibt.»

«Aber das wird die Mitglieder der Wählervereinigung gegen uns aufbringen», sagt Rudi.

«Ist mir egal. Ohne handfeste Drohungen kann ich nichts machen. Sonst noch was?»

«Ja. Auf der Versammlung wurde auch davon berichtet, dass das dritte Opfer, Edo Wiemken, von einem Bauern mit einer Mistforke angegriffen wurde, weil Wiemken auf dessen Grundstück eine Feldhamsterpopulation ausgemacht hat.»

«Na und?», fragt Schnepel überheblich. «Feldhamster leben nun mal auf dem Feld, das sagt ja schon der Name.»

«Feldhamster sind aber geschützt», klärt Rudi ihn auf. «Da kannste mit deinem Gelände nicht mehr machen, was du willst, wenn erst bekannt ist, dass die da leben. Ich hab natürlich nach der Sitzung bei Wilko Onneken gleich gefragt, welcher Bauer das war, denn mit dem müssen wir ja auch noch reden. Es ist Wilkos Nachbar. Harm Harmsen. Der hat wohl Angst, sein Grundstück nicht mehr verkaufen zu können, wenn es unter Naturschutz oder Tierschutz oder was auch immer gestellt wird.»

«Okay. Also knöpfen wir uns den auch vor. Trauen Sie ihm denn die Taten zu?», fragt Haueisen.

«Den kenne ich ausnahmsweise nicht gut, Chef. Ist ein ziemlicher Eigenbrötler», muss Rudi zugeben. Haueisen grinst und will schon aufstehen, aber Schnepel hält ihn zurück.

«Das war noch nicht alles, Chef. Ich habe doch gestern mit der Frau des Apothekers telefoniert, die mir mitgeteilt hat, dass Frau Freese wohl eine intime Beziehung zu Tjark Ukena gehabt hat. Ich würde Frau Freese dazu gern heute befragen.»

«Und warum haben Sie das nicht gestern bereits erledigt?», meckert Haueisen. «Da haben wir schließlich ein neues Motiv!» Wieder will Haueisen aufstehen, und dieses Mal hält Rudi ihn zurück. «Fast hätte ich es vergessen. Auf der Versammlung gestern war von einem Dossier die Rede, das Antje-Marie Plumhoff für die ‹Frechen Friesen› erstellt hat. Sie hat wohl gründlich recherchiert und wollte ihre Ergebnisse eigentlich gestern vor der Versammlung präsentieren. Dazu ist es ja nun leider nicht mehr gekommen. Schnepel und ich haben bei der Wohnungsdurchsuchung nichts dergleichen gefunden. Ich vermute, dass das Dokument noch auf dem Rechner der Verstorbenen sein könnte.»

«Können Sie uns denn sagen, worum es in diesem Dossier geht?»

«Leider nicht», muss Rudi zugeben. «Aber eine Freundin von mir hat mit Frau Plumhoff zusammen einen Kochkurs besucht. Die beiden haben sich gut verstanden. Und als die Freundin im Gespräch erwähnte, sie wolle sich bei der neuen Bürgerenergiegesellschaft einkaufen, die den Windpark plant, hat Frau Plumhoff wohl von ihrer Recherche erzählt. Und gesagt, dass ihr jemand Geld geboten hätte, damit sie es vernichtet und die entsprechenden Fakten für sich behält. Es ist wohl genau der Windpark, den die ‹Frechen Friesen› so vehement verhindern wollen.»

«Is nicht wahr», staunt Schnepel.

Rudi nickt. «Doch. Is wahr. Und meine Jugendfreundin

hat sich daraufhin die Website der Bürgerenergiegesellschaft angeguckt. Und raten Sie mal, was der Initiator der Sache auf dem Eingangsfoto trägt?»

Rudi macht eine rhetorische Pause, bevor er die Bombe platzen lässt. Die Augen aller Soko-Mitglieder hängen an seinen Lippen, als er nun fortfährt: «Lodenmantel und Hut. Ein Gewehr hat er auch in der Hand, und ein Hund sitzt neben ihm.»

Einen Moment herrscht Schweigen im Raum. Dann übernimmt Haueisen wieder die Regie: «Müller, Sie durchforsten den Computer der Verstorbenen nach diesen Unterlagen. Bakker, Sie fragen Ihren Kumpel Freese und die Eltern von Antje-Marie Plumhoff, ob sie Kenntnis davon hatten, dass die Verstorbene an etwas gearbeitet hat, das gefährlich war. Und natürlich werden Sie sich Beatrix Freese vorknöpfen. Da kann alles auch wieder kippen, wenn die wirklich ein Verhältnis mit unserem ersten Toten hatte. Immerhin war sie Schützenkönigin und kannte das Versteck des Schlüssels von dem Motorboot der Hansens. Ich selbst werde beim Bürgermeister von Neuharlingersiel anrufen und ihn zu diesen Grundstücksdingen befragen.» Er schiebt den Stuhl zurück und steht auf. «So. Aber nun muss ich endlich zur Toilette.»

Klong! Rosa dreht sich im Bett auf die andere Seite. Klong! Sie blinzelt ins fahle Morgenlicht, noch ganz benommen von den seltsamen Träumen, die sie in der Nacht gehabt hat. Mehrmals stand sie allein unter gigantischen Windrädern. Richtig Angst hat sie bekommen, zwergengleich unter einem Riesen zu stehen, dessen Rotoren sich über ihr drehten. Klong! Was ist das denn? Verschlafen reibt sich Rosa die Augen. Schon wieder: Klong! Ist da jemand?

Rosa reckt den Hals und schaut aus dem Fenster. Dann lacht sie erleichtert auf. Das kleine Vogelhäuschen in Form eines Wohnwagens, das sie letzte Woche gekauft hat, wird vom Wind gegen die Fensterscheibe gedrückt. An stürmische Brisen hat Rosa nicht gedacht, als sie es direkt vor ihrem Schlafzimmerfenster aufgehängt hat. Sie öffnet das Fenster und greift nach der Schnur, an der es befestigt ist. Problem gelöst!

Im nächsten Augenblick liegt sie schon wieder unter ihrer warmen Daunenbettdecke und kuschelt sich ins Kissen. Sofort sieht sie die Windräder aus ihrem Traum vor sich. Jetzt nicht mehr so bedrohlich, aber immer noch einschüchternd groß. Eigentlich kein Wunder, dass sie von denen geträumt hat, nach dem, was sie gestern Abend alles über Windkraftanlagen gehört hat. Wilko Onneken und Ina Steffens haben sich auf der Versammlung ja mächtig ins Zeug gelegt und fortwährend gegen diese Anlagen gewettert. Wilko wirkte so energiegeladen und männlich, als er bei seinem Vortrag die Hände zu Fäusten ballte. Das hat ihr gefallen. Und von Schlagschatten hat Rosa vorher noch nie etwas gehört. Am interessantesten fand sie allerdings das Foto von der Homepage, das Dörte ihr später im Dattein auf dem Handy gezeigt hat.

Rosa wird ganz kribbelig, als sie an die Aufnahme denkt. Schon gestern Abend ist ihr klargewesen, dass sie der Sache selbst nachgehen muss. Bei dem, was Rudi heute alles auf dem Zettel hat, vergisst der das garantiert wieder oder schiebt es ganz nach hinten. Der hat gestern schon so ablehnend gewirkt. Sie wirft einen Blick auf den Wecker. Neun Uhr. Zeit, den Tag in Angriff zu nehmen.

Entschlossen schwingt sie die Beine aus dem Bett und marschiert mit nackten Füßen in die Küche, um sich eine Kanne grünen Tee aufzubrühen. Der vertreibt die letzte Müdigkeit. Kaum ist er durchgezogen, gießt sie sich eine Tasse ein und legt sich damit wieder ins Bett, den längst eingeschalteten Laptop nun auf den Knien. Sie geht auf die Homepage der Bürgerenergiegesellschaft Ostfriesland. Sich im Wind biegende Birken sind oben als Banner zu sehen. In der Mitte befindet sich das Foto vom Freiherrn von Ihlow. Natürlich hat Henner recht, dass viele Jäger so aussehen. Aber nicht jeder Jäger will einer Journalistin ein brisantes Dossier abkaufen, um seinen politischen Gegnern im wahrsten Sinne des Wortes den Wind aus den Segeln zu nehmen. Aber zugegeben, der Verdacht ist noch ein bisschen dünn. Da braucht sie mehr.

Rosa klickt auf das Feld «Projekte». Die vom Freiherrn gegründete Gesellschaft will Strom in der Region für die Region herstellen. Windstrom. Daran können und sollen sich die Bürger beteiligen. Die Devise lautet: «Einmischen! Entscheiden! Mitverdienen!» Hmmm. Rosa ist noch nie ein Freund von einpeitschenden Schlagwörtern gewesen. Wie soll das denn mit dem Mitverdienen gehen, fragt sie sich. Zuerst einmal entstehen doch Kosten. Selbst bauen können die Gesellschafter die Anlagen ja wohl kaum, also müssen sie sie bei irgendeiner Firma bestellen, deren Mitarbeiter die dann in Einzelteilen anliefern und aufbauen. Diese elendig langen Schwertransporte hat sie in den Abendstunden nicht nur einmal auf der Autobahn nach Hannover überholt, wenn sie ihre Eltern besucht hat.

Sie liest weiter. «Mit 1000 Euro sind Sie dabei!» Jetzt sieht Rosa schon klarer. Es geht um Geld. Man muss als Mitglied dieser Gesellschaft mindestens einen Pflichtanteil kaufen. Höchstens aber bekommt man zehn Anteile, erklärt Freiherr von Ihlow in einem Videobeitrag. Immerhin soll man für das geliehene Geld Zinsen bekommen. Dreieinhalb Prozent. Das ist mehr als auf jedem Sparkonto.

Rosa trinkt einen Schluck grünen Tee und überlegt. Aber nur kurz, dann weiß sie, was zu tun ist. Bis zum Ostereieranmalen mit dem Häkelbüdel-Club am Nachmittag hat sie noch viel Zeit.

Bevor Rudi und Schnepel zu Beatrix Freese fahren, ruft Rudi die Eltern Plumhoff an. Und Nobbi. Sicherheitshalber auch die Chefin der Zeitung, für die Antje-Marie gearbeitet hat. Aber keiner erinnert sich, dass Antje-Marie etwas Brisantem auf der Spur war.

«Sie hätte es mir gesagt», geben alle drei unisono zur Antwort, und Antje-Maries Chefin sagt sogar: «Wir haben uns vertraut. Wenn sie wirklich hinter einer kritischen Angelegenheit her war, hätte sie es mir gesagt. Allein schon, um sich abzusichern, falls ihr etwas zustoßen sollte. Allerdings sind wir nur das Sonntagsblatt. Wir betreiben keinen Enthüllungsjournalismus. Dennoch. Ich bin sicher, sie hätte mich informiert.»

«Das können wir also vergessen», sagt Rudi, nachdem er das letzte Telefongespräch geführt hat. «Nun sind unsere

Computerexperten am Drücker. Bin gespannt, ob die auf dem Rechner was finden.»

«Also fahren wir jetzt zu der Freese und fühlen ihr auf den Zahn!» Schnepels Augen glitzern vor Vorfreude. Solche Verhöre liebt er über alles. Im Unterschied zu Rudi.

Beatrix Freese ist nicht begeistert, als sie ihnen die Tür aufmacht.

«Sie schon wieder.» Dann wird sie blass. «Es ist doch nichts mit Nobbi? Ich hab seit Sonntag nichts von ihm gehört.»

«Keine Sorge», beruhigt Rudi sie. «Ihrem Mann geht es gut. Ich habe erst vorhin mit ihm telefoniert. Können wir reinkommen?»

«Natürlich.» Beatrix Freese tritt beiseite und führt sie gleich darauf ins Wohnzimmer. «Nehmen Sie bitte Platz. Worum geht es denn noch?»

Schnepel beugt sich vor und sieht sie mit stechendem Blick an. «Uns ist zu Ohren gekommen, dass Sie ein intimes Verhältnis zu Tjark Ukena unterhielten. Das lässt alles natürlich in einem ganz anderen Licht erscheinen. Was ...»

«Wie bitte?», fällt Beatrix Freese ihm ins Wort und sieht ihn empört an.

«Lassen Sie mich ausreden», poltert Schnepel los. «Rudi: Du schreibst mit.»

Artig zieht Rudi das Oktavheft und den Bleistift aus seiner Uniformtasche, während Schnepel schon weiterredet.

«Wollte Herr Ukena das Verhältnis beenden? Haben Sie ihn deshalb getötet? Und wo Sie nun schon mal dabei waren, dann auch Antje-Marie Plumhoff, damit der Weg zu Ihrem

Mann wieder frei ist? Es muss für Sie als Schützenkönigin doch ein Leichtes gewesen sein, die beiden zu treffen. Erklären Sie uns nur, warum Sie auch noch Edo Wiemken getötet haben.»

Nachdem Beatrix Freese ihren ersten Schreck verarbeitet hat, lacht sie auf. «Ich und Tjark? Wer hat Ihnen denn den Unsinn erzählt! Wir sind nicht mal besonders gut miteinander befreundet. Wir kennen uns, so wie man sich kennt, wenn man mit der Frau befreundet ist.»

«Ha! Sie lügen! Wir haben Zeugen, die erklären, Sie und Ukena hätten sich mehrfach getroffen und auch geküsst!» Schnepel springt auf.

Beatrix Freese blickt zu ihm hoch. «Dass ich Ukena ein paarmal getroffen habe, will ich gar nicht bestreiten. Das war stets vor den Treffen der ‹Frechen Friesen›.»

«Ein Versuch, Ihre Rendezvous zu tarnen!», trumpft Schnepel auf.

«Unsinn. Es passte einfach nur gut. Ich habe Tjark gebeten, mir dabei zu helfen, eine Motorradreise für meinen Mann und mich zu organisieren. Einmal die legendäre Route 66 entlang. Das war immer schon Nobbis Traum. Ich wollte ihm die Reise zu unserer Silberhochzeit schenken. Damit Nobbi aber auch wirklich nichts davon mitkriegt, hat Tjark alles übernommen. Er hat Veranstalter kontaktiert, Flüge und Zimmer gebucht, ein Motorrad reserviert, auf dem ich als Sozius mitfahren kann, Unterlagen über die einzelnen Etappen zusammengestellt ... Das war total lieb von ihm. Und natürlich haben wir dabei die Köpfe zusammengesteckt, gelacht, und als er mir die Buchungsbestätigung zeigte, habe ich ihm auch einen Kuss gegeben. Auf die Wange!

Mehr war da nicht. Wirklich nicht.» Sie wirkt völlig entspannt.

Schnepel wirft Rudi einen bitterbösen Blick zu, dann sagt er: «Ich nehme Ihre Aussage erst einmal zur Kenntnis.»

«Von Ihlow», meldet sich die Stimme am anderen Ende der Leitung.

«Wie schön, dass ich Sie gleich erreiche.» Sagt man nun Herr Freiherr von Ihlow oder nur Freiherr oder Freiherr von Ihlow, wenn man ihn anredet? Rosa umschifft die Etikette und stellt sich ihrerseits vor. «Mein Name ist Rosa Moll, und ich wohne in Neuharlingersiel. Von Bekannten habe ich von Ihrem interessanten Windparkmodell gehört. Ich wäge zurzeit Möglichkeiten ab, mein Kapital zu investieren, und könnte mir vorstellen, Mitglied bei Ihnen zu werden.»

«Großartig! Das höre ich gerne, gnädige Frau. Und Sie haben Glück. Wir haben noch einige wenige Gesellschaftsanteile frei.»

«Ein paar Fragen hätte ich zuvor allerdings noch an Sie. Vor allem wegen dieser Darlehen. Finanzielle Engagements müssen ja sorgfältig abgewogen werden. Eine Risikoanalyse, Sie verstehen?» Rosa wundert sich selbst, in welcher Ecke ihres Gehirns diese Ausdrücke versteckt gewesen sind.

«Nur zu», sagt der Mann mit der jovialen Stimme. «Wir haben nichts zu verbergen und können ganz offen reden.»

«Bitte haben Sie Verständnis, aber über finanzielle Dinge rede ich nicht so gerne am Telefon, schon gar nicht, wenn es um größere Summen geht. Heutzutage sind doch die Verbindungen nicht mehr sicher. Überall wird abgehört und spioniert.» Sie macht eine kurze Pause und gibt ihm Gelegenheit zum Widerspruch. Als der nicht kommt, sagt sie: «Können wir uns vielleicht kurzfristig persönlich treffen?» Hoffentlich ist sie nun nicht zu direkt geworden. Schließlich steht ja alles zum Windpark im Internet.

«Aber gerne doch. Wann passt es Ihnen denn?»

Rosa atmet erleichtert auf. Von Ihlow ist nicht misstrauisch geworden. Bestens. «Ich könnte heute Vormittag», sagt sie schnell, damit er es sich nicht noch anders überlegt.

«Ja, das lässt sich einrichten.» Er gibt ihr seine Privatadresse in Ihlow durch. «Mein Haus liegt im Ortsteil Westerende-Holzloog. Hier befindet sich übrigens auch der Mittelpunkt Ostfrieslands. Gekennzeichnet durch einen Findling. Das sollten Sie sich nicht entgehen lassen.»

«Das ist ja interessant. Den werde ich mir anschließend natürlich auch noch gleich ansehen», beeilt sich Rosa pflichtschuldigst hinzuzufügen. Mittelpunkt Ostfrieslands. Wenn die sich da man nicht ein bisschen zu wichtig nehmen. Sie rollt mit den Augen, aber das kann der Freiherr ja nicht sehen.

Um als kapitalstarke Investorin vom Freiherrn ernst genommen zu werden, durchstöbert Rosa ihren Kleiderschrank. Das knallrote Kleid ist zu tief ausgeschnitten. Das blaue Kostüm erscheint ihr angemessener. Dazu die weiße Bluse mit den blauen Punkten. Wegen Dörtes Fimmel mit gepunkteten Blusen und Kleidern hat Rosa dieses Geschenk ihrer Mutter schon eine ganze Zeit nicht mehr getragen. Aber für den Auftritt als Geschäftsfrau erfüllt sie ihren Zweck. Nach der Kleiderfrage geht es ums Make-up. Das ist mindestens genauso wichtig. Dezent, aber perfekt. Und nun die Haare. Mit Lockenbrenner und Gel moduliert sie die Frisur, die sie neulich bei der Frau des französischen Premierministers im Fernsehen bewundert hat. Eine Stunde später ist Rosa mit ihrem Spiegelbild zufrieden. Nun nur noch ein heller Lippenstift. Jetzt stimmt alles. Bleibt die Frage, ob sie mit Aktentasche losgehen soll oder ohne. Sie entscheidet sich für ihre extragroße Handtasche. Da kann sie auch ihr Handy gut drin verstecken, um das Gespräch aufzunehmen.

Henner radelt gerade auf sein Haus zu, um bei Rosa den Werbebrief des ADAC in den Briefkasten zu werfen, als er seine Nachbarin aus der Tür kommen sieht. In einem Kostüm, mit passenden Pumps und einem leichten Trenchcoat steuert sie auf ihren Fiat zu. Er hebt die Augenbrauen und sieht sie mit offenem Mund an. «Moin. Wo willst du denn hin?» In diesem Aufzug. Das verkneift sich Henner aber.

«Ich habe einen Geschäftstermin wegen einer größeren Investition», sagt Rosa und kichert.

«Gehste jetzt unter die Unternehmerinnen?» Henner drückt ihr den Brief gleich selbst in die Hand. Bei Rosa wundert ihn langsam gar nichts mehr. Sie ist für jede Überraschung gut.

«Nein, unter die Windparkbetreiber.»

«Ah, daher weht der Wind!» Dörte hat Rosa gestern Abend mit ihrem Handyfoto ganz kirre gemacht, das hat er gleich gemerkt. Henner schiebt Berta ein Stück weiter, bleibt dann jedoch stehen und dreht sich noch einmal um. «Weiß Rudi, dass du wieder einen Alleingang machst?»

«Natürlich nicht. Der hat doch zu tun. Und kann sich vor

lauter Arbeit nicht um die wirklich wichtigen Dinge kümmern. Außerdem ist es kein Alleingang. Ich möchte Geld investieren und mich vorher erkundigen. Das ist alles.»

Das kommt jetzt schon wieder ziemlich spitz von Rosa. Als wenn Rudi wichtige Sachen extra nicht bearbeiten würde. Das ist doch völliger Blödsinn. Genau wie ihre Undercover-Aktionen. «Ich finde es nicht gut, dass du da erneut auf eigene Faust was unternimmst.»

«Papperlapapp. Wie gesagt: Ich erkundige mich wegen des Windparks. Und vielleicht erfahre ich ja auch ganz zufällig etwas, was Rudi weiterhilft. Die Zeit drängt schließlich», wischt Rosa seine Bedenken zur Seite. «Es gibt immerhin schon drei Tote.»

«Hoffentlich nicht bald vier», brummt Henner.

«Wie meinst du das?» Rosa horcht auf.

«Denk doch mal nach.»

Sie wirft ihm einen wütenden Blick zu, hält aber ausnahmsweise den Mund.

«Wär ja nicht das erste Mal, dass Rudi dich aus einer gefährlichen Situation retten muss», sagt Henner schließlich, steigt auf sein Postrad und radelt zum nächsten Haus.

Rosa hat die Adresse in ihr Navi eingegeben. Die Fahrt wird etwa eine Dreiviertelstunde dauern. Der Himmel ist grau verhangen, und nichts deutet daraufhin, dass die Sonne sich heute noch zeigt. Im Gegenteil. Hinter Esens setzt leichter Nieselregen ein, der bei Aurich noch stärker wird. Auf dem Navi entdeckt Rosa den Hinweis zum Mausoleum der Familie Cirksena. Das ist doch auch einer von diesen Häuptlingsstämmen. Die ganze Gegend ist ja voll davon, wundert sie sich. Ist wie ein Wespennest. Kaum hat man da mal reingestochen, wimmelt es nur so von all den Namen und Geschichten. Auch der Freiherr hat am Telefon gleich davon angefangen.

Hinter Aurich biegt sie links ab. Nun ist es nicht mehr weit, sagt ihr Navi. Und das hat recht. Fünf Minuten später fährt sie auf die Auffahrt zu einer herrschaftlichen Villa aus den dreißiger Jahren. Das Haus ist aus rotem Klinker, mit einem hübschen Erkervorbau. Hinter den weißen Sprossenfenstern stehen zierliche Buchsbäumchen in Blumentöpfen und Lampen mit gestreiften Schirmen. Alles wirkt sehr gediegen. Und gepflegt. Akkurat in Kegelform geschnittene Tuja-Bäume reihen sich zur immergrünen Mauer aneinander. Die Pflanzen sind zwar ein Hingucker, aber Rosa mag die giftigen Zypressenbäume mit dem eher angestaubten Image nicht. Zu dem Klinkerbau und der imposanten Freitreppe passen sie allerdings.

Sie steigt mit ihren Pumps vorsichtig die Stufen hoch und sucht nach der Klingel neben der eichenen Haustür. Findet jedoch keine. Dafür hängt da eine außergewöhnliche Ziehklingel aus Messing. So etwas hat sie noch nie gesehen. Rosa bewegt den Griff, zieht ihn nach unten und erschrickt sich fast über das klirrende Geläute. Wenige Augenblicke später wird die Tür geöffnet.

Kriminalhauptkommissar Siegfried Haueisen betritt den Sielhof. Die freundliche Bedienung führt ihn im Rokokozimmer an einen Tisch in der Nähe des Kachelkamins und reicht ihm die Speisekarte. Gerade will er sie aufschlagen, da kommt schon sein Skat-Kumpel und Bürgermeister Neuharlingersiels Hillrich Waalkes.

«Moin Siegfried», grüßt er, «das ist ja mal 'ne nette Idee, das Nützliche mit dem Angenehmen zu verbinden. Sollten wir öfter machen.»

Sie bestellen sich ein alkoholfreies Bier und studieren die Karte. Haueisen wird schnell fündig. «Ich nehm den Emder Matjes mit grünen Bohnen und Bratkartoffeln.»

Hillrich klappt die Karte zu. «Klingt verlockend. Ich nehme die Sieler Platte. Scholle und Seezunge krieg ich zu Hause sonst nicht. Hilke sagt, die ganze Bude stinkt dann drei Tage, wenn sie Fisch brät.» Die Bedienung notiert die Bestellungen und entfernt sich. Kurz darauf kommt sie mit den Getränken wieder. «Zum Wohl.» Beide Männer erheben das Glas und nehmen einen Schuck.

«Nun schieß schon los», sagt Hillrich, «womit kann ich dir denn helfen? Du sagtest, es dreht sich um die Aufklärung der drei Todesfälle?»

«Ja. Übereinstimmend ist bei allen drei Opfern, dass sie mit den ‹Frechen Friesen› zu tun hatten. Gestern nun war wieder eine Versammlung dieser Vereinigung, zu der ich einen meiner Mitarbeiter geschickt habe.» Das stimmt zwar nicht, aber Haueisen will sich nicht die Blöße geben, einzugestehen, dass Bakker auf eigene Faust ermittelt hat. «Dabei ist herausgekommen, dass die Wählervereinigung zwei Projekte verhindern will. Kannst du mir dazu Näheres sagen?»

Waalkes nickt. «Ukena und Wiemken haben uns das Leben ganz schön schwer gemacht. Sie waren sozusagen das

Zünglein an der Waage bei den Ratsabstimmungen. Mit ihrer Unterstützung hätten wir die Projekte umsetzen können, aber alles deutete darauf hin, dass sie bei der Ratssitzung am nächsten Donnerstag gegen die Projekte gestimmt hätten.»

«Es geht um einen Windpark, oder?»

Die Bedienung bringt den kleinen Salat für den Bürgermeister. Er schiebt ihn ein Stück beiseite. «Nicht nur. Es geht auch um den Bau eines Logistik-Zentrums für ein großes Versandkaufhaus. Da soll die Bebauungsplanänderung beschlossen werden. Es ist eigentlich alles in trockenen Tüchern, die meisten der Eigentümer, die das betrifft, sind einverstanden, zumal sie einen lukrativen Quadratmeterpreis für ihre Äcker erhalten. Nur einer weigert sich hartnäckig zu verkaufen.»

«Der Bauer, der auf Edo Wiemken losgegangen ist?»

Hillrich Waalkes sieht Haueisen anerkennend an. «Nicht schlecht, eure Arbeit. Dass das auch bis zu euch vorgedrungen ist ... Nein, der Bauer ist es nicht. Der will ja verkaufen. Sein Nachbar weigert sich. Der hat auf seinem Acker angeblich Überreste einer alten Burg entdeckt und will die nun ausgraben lassen. Absoluter Unfug. Im Umkreis von fünf Kilometern hat hier keine Burg gestanden. Sonst wäre das ja überliefert. Ich hab dem Bauherrn schon vorgeschlagen, die sollen mal mit einer ordentlich gefüllten Brieftasche zu dem gehen. Nach dem Motto: Nur Bares ist Wahres. Vielleicht lässt er sich dann zum Kauf überreden.»

«Und wenn nicht?»

Die Bedienung kommt mit dem Hauptgericht. Es duftet köstlich, und sofort greifen Haueisen und Waalkes zu ihrem Besteck.

«Dann können Bauherr und Architekt einpacken», sagt Waalkes mit vollem Mund.

Rosa erkennt den Mann vom Foto der Homepage sofort wieder.

«Freiherr von Ihlow», begrüßt sie ihn, nun deutlich sicherer in der Anrede als vorhin am Telefon. «Wie schön, dass Sie Zeit für mich haben.»

Er schüttelt die ihm entgegengestreckte Hand. «Frau Moll, richtig?»

Rosa folgt ihm durch den quadratischen Eingangsbereich, der mit polierten Mahagonimöbeln ausgestattet ist, in einen Raum, den sie als Bibliothek bezeichnen würde. Bücherwände gehen an allen Wänden bis zur Zimmerdecke, in kaum einer Reihe findet sich eine Lücke. Im Gegenteil, auch auf dem Parkettfußboden stapeln sich Bücher. Viele davon sehen sehr alt und kostbar aus. Im Raum hält sich ein Geruch, den Rosa sonst nur aus alten Bibliotheken kennt. Eine Mischung aus Staub, Papier und auch ein bisschen Leim – verheißungsvoll, aber auch ein wenig muffig. Nicht gerade die Duftnote, aus der man ein Parfüm machen würde, aber eine, die viele mögen. Sie auch.

Sie nimmt an einem runden Tisch Platz, auf dem sich Prospekte stapeln. Bei genauerem Hinsehen erkennt sie, dass es sich um Werbemittel für den Windpark handelt. Gleich neben einem Tablett mit zwei Teetassen, Zuckertopf und Sahnekanne, einem Stövchen und der zum Service passenden Teekanne mit der ostfriesischen Rose. Bevor sie etwas sagen kann, hat sie schon den Kluntje in der Tasse, und die ostfriesische Teezeremonie nimmt ihren Lauf. Besser sie sagt jetzt nichts, sondern lobt nur ihren Gastgeber. Nach ein paar weiteren Floskeln kommt der Freiherr dann selbst zielgerade auf den Windpark zu sprechen.

«Ich finde es schön, wenn auch junge Frauen Geschäftssinn entwickeln und bereit für Investitionen sind. An welche Summe hatten Sie denn gedacht?»

Nach dem leckeren Mittagessen würde Haueisen sich am liebsten für ein Nickerchen auf die Couch legen. Aber er muss wohl oder übel ins Büro zurück.

Im Polizeikommissariat angekommen, zieht er sich einen Kaffee aus dem Automaten. Auch wenn der sicher nicht so gut schmeckt wie der aufgebrühte im Sielhof-Restaurant. Aber egal, Koffein macht wach.

Mit dem Pappbecher in der Hand stiefelt er in sein Büro hoch. Nachdenklich blickt er auf das Whiteboard. Durch die Informationen von Hillrich erhärtet sich der Verdacht, dass die Taten mit der Politik der «Frechen Friesen» zu tun haben. Wenn er den Bürgermeister richtig verstanden hat, geht es bei den Projekten um eine Menge Geld. Das Telefon auf seinem Schreibtisch klingelt. Er stellt den Becher ab und greift zum Hörer. «Haueisen.»

«Müller hier. Wir haben ein umfangreiches Dokument auf dem Laptop der Plumhoff gefunden, das sich mit den Plänen zum Windpark und dem Logistik-Zentrum befasst. Sie hat darin geschrieben, dass es durch die Umwidmung der Grundstücke bei beiden Projekten zu einer zwar geringen, aber doch zu einer Überschneidung mit einem Naturschutzgebiet käme. Und das ist nicht zulässig. Der Naturschutz darf nicht einfach so umgangen werden. Denken Sie an den Ärger, den es mit der illegalen Straße bei Bensersiel gegeben hat. Da macht sich doch das ganze Land lustig drüber, man nennt sie bereits den ‹längsten Schwarzbau Deutschlands›», fügt er hinzu. «Das wollte ich nur schon mal durchgeben, wir werden das Dokument noch genauer auseinandernehmen. Ich melde mich dann wieder.»

«Danke.» Haueisen legt den Hörer auf. Na also. Es geht um die Grundstücke. Um Naturschutz, der unter den Tisch fallen soll. Das hätte Hillrich ihm aber auch sagen können, der wird es sicher wissen. Tja, Politiker. Geben nur das zu, was man ihnen beweisen kann. Haueisen tritt ans Whiteboard, schreibt ganz groß «Naturschutzgebiet» an die Tafel und kringelt es mit einem dicken roten Stift ein. Dann greift er zum Telefon und ruft Schnepel an.

Der ist aber schnell beim Geld, wundert sich Rosa. Sieht sein Geschäftsmodell vielleicht gar nicht so rosig aus, und er braucht Nachschüsse?

«Die Höhe der Summe, die ich investieren möchte, hängt von der Risikoabwägung ab. Wenn ich davon überzeugt bin, kann ich bis an mein Limit gehen.» Gut, dass der Freiherr nicht weiß, dass sich ihr Sparkontostand bei knapp 1200 Euro bewegt. «Wo genau soll denn der Windpark entstehen?»

«Zwischen Esens und Neuharlingersiel liegt das Gelände. Unsere Ostfriesische Halbinsel bietet zwar überall gute Windbedingungen, aber dort ist es perfekt. Ich habe unter anderem auch schon erste Gespräche mit der Firma Enercon geführt.»

Als er Rosas verständnislosen Blick bemerkt, ergänzt er. «Das ist der weltweit fünftgrößte Hersteller von Windrädern. Mit Sitz und Produktion hier in Aurich. Da ist der Weg natürlich kürzer, und wir ...»

«Bevor wir über die konkreten Windräder reden, würde mich etwas anderes interessieren», unterbricht Rosa ihn. «Wie sieht es mit der Genehmigung dieser Anlage aus?»

«Wieso Genehmigung?», fragt der Freiherr und gießt sich noch eine Tasse Tee ein. «Sie auch?»

Rosa schüttelt den Kopf. «Danke. Haben der Rat und die Behörden bereits grünes Licht für das Projekt gegeben?»

Freiherr von Ihlow kneift die Augen zusammen. «Wieso fragen Sie?», zischt er und presst seine Lippen aufeinander.

«Weil ich gestern auf der Versammlung der ‹Frechen Friesen› war. Und da hörte sich das ganz und gar nicht danach an, als wäre das Projekt schon in trockenen Tüchern. Im Gegenteil. Dort redete man darüber, wie man das Projekt verhindern kann.»

Nun funkeln die Augen des Freiherrn vor Zorn. Klirrend stellt er seine Teetasse auf den Tisch. «Freche Friesen», brüllt er. «Spinner sind das! Kleingeister!» Seine Adern am Hals schwellen an, sein Kopf ist hochrot. «Reden von Dingen, von denen sie keine Ahnung haben. Manipulieren, indoktrinieren ...» Er redet sich in Rage, und Spucketropfen spritzen aus seinem Mund. «Die wissen nichts», sagt er schließlich.

Rosa wartet einen Moment, ehe sie das Wort ergreift.

«Vielleicht», sagt sie und spitzt ihre Lippen, «weil Sie diese Gruppierung auch gerne dumm halten. Weil Sie das Dossier von Antje-Marie Plumhoff lieber kaufen und vernichten wollten, als sich mit den Argumenten der Gegner auseinanderzusetzen.»

Für einen Moment verschlägt es dem Freiherrn die Sprache, aber er fängt sich schnell. «Wie kommen Sie darauf? Sind Sie etwa auch eine von diesen neugierigen Pressetanten?» Er wartet keine Antwort ab, sondern beugt sich zu Rosa vor. «Passen Sie lieber auf. Wer andern eine Grube gräbt ...»

Der Regen wird heftiger, als Rudi und Schnepel beim Haus des Freiherrn vorfahren. Rudi glaubt seinen Augen nicht zu trauen: Rosas Fiat steht am Straßenrand. Was will die denn hier?

Nicht gerade gutgelaunt läuft Rudi neben Schnepel her zum Eingang. Es regnet inzwischen, als ob jemand eine Gießkanne über ihnen auskippt. Schnepels Haare sind schon pitschnass, Rudi hat zum Glück seine Dienstmütze auf. Nach vergeblichem Suchen nach einem Klingelknopf zieht er einfach an der Stange aus Messing, die neben der Eingangstür befestigt ist. Solche Klingeln hat er in Holland schon oft gesehen.

«Moin, Herr von Ihlow», grüßt Schnepel knapp, als der Freiherr ihnen öffnet. Ihm pladdert immer noch der Regen auf den Kopf. «Kripo Wittmund. Wir müssen mit Ihnen reden.»

Erfreulicherweise stellt der Hausherr keine langatmigen

Fragen, sondern tritt einfach nur einen Schritt zurück und lässt sie eintreten. Ganz schön leichtsinnig. Weiß doch jeder, dass Ganoven mittlerweile nicht mehr davor zurückschrecken, sich sogar als uniformierte Polizeibeamte auszugeben.

«Dürfte ich bitte Ihre Dienstausweise sehen», fordert der Freiherr nun aber doch. «Worum geht es? Ich habe Besuch.»

Als Rosa die Stimmen von Rudi und Schnepel hört, ist sie unsicher, wie sie sich verhalten soll. Aufstehen und in den Flur treten? Oder still sitzen bleiben? Andererseits: Worauf soll sie warten? Die Reaktion des Freiherrn gerade war ja wohl deutlich genug. Wer weiß schon, was der noch mit ihr anstellt, wenn Rudi und Schnepel wieder weg sind. Wenn er wirklich der Täter ist, wird er vor einem vierten Mord nicht haltmachen. Hat Rudi ihr Auto gesehen? Ahnt er, dass sie im Haus ist?

Kurzentschlossen schnappt Rosa sich ihre Handtasche und steht auf. Sicher ist sicher, denkt sie und läuft in die Diele hinaus, direkt auf die drei Männer zu. Schnepel guckt sie entgeistert an, ist aber zu perplex, um etwas zu sagen. Rudi presst die Lippen zusammen und schüttelt unmerklich den Kopf.

Forsch sagt sie: «Entschuldigung, Herr von Ihlow, ich habe Ihre Zeit nun schon über Gebühr in Anspruch genommen und denke, ich sollte mich zurückziehen, wo Sie nun anderweitig Besuch haben. Wir können wegen der besagten Angelegenheit ja noch einmal telefonieren.» Sie reicht dem Freiherrn die Hand und nickt Rudi und Schnepel zu, als würde sie die beiden nicht kennen. «Einen schönen Tag allerseits.»

Bei dem Gegenwind muss Henner ordentlich in die Pedale treten. Er hat sich Regenhose und Regenjacke angezogen und seine Kappe tief in die Stirn gezogen, als es zu gießen begann. So gern er sonst mit Berta die Post verteilt, an solchen Tagen bedauert er es schon, dass er kein Postauto hat. Kein Schwein ist jetzt freiwillig draußen.

Für die Fischereigenossenschaft hat er heute zwei Briefe. Er reicht die Post über die Theke und bestellt sich gleich noch ein Krabbenbrötchen und einen Kaffee. Das verspeist er genüsslich in der Hoffnung, dass der Regen gleich aufhört. Tut er aber nicht. Im Gegenteil, der ist sogar noch stärker geworden. Es hilft alles nichts. Henner zieht den Reißverschluss seiner Regenjacke hoch, steigt wieder auf seine Berta und radelt so schnell er kann die Straße entlang. Atemlos erreicht er das Gebäude der Versicherung und stellt sein Rad unter dem Vordach ab. Mit klammen Fingern sucht er die Briefe heraus. Morgen zieht er sich Handschuhe an.

Kaum steht er vor der Eingangstür, wird sie auch schon aufgestoßen und knallt Henner gegen die Schulter. Henner starrt in das wutverzerrte Gesicht eines Mannes, der laut vor sich hin schimpft. «Diese Idioten ... verdammte Scheiße ... haben keine Ahnung ...» Der Mann in den Sechzigern mit grauem Dreitagebart und runder Nickelbrille murmelt kein Wort der Entschuldigung, sondern rennt einfach weiter zum Parkplatz, auf einen schwarzen Range Rover zu. Henner schaut ihm entgeistert hinterher und reibt sich die Schulter. Scheint nicht sein Tag zu sein. Dann dreht er sich um und betritt das Gebäude.

Dörte sitzt am Empfangstisch. Sie trägt eine rotgepunktete Bluse. Damit sieht sie fast aus wie ein Fliegenpilz.

«Moin Henner!» Sie strahlt ihn an.

«Moin.» Henner reicht ihr die Briefe über den Tresen. «Was haste denn mit dem Mann gemacht, der hier gerade rausgelaufen ist.»

«Wieso?»

«Der sah ja aus, als säße ihm der Teufel im Nacken.»

Dörte verzieht den Mund zu einer Schnute. «Nun übertreib mal nicht. Vielleicht wie zehn Tage Regenwetter. Höchstens.» Sie legt die Briefe auf ihren Arbeitsplatz und beugt sich zu ihm vor. «Aber Spaß beiseite. Der Kerl kann einem leidtun. Der hat vor ein paar Wochen seine Lebensversicherung aufgelöst. Und nun wollte er das Gleiche mit der von seiner Frau machen. Er scheint echt finanzielle Probleme zu haben. Aber das kann der natürlich nicht einfach so machen. Das muss die schon selber veranlassen. Oder ihm zumindest eine Vollmacht geben.» Den letzten Satz hat sie geflüstert. «Das darf ich dir natürlich gar nicht sagen. Das sind Interna. Aber ich weiß das ja auch nur, weil der vorhin durchs ganze Treppenhaus gebrüllt hat.»

«Hm, so spannend ist das ja nun auch nicht», sagt Henner. «Tschüs denn.»

«Wir treffen uns doch heute Nachmittag zum Ostereieranmalen bei deinen Eltern auf dem Hof, oder?»

«Ich kann mit so kleinen fummeligen Pinseln gar nicht umgehen.»

«Aber du könntest die Eier ausblasen.»

«Hat Muddern mir auch schon gesagt.»

Rudi bemerkt eine gewisse Erleichterung beim Hausherrn, als Rosa geht. Was die wohl hier wollte? Eigentlich klar, warum wundert er sich nur darüber. Sie bekam gestern Abend so ein Leuchten ins Gesicht, als Dörte von dem Dossier erzählte. Ob sie wohl etwas herausgefunden hat?

«Herr von Ihlow», beginnt Schnepel, nachdem sich die Tür hinter Rosa geschlossen hat. «Wo waren Sie am Donnerstag gegen 17 Uhr? Und am Samstagvormittag? Und am Sonntag gegen 17 Uhr?»

Noch immer stehen sie im Flur. Von Ihlow macht keine Anstalten, sie weiter hereinzubitten. «Warum wollen Sie das wissen?»

«Sie werden sicher von den drei Morden gehört haben», sagt Schnepel unbeirrt.

«Und was hat das mit mir zu tun?» Der Hausherr verschränkt die Arme vor der Brust.

«Sie ...», Schnepels Zeigefinger stößt wie ein Florett nach vorn, «Sie haben versucht, Frau Plumhoff ein Dossier abzukaufen, das sie über Ihren geplanten Windpark erstellt hat. Sie ...», wieder fuchtelt er mit dem Zeigefinger vor Ihlows Brust herum, «wollten verhindern, dass Ukena und Wiemken im Gemeinderat gegen Ihr Projekt stimmen. Das steht alles in den Unterlagen, die wir auf dem Computer der Getöteten sichergestellt haben. Sie ...», der Zeigefinger richtet sich jetzt mehr auf das Gesicht seines Gegenübers, «haben Frau Plumhoff und die Ratsmitglieder getötet, nachdem die junge Frau abgelehnt hat, Ihnen das Material zu verkaufen. Weil Sie mit allen Mitteln verhindern wollten, dass der Gemeinderat dahinterkommt, dass Sie den Windpark illegal auf Naturschutzgebiet bauen wollen.»

«Sie haben ja eine Meise», sagt von Ihlow gelassen. «Und nehmen Sie gefälligst Ihren Zeigefinger weg.» Er blickt Schnepel vollkommen ruhig an. «Der Bürgermeister der Gemeinde und der Vorsitzende des Samtgemeindeausschusses haben mir zugesichert, dass es keine Probleme gibt, Ausgleichsflächen für das wirklich nur klitzekleine Stück Naturschutzgebiet zu schaffen, das von meinem Projekt betroffen ist. Wir reden da von nicht einmal 1000 Quadratmetern. Dafür stelle ich an anderer Stelle eine Fläche von 10 000 Quadratmetern als Ausgleich zur Verfügung. Von Seiten der Behörden ist das alles abgesegnet.»

«Ausflüchte», sagt Schnepel abwertend. «Nichts als Ausflüchte. Wo waren Sie denn zu den Zeitpunkten der Taten?» Er klingt, als wäre er mitten in einer Partie Schach und würde den letzten Zug zum Schachmatt vorbereiten.

Von Ihlow lächelt gelangweilt. «Auf Mallorca. Mit meiner Fahrradclique. Zehn Tage. Ich bin erst am späten Sonntagabend zurückgekommen. Sie können gerne meine Reisebegleiter fragen. Alles Herren mit gutem Ruf.»

Rudi blickt zu Schnepel, der die Augen zusammenkneift. Immer noch liegt etwas Lauerndes in seinem Blick. «Wir bestehen darauf, sämtliche Reiseunterlagen zu sehen. Und die Namen Ihrer Mitreisenden brauchen wir auch», versetzt Schnepel angesäuert.

Kaum erreichen sie das Polizeikommissariat, hört der Regen auf, und die Sonne schiebt sich zwischen den Wolken hervor, als wäre sie nie fort gewesen. Rudi nimmt die nasse Dienstmütze ab. Schnepels fisselige Haare, wenn man bei dem Haarkranz überhaupt noch von Haaren reden kann, sind auf der Rückfahrt getrocknet. Kein Wunder. Die Heizung im Auto lief auf Höchsttouren.

Haueisen ist genauso enttäuscht wie Rudi und Schnepel, als er vom Alibi des Freiherrn erfährt. «Schade. Er kann die drei also nicht selbst getötet haben. Vielleicht aber hat er die Morde in Auftrag gegeben. Wäre ja nicht der Erste, der so etwas macht. Hat er denn zugegeben, Frau Plumhoff Geld für das Dossier angeboten zu haben?»

«Also wenn Sie jetzt so direkt fragen», windet sich Schnepel, «das haben wir ihn gar nicht mehr gefragt, als er von seiner Reise angefangen hat. Ich hab gedacht, das wär nun nicht mehr wichtig.»

«Schnepel, Schnepel, das mit dem Denken müssen wir noch üben.»

Mit hochrotem Kopf schnappt Schnepel wie ein Frosch nach Luft.

Haueisen kratzt sich am Kopf. «Nun gut. Wir werden herausfinden, ob von Ihlow das Dossier kaufen wollte. Die von der KTU sollen in den Mails der Plumhoff nachsehen. Vielleicht kam das Kaufangebot auf diese Art. Auch wenn ich mir das nicht vorstellen kann. Da wäre der Freiherr ja schön blöd. Müller soll sich noch einmal die Telefonliste ihres Handys vornehmen. Vielleicht taucht dort eine Nummer auf, die wir von Ihlow zuordnen können. Erst dann kriegen wir eine Handhabe, ihn genauer unter die Lupe nehmen zu können.» Er hält inne. «Ich habe auch ein paar interessante Neuigkeiten.»

Ausführlich berichtet er von dem, was er beim Mittagessen vom Bürgermeister erfahren hat. «Machen Sie sich also auf den Weg zu diesem Hof, auf dem der Eigentümer Überreste einer Burg aus der Häuptlingszeit gefunden haben will. Er ist übrigens der Einzige, der sein Grundstück nicht verkaufen will. Wenn er stur bleibt, scheitert das ganze Projekt, hat mir Bürgermeister Waalkes verraten.»

Rudi sieht den Chef erstaunt an. «Und der lebt noch?»

«Wie meinen Sie das?» Haueisen zieht die Augenbrauen zusammen.

«Na ja», antwortet Rudi. «Wenn er nicht verkaufen will und, wie Sie sagen, er der Einzige ist, der einem Grundstücksverkauf nicht zustimmt – diese Sache aber vielleicht das Motiv hinter den Morden ist –, dann frage ich mich, warum er noch lebt. Und nicht ebenfalls oder sogar als Erster erschossen wurde.»

«Da haben Sie recht, Bakker. Also: Fahren Sie mit Schnepel zu diesem Wilko Onneken, und finden Sie heraus, was dahintersteckt. Hier ist seine Adresse.»

Schnepel nickt eilfertig. «Vielleicht ist er auch der Täter.»

Keine Reaktion, als Rudi auf den Klingelknopf am Haus von Wilko Onneken drückt. Als er den Namen gehört hat, hat es bei ihm gleich Klick gemacht. Dumpf erinnert er sich, dass Rosa und seine Schwestern erzählt haben, dass der Historiker sie bei der Besichtigung der Manninga-Burg begleitet hat. Rosa ist ja ganz Feuer und Flamme von ihm gewesen.

Und die hat ein Gespür für Menschen. Da liegt Schnepel mit seiner Vermutung garantiert völlig daneben, vor allem, wo der Onneken doch nun selbst Vertreter der «Frechen Friesen» ist. Rudi klingelt ein zweites Mal.

Wieder keine Reaktion.

«Der ist nicht da», stellt Schnepel lakonisch fest. «Müssen wir also warten. Mist, dass wir keine Thermoskanne mit Kaffee dabeihaben.»

Er setzt sich ins Auto, zieht seine Sonnenbrille aus der Brusttasche seines Sakkos und schiebt sie sich auf die Nase, obwohl die Sonne sich nur alle paar Minuten in einer Wolkenlücke zeigt und obendrein nur durchs Heckfenster ins Auto dringt. Aber vermutlich gehört es für Schnepel dazu, beim Überwachen oder Warten eine Sonnenbrille zu tragen. Als Tarnung, sozusagen. Der guckt einfach zu viele Filme. Rudi setzt sich auf den Beifahrersitz, nimmt sein Handy und tippt auf die Kurzwahl für Rosa.

«Na du», sagt sie neugierig, anstatt sich mit Namen zu melden, «habt ihr denn was rausbekommen bei dem Ihlow?»

«Wie man's nimmt.»

«Ist er es gewesen, der die drei erschossen hat? Mir gegenüber reagierte er jedenfalls recht angefasst, als ich ihn auf das Dossier von Antje-Marie angesprochen hab. Darum hab ich die Gelegenheit genutzt und mich vom Acker gemacht, als ihr gekommen seid. Wer weiß, was der noch mit mir gemacht hätte, wenn er wirklich der Mörder ist.» Jetzt spürt Rudi eine gewisse Anspannung in ihrer Stimme.

«Der hat ein Alibi», erklärt er knapp. «Er war mit mehreren Leuten zum Radeln auf Mallorca. Du hättest also keine

Angst haben müssen.» Das soll beruhigend klingen, aber Rosa hat den gleichen Gedanken wie auch schon Haueisen zuvor.

«Er könnte einen Auftragskiller engagiert haben», flüstert sie ins Telefon. Wer weiß, wo die schon wieder steckt. Dem Geklapper im Hintergrund nach könnte sie im Frisörsalon sein.

«Mach's mal nicht so dramatisch. Wegen von Ihlow rufe ich auch gar nicht an. Du hast doch gesagt, dass du mit dem Onneken wegen deiner Projektwoche in Kontakt bist. Hast du von dem auch 'ne Handynummer? Wir müssen mit ihm sprechen, aber zu Hause ist er nicht.»

«Klar. Warte. Ich schick dir seine Kontaktdaten.» Schon legt sie auf, und gleich darauf kündigt sein Smartphone den Eingang einer Mitteilung an. Das ging ja schnell.

Ruckizucki hat Rudi Onnekens Nummer gewählt, und tatsächlich nimmt der nach dem vierten Läuten ab.

«Kripo Wittmund, Kommissar Bakker», meldet Rudi sich. «Wir müssen Sie dringend sprechen.»

«Ich bin auf dem Feld. Wie jeden Nachmittag. So eine Ausgrabung dauert», gibt Onneken kurz angebunden Auskunft.

«Wie kommen wir denn zu Ihnen?»

Mit wenigen Sätzen erklärt er Rudi, wie sie ihn finden können, und binnen Minuten sind sie vor Ort und entdecken Wilko Onneken sofort. In den Händen hält er etwas, was aussieht wie der Controller von Svens PlayStation. Konzentriert blickt er darauf.

Ein Surren in der Luft lässt Rudi nach oben blicken. In Baumhöhe fliegt ein seltsames Ding. Eine Drohne. Was es heutzutage nicht alles gibt! Aber laut sind die Dinger doch. Und irgendwie bedrohlich. Damit könnte ja jedermann auch über sein Haus fliegen und es filmen. Und ihn fotografieren, wenn er bei den Hühnern sitzt. Da fehlt doch jeglicher Schutz der Privatsphäre.

«Geil.» Schnepel geht mit leuchtenden Augen auf Onneken zu. «Das ist ja was ganz besonders Feines! Kostet sicher ein Vermögen, oder?»

«Kommt drauf an, wofür man die braucht», erklärt Onneken. «Ich habe meine Drohne dabei, um die Dimension der Burg für die Landesbehörde von oben zu dokumentieren. Dieser Quadrokopter ist ein durchschnittliches Modell. Das ist noch erschwinglich. Überhaupt werden die Dinger ohnehin immer besser und günstiger. Das hier hat keine fünfhundert Euro gekostet.»

«Ist immer noch 'ne Menge Geld», sagt Rudi. «Aber bevor wir weiter über dieses technische Wunderding reden, würden wir gerne wissen, wo Sie Sonntagnachmittag waren.»

«Da war ich mit einer kleinen Gruppe in Greetsiel.»

Adieu, Verdächtiger. Rudi wirft Schnepel einen scheelen Blick zu.

«Und am Samstagvormittag?» Schnepel gibt mal wieder keine Ruhe. Ist schon klar. Der will seinen neuen Verdächtigen nicht so schnell von der Liste streichen.

«Da habe ich Besuch von einer Lehrerin aus Esens bekommen, der ich etwas über die Geschichte Ostfrieslands erzählen sollte.» Während er redet, blickt er weiter auf das Display seines Handys, das in der Mitte dieser komischen Konsole steckt. «Verdächtigen Sie etwa mich wegen der Morde? Weshalb hätte ich die drei denn töten sollen?»

Schnepel geht nicht auf Onnekens Fragen ein. «Wie heißt die Lehrerin, und wer war in der Gruppe in Greetsiel?»

Als Schnepel Rosas Namen hört, verdreht er die Augen.

Das Auto parke ich hinter den Erdhügeln. Da ist es vom Feld aus nicht zu sehen. Wie immer setze ich den Hut auf. Das Gewehr verstecke ich unter dem Lodenmantel. Reine Vorsichtsmaßnahme. Für den Fall, dass er mich entdeckt.

Nummer vier. Ist gar nicht so schwer, auf Menschen zu zielen. Hätte ich nicht gedacht. Nur vom Wasser aus, da war es heikel. Aber ich bin eben ein Meisterschütze. Gelernt ist gelernt.

Verdammt! Was ist das denn? Was wollen denn die beiden Typen bei ihm?

«Sie sehen, Sie können mich also getrost von der Liste streichen.» Onneken manövriert die Drohne zum Ende des Feldes. «Überhaupt geht es mir nur darum, diese historische Stätte der Nachwelt zu erhalten. Deshalb mache ich Aufnahmen. Sie sollen der Landesdenkmalschutzbehörde zeigen, dass wir es hier tatsächlich mit den Überresten einer alten Burg zu tun haben. Gucken Sie selbst.» Onneken deutet auf das Display seines Handys, an das die Drohne die Aufnahmen sendet. Gebannt blicken Rudi und Schnepel darauf. Auch Wilko ist sichtlich zufrieden. Plötzlich jedoch entdeckt er etwas: «Was ist das denn für ein Idiot?! Es ist doch noch Schonzeit! Der darf hier überhaupt noch nicht jagen!» Onneken deutet auf eine Gestalt am Rande des Bildausschnittes.

Von oben sieht man nur einen Hut, einen Mantel und ein Gewehr.

«Kann man das noch dichter heranzoomen?», will Schnepel wissen.

Ich schaue durchs Zielfernrohr. Die Gestalten neben Onneken sind die beiden vertrottelten Polizisten. Vielleicht sollte ich gleich Tabula rasa machen und alle drei abknallen. Dann hat die Polizei was zum Nachdenken.

Eigentlich eine gute Idee. Wer von denen wird wohl eine Waffe haben? Der in Uniform? Oder eher der im Anzug? Russisches Roulette. Ich ziele auf den Uniformierten.

Huch, was surrt denn da?

Scheiße! Eine Drohne!

Auch Rudi beugt sich vor, um sich das gesendete Bild genauer anzusehen. Ein Jäger mit Gewehr. Das kann kein Zufall mehr sein. Schade, dass man das Gesicht nicht sehen kann. «Können Sie das Ding nicht noch ein bisschen tiefer fliegen lassen?», fragt er Onneken.

«Ich versuch's.»

Onneken betätigt die Fernsteuerung der Drohne, Rudi schaut ihm dabei über die Schulter. Genau in diesem Moment verschwindet der Bildausschnitt, das Display wird grau.

«Scheiße», brüllt Onneken. «Die Drohne ist abgestürzt. Hoffentlich ist die noch heile.»

Er lässt die beiden Polizisten stehen und rennt auf einen

Baum am Rande des Feldes zu. Rudi und Schnepel folgen ihm. Auch in den Jäger kommt Bewegung. Er rennt davon. Sofort legt Rudi einen Zahn zu. Aber er hat keine Chance. Der Mann ist hinter einem frisch aufgeworfenen Erdhügel verschwunden. Dann sieht er einen dunklen Geländewagen davonbrausen.

«Verdammt», sagt Rudi, als sie völlig außer Atem am Feldrand ankommen. «Helmut, wir müssen sofort den Wagen zur Fahndung ausschreiben!»

«Der ist doch jetzt nicht so wichtig», meint Onneken und versucht an dem Ahorn hochzuklettern, aber er klebt am Baumstamm wie ein nasser Sack. «Kann mal einer von Ihnen die Räuberleiter machen?», ruft er, lässt dabei seine Drohne aber nicht einen Moment aus den Augen.

«Bakker, mach du das mal», sagt Schnepel und zückt sein Handy, «du bist gelenkiger. Ich kümmer mich um den Wagen.»

Rudi erbarmt sich und lehnt sich mit dem Rücken an den Baum, um stabiler zu stehen.

Onneken hebt ein Bein und setzt es auf Rudis ineinander verschränkte Hände, dann stützt er sich mit einem Arm auf seiner Schulter ab, kommt nun mit Schwung hoch und in den Stand und sucht sofort mit der Hand Halt an einem Ast. Hangelt sich höher. Zieht dann vorsichtig seine Beine hinterher und kommt endlich auf Rudis Schultern zu stehen. Der geht daraufhin gleich ein paar Zentimeter in die Knie.

Schnepel hat sein Telefonat mittlerweile beendet und beobachtet die Aktion neugierig.

Onneken streckt sich nach seiner Drohne, bekommt sie

am Propeller zu fassen und zieht sie zu sich heran. In diesem Augenblick bricht der Ast ab – und die Drohne plumpst nach unten, genau auf Schnepels Kopf. Der schreit vor Schmerz auf.

«Das Mistding ist ja gemeingefährlich», flucht er und reibt sich die Schädeldecke.

«Ist die Drohne heile geblieben?», ruft Onneken von oben.

«Weiß ich doch nicht», knurrt Schnepel und jammert immer noch laut vor sich hin, während Onneken von Rudi herunterklettert und seinen Quadrokopter aufhebt. Rudi lässt die Schultern kreisen. Der Dienst hat mal wieder vollen Körpereinsatz von ihm verlangt.

«Ist wohl noch mal gutgegangen», sagt Onneken, nachdem er das Fluggerät untersucht hat. «Da brauche ich nur einen Ersatzpropeller.»

Rudi hört nur halb zu. «Herr Onneken», sagt er. «Vielleicht helfen uns die Aufnahmen der Drohne dabei, die Identität des Mannes festzustellen. Können Sie uns Ihre Aufnahmen zur Verfügung stellen?»

«Klar. Die sind auf dem Chip. Muss ich auf den Computer übertragen. Dann schicke ich sie Ihnen zu.»

Schnepel gibt ihm seine Visitenkarte. «So schnell es geht, bitte.»

Bitte? Was ist denn mit Schnepel los?, wundert sich Rudi. Der ist ja plötzlich die Freundlichkeit in Person. Irre! Kleine Schläge auf den Hinterkopf sollen ja manchmal Wunder wirken.

Der Küchentisch auf dem Steffens-Hof ist schon mit Zeitungspapier für das Anmalen der Ostereier abgedeckt, als Rosa eintrifft.

«Moin allerseits», grüßt sie die Frauenrunde aus dem Häkelbüdel-Club. «Geht's schon los?»

«Nee, erst mal trinken wir gemütlich Tee», sagt Henners Schwester Clara. «Ausgeblasen sind sie sowieso noch nicht.»

«Lasst uns doch schon mit dem Färben der Eier fürs Eiersmieten anfangen, Tee trinken können wir doch nebenbei», schlägt Adelheid vor.

Rosa zieht kleine, bunte Papiertüten aus ihrer Jackentasche. «Ich habe rote, blaue und grüne Farbe mitgebracht», sagt sie und wedelt damit herum. Prompt rutscht ihr eine aus der Hand und landet in Dörtes Teetasse. Die kreischt auf und fischt den Beutel in Windeseile heraus. «Ist nichts passiert», beeilt sie sich zu sagen.

«Kannst die Tüten dicht lassen», sagt Muddern und zeigt auf vier Töpfe, die auf dem Herd stehen. «Ich hab alles vorbereitet: die Schalen von roten Zwiebeln für rote Eier, Rotkohl für blaue, Bärlauch und Petersilie für grüne und ordentlich Kurkuma für gelbe. Darin kochen wir die Eier und fetten sie danach mit einer Speckschwarte ein. Dadurch glänzen die richtig schön. Sollst mal sehen. Wir machen das immer so.»

«Stimmt», sagt Gisela. «Und umweltfreundlicher ist das auch.»

«Und wenn die bunten Eier die Sandbahn am Deich runterrollen, sind wieder alle begeistert», freut sich Gudrun, die den Frisiersalon heute ihrer neuen Mitarbeiterin überlassen hat.

Nach einer Weile blubbern die Eier in dem farbigen Sud. Die weißen Eier nehmen die Farbe deutlich besser an als die braunen.

«Wir hätten nur weiße nehmen sollen», sagt Rosa.

«Erzähl das mal den Hühnern, dass die zu Ostern keine braunen Eier legen sollen», fährt ihr Dörte über den Mund.

Bei der darf man aber auch kein falsches Wort sagen. Die muss gehörig aufpassen, keine alte Jungfer zu werden. Das sieht zum Glück bei *ihr* ganz anders aus. *Sie* findet immer einen Verehrer. Wie Wilko Onneken. Jetzt ist er sogar noch Politiker. Wer weiß, was aus dem noch wird.

Rosa hält inne. Warum hat Rudi sie vorhin eigentlich nach seiner Telefonnummer gefragt?

Unruhe steigt in ihr auf. Sacky hat gestern in der Sitzung was von Personenschutz gesagt. Ist Wilko als neugewählter Ratsherr jetzt etwa auch in Gefahr? Schon greift sie zum Handy und will Rudi anrufen. Mist. Ihr Akku ist leer.

«Kann mir mal jemand sein Handy leihen?»

Als Rudi mit seiner Ente vorm Zaun von Henners Haus stoppt, sitzt der auf der Bank davor. Rudi klappt die Autoscheibe hoch und ruft: «Sach mal, Henner, ist Rosa da?»

«Nee.»

«Schiete. Ans Telefon geht sie auch nicht.» Im Unterschied zu Dörte. Die hat in den letzten zehn Minuten schon dreimal angerufen. Aber für Privatgespräche hat er im Moment keine Zeit.

«Was willste denn von der?»

«Die war heute Morgen bei diesem Freiherrn.»

«Jo. Da wollte die hin. Hat sie mir gesagt.»

«Und ich hab sie dort getroffen.»

«Dann ist doch alles in Butter. Hab mir schon Gedanken gemacht. Diese Alleingänge sind gar nich gut.»

«Stimmt. Die hat dem wohl Infos zum Dossier entlockt. Haueisen möchte das fürs Protokoll haben. Wo sie wohl jetzt wieder steckt?»

Henner ist mittlerweile aufgestanden und zu dem immer noch im Auto sitzenden Rudi gegangen. Er beugt den Kopf zu ihm runter. «Die ist auf'm Hof. Eier anmalen.»

«Sach das doch gleich.»

«Hast mich ja nicht gefragt.»

Manchmal kann Henner einem ordentlich auf den Senkel gehen mit seiner Lahmarschigkeit, denkt Rudi und startet die Ente.

«Mal nicht so zackig», sagt Henner, quetscht sich auf den Beifahrersitz und legt Rudi die Hand auf die Schulter. «Nimm mich mit. Ich muss da auch hin. Soll die Eier ausblasen.»

In der Küche herrscht rege Betriebsamkeit, als Henner und Rudi eintreffen. Rosa holt gerade die rot gefärbten Eier aus dem kochenden Wasser. Vaddern sitzt am Tisch und hat bereits vier Eier ausgepustet. Sein Kopf ist ganz rot davon. Er strahlt, als er die beiden in der Tür sieht.

«Wachablösung! Das ist gut.» Sofort legt er das Ei beiseite und steht auf. «Dann kann ich ja in Ruhe draußen eine schmöken.»

«Heinrich», ruft Muddern. «Der Doktor ...»

«Hat mir das verboten», fällt er seiner Frau ins Wort. «Na und? Der schmökt doch selber.» Krachend fällt die Tür hinter ihm ins Schloss.

«Mannsbilder.» Muddern seufzt laut.

Das ist Rosas Stichwort. «Warum wolltest du vorhin eigentlich Wilkos Handynummer haben?», fragt sie.

«Sag mir lieber, warum du nicht ans Handy gehst?», entgegnet Rudi.

«Gehst ja selber nicht ans Handy. Bei meinem ist der Akku alle.» Rosa tupft die Eier mit Küchenkrepp trocken. «Ich hab es von Dörtes Handy aus versucht. Aber du bist auch nicht rangegangen.»

Rudi verzieht den Mund, als wenn er sich über etwas ärgert. Was der wohl wieder hat?

«Haueisen möchte ganz genau wissen, was der Freiherr zum Dossier gesagt hat.»

Rosa erzählt Rudi noch mal alles haarklein. Der macht sich mit seinem Bleistift Notizen in sein Oktavheft, während Henner ein Ei nach dem anderen ausbläst. Kaum ist Rudi mit Schreiben fertig, schiebt Muddern ihm die Gänseeier hin.

«Hier, die kannst du machen. Nur wer mithilft, bekommt nachher Rührei mit Krabben.»

Entgeistert blickt Rudi die Gänseeier an. «Die soll ich auspusten?»

Mudder Steffens zwinkert ihm zu. «Sicher, du und Henner, ihr habt noch viel mehr Puste als Vaddern. Der macht inzwischen ja schon nach ein paar kleinen Hühnereiern schlapp. Wird Zeit, dass ihr ihm diese Aufgabe abnehmt.»

Rudi blickt zu Henner, der nur mit den Schultern zuckt. Überrumpelt schnappt er sich das erste Ei.

Nachdem Rudi drei Stück ausgeblasen und dabei einen mindestens so roten Kopf bekommen hat wie Vaddern vorhin, legt er eine Pause ein. Hühnereier auszublasen ist schon anstrengend, aber das ist nichts gegen Gänseeier. Er linst zu Henner, der unverdrossen das nächste Ei nimmt, oben mit einer Stecknadel ein Loch hineinpikst und unten ... was ist das denn? Henner macht das Loch ja größer als Rudi. Nun bläst er ganz entspannt hinein. Na, das ist vielleicht ein Schlawiner!

Rudis Handy kündigt piepend den Eingang einer Mail an. Neugierig nimmt er es aus der Tasche. Viele Mails kriegt er privat nämlich nicht. Da läuft eigentlich alles über WhatsApp. «Ach nee. Is ja ein Ding. Den Wagen haben sie zwar noch nicht gefunden, aber Schnepel hat mir die Bilder von Onnekens Drohne weitergeleitet», murmelt er und liest die Mail vor: «Hier sind die Aufnahmen. Guck sie dir an. Du kennst ja fast jeden in Neuharlingersiel. Sonst frag deinen Postboten-Freund. Der kennt ja auch alle.» Typisch. Keine Anrede, kein Gruß zum Abschluss. Rudi öffnet die erste Foto-Datei. Na, einen Preis fürs beste Foto gewinnt Onneken damit nicht. Ein Mann guckt verdutzt nach oben. Mit zwei Fingern vergrößert Rudi die Aufnahme. Das Gesicht kommt ihm bekannt vor, aber er weiß nicht, wo er den Mann hinstecken soll. Dörte, die neben ihm sitzt, erkennt den Jäger dagegen sofort.

«Das ist doch Tillmann Tannhäuser! Er war heute Morgen in der Versicherung.» Sie senkt ihre Stimme. «Ich darf das ja eigentlich gar nicht verraten, aber er steht kurz vor der Pleite und braucht den Auftrag für das Logistik-Projekt unbedingt. Sonst kann er seinen Laden dichtmachen. Seine eigene Lebensversicherung hat er schon verkauft, um sein Büro am Laufen zu halten. Heute wollte er auch die seiner Frau verkaufen, aber das kann er nicht so einfach machen. Der ist total wütend abgezogen, nachdem Norbert Freese ihm das klargemacht hat.»

Interessiert wirft auch Henner einen Blick auf das Foto. «Jo. Das ist der Typ, der mir heute Morgen die Tür vor'n Bug gerammt hat.»

«Mir kommt der Mann auch bekannt vor. Ich glaub, das war der, der mir bei dem Unfall mit Tjark zu Hilfe gekommen ist», sagt Rosa.

«Bei dem Unfall mit Tjark?», wiederholt Rudi und blickt erneut auf das Foto. «Du hast recht. Aber seitdem war ja die Hölle los, da hab ich das nicht mehr so auf der Pfanne gehabt.»

Henners Schwester Ina beugt sich nun auch vor. «Ja, das ist Tannhäuser. Der hat erst vor kurzem bei einem der offenen Treffen unserer ‹Frechen Friesen› ein leidenschaftliches Plädoyer für den Bau der Logistik-Halle gehalten. Damit würden 1500 neue Arbeitsplätze geschaffen, hat er behauptet.»

«Und wie habt ihr reagiert?», fragt Rosa.

«Wir haben ihm klipp und klar gesagt, dass wir Tjark und Edo auf keinen Fall ermächtigen, in der Ratssitzung für dieses Zentrum zu stimmen. Wir wollen unsere Natur erhalten. Und keine Lasterkolonnen anlocken.»

«Aber warum hast du davon denn nicht schon eher erzählt, Ina?», platzt es aus Rosa heraus. «Das ist doch ein

1A-Mordmotiv! Dem muss das Wasser bis zum Hals stehen, wenn er seine Lebensversicherungen verkaufen will! Überleg doch mal! Tjark ist tot. Edo ist tot. Beide erschossen! Und nun sitzen du und Wilko im Stadtrat! Verdammich, Rudi, du musst die beiden unbedingt sofort unter Personenschutz stellen!»

«Das geht nicht so einfach.» Rudi guckt Rosa nachsichtig an. «Das kann ich zudem nicht allein veranlassen. Außerdem ist auch Antje-Marie Plumhoff tot, und die hatte nichts mit dem Logistik-Zentrum zu tun. Und Sacky, der ja schon lange der Vorsitzende der ‹Frechen Friesen› ist, lebt auch noch. Ich glaub, du bastelst dir da mal wieder was zusammen.» Als er Rosas wutentbrannten Blick bemerkt, fügt er schnell hinzu: «Aber ich werde gleich morgen Vormittag Haueisen darüber informieren und dem Architekten auf den Zahn fühlen, wenn du dich dann wohler fühlst.» Rudi findet, das ist schon Entgegenkommen genug.

Henner hätte nun gedacht, dass Rosa sich mit Rudis Angebot zufriedengibt. Er beginnt gerade, das nächste Gänseei fürs Auspusten vorzubereiten, als Rosa aufspringt.

«Ihr habt ja gar keine Ahnung, in welcher Gefahr Ina und Wilko schweben! Tannhäuser war auf dem Feld! Das beweist doch das Foto!»

«Ja, und?», gibt Rudi schnippisch zurück. «Er hätte Wilko abknallen können, wenn er gewollt hätte. Das hat er bei Tjark, Edo und Antje-Marie ja auch getan.»

«Du verstehst nicht, was ich meine! Ihr wart doch bei ihm, du und Schnepel. Nur deshalb hat er nicht geschossen.»

«Unsinn!», faucht Rudi. «Der hätte warten können, bis wir weg sind und dann abdrücken.»

«Hast du nicht vorhin erzählt, dass er abgehauen ist, als ihr drei wegen der abgestürzten Drohne auf ihn zugelaufen kamt? Vielleicht hättet ihr jetzt den vierten Toten, wenn das mit der Drohne nicht passiert wäre.»

Rosa beschleicht ein mehr als nur mulmiges Gefühl, während sie ihren Gedanken freien Lauf lässt. Und je länger sie darüber nachdenkt, umso sicherer ist sie, dass sie im Recht ist. Dass jetzt schnelles Handeln gefragt ist. «Rudi, gib mir mal dein Handy.» Sie streckt ihm die Hand hin.

«Warum das denn?»

«Einer muss Wilko ja warnen, wenn du das schon nicht machst.»

«Das hat doch auch bis morgen Zeit.»

«Morgen, morgen, nur nicht heute ... los, gib mir dein Handy!» Sie winkt mit der ausgestreckten Hand. Rudi legt das Gänseei hin und folgt schließlich ihrem Befehl. Wenn auch widerwillig. Das sieht sie ihm an der Nasenspitze an.

«Wie muss man das entriegeln?», fragt sie ungehalten, als sie sieht, dass es noch gesperrt ist.

«Einmal wie ein Z wischen», gibt Rudi missgestimmt zur Antwort. Kurze Zeit später hat sie im Internet Wilkos Festnetznummer herausgefunden und drückt auf «Anrufen». Leider meldet er sich nicht, und nach dem sechsten Tuten ist das Piepen für den Faxanschluss zu hören.

«Der nimmt nicht ab», sagt sie beunruhigt.

«Versuch's doch auf dem Handy», rät ihr Dörte, die mittlerweile das erste Ei mit roten Tupfen verziert.

Gute Idee, findet Rosa. Leider weiß sie seine Handynummer nicht auswendig. Schon blöd, wenn man alle Nummern nur im Telefon speichert, statt sie sich zu merken. Andererseits, soooo lange kennt sie Wilko ja nun auch noch nicht, als dass sie sich seine Nummer merken müsste. Pfiffig, wie sie ist, ruft sie die Anrufliste von Rudis Handy auf. Schnell wird sie fündig. Aber Wilko nimmt auch dieses Gespräch nicht an. Verflixt noch mal. Zumindest kann sie ihm eine Nachricht hinterlassen. «Wilko, hier ist Rosa. Ruf bitte unter dieser Nummer zurück. Es ist wirklich wichtig.» Vielleicht lebenswichtig. Aber diese Warnung verkneift sie sich. Sie reicht Rudi das Handy.

«Er wird unterwegs sein», sagt der und legt das Telefon vor sich auf den Tisch. «Du machst dir einfach zu viele Sorgen. Wirst sehen, da ist alles in Ordnung.»

«Darum geht es doch gar nicht!» Rosa schlägt mit der flachen Hand so kräftig auf den Tisch, dass prompt ein Ei runterkullert und die Schale auf dem Fußboden zerbirst. Zum Glück war es schon ausgeblasen. Da gibt es wenigstens keine Schweinerei. «Du begreifst den Ernst der Lage mal wieder nicht!»

«Und du übertreibst mal wieder», erwidert Rudi seelenruhig.

Diese zur Schau gestellte Gelassenheit bringt bei Rosa das Fass zum Überlaufen. Wenn Rudi die Sache aussitzen will, kann er das tun. Sie wird das nicht. Wenn Gefahr im Verzug ist, muss man handeln.

Augenblicke später sitzt sie in ihrem Fiat und rast vom

Steffens-Hof zum anderen Ende Neuharlingersiels und schert sich dabei nicht um die Geschwindigkeitsbeschränkungen. Panik hat längst von ihr Besitz ergriffen, als sie auf die schmale Straße zu Wilkos alter Kate abbiegt und neben seinem rostigen Passat parkt. Er scheint nicht weggefahren zu sein. Warum ist er dann nicht ans Telefon gegangen?

Bitte, lieber Gott, lass ihm nichts passiert sein, schickt sie ein Stoßgebet zum Himmel, während sie auf die Haustür zustürmt. Voller Angst drückt sie den Klingelknopf.

Das heiße Wasser tut seinem Rücken gut. Bei der Kletterpartie muss er sich irgendwelche Wirbel verdreht haben. Genüsslich rutscht Wilko mit dem Po auf dem Wannenboden vor und taucht seinen Kopf rückwärts unter das Wasser. Als er wieder hochkommt, hört er die Türglocke beharrlich klingeln. Was ist denn heute los? Da badet er alle Jubeljahre mal, und schon will Gott und die Welt was von ihm. Erst bimmeln in einer Tour die Telefone, dann klingelt es an der Tür. Ob das die Kanadierin ist? Er schmunzelt. Das würde ihm gefallen. Sie hat so etwas Gewisses. Andererseits, wenn sie wirklich so hartnäckig hinter ihm her ist, dann ist sie wohl doch nichts für ihn. Solche Penetranz kann er nicht ab. Es klingelt schon wieder. Dieses Mal Sturm.

Er gibt sich einen Ruck, steigt aus der Wanne und schnappt sich das Badelaken. Ohne sich damit abzutrocknen, wickelt er es sich um die Hüfte und marschiert tropfnass zur Haustür.

Ach was. Ich kann nicht länger warten. Ich muss es heute hinter mich bringen. Er wohnt ja einsam. Da gibt es keine Nachbarn, die mich sehen können.

Ich muss es einfach hinter mich bringen. Die Zeit drängt.

Rosa starrt Wilko mit offenem Mund an. Auf seinem nackten Oberkörper perlen noch die Wassertropfen. In seinen Haaren sind Schaumreste. Aber: Er lebt!

«Gott sei Dank, du bist okay!», stammelt sie. «Ich hab solche Angst gehabt, dass dir was passiert ist! Warum bist du nicht ans Telefon gegangen? Ich hab mir Sorgen gemacht, als Rudi von der Drohne und dem Jäger …»

Vor Erleichterung würde sie ihm am liebsten um den Hals fallen, aber sie bleibt wie erstarrt stehen und kann die Augen nicht von Wilkos Brust lösen. Was der für einen durchtrainierten Oberkörper hat! Das hätte sie dem Historiker gar nicht zugetraut.

«Du bist mir vielleicht ein Herzchen. Was soll mir schon passiert sein? Hab mir den Rücken verdreht und bin deshalb in die heiße Wanne. Das hilft bei mir immer. Ich muss nur lange genug im Wasser liegen.»

«Ja, denn …» Rosa wippt unsicher von einem Bein auf das andere. Hätte sie bloß auf Rudi gehört und ihm das Ganze überlassen. Manchmal ist sie einfach zu vorschnell. «Vielleicht trinken wir einfach eine Tasse Tee», schlägt sie vor. «Dann erzähl ich dir, was …»

In diesem Moment hört sie einen dumpfen Knall!

Sie zuckt vor Schreck zusammen. Wilko fasst sich an den Hals. Als er seine Hand wegnimmt, ist sie blutig.

Ohne lange nachzudenken, drängt Rosa ihn ins Haus. Sie knallt die Tür zu. Wilko rutscht im Flur an der Wand herunter.

«Was war das denn?», fragt er benommen, greift sich wieder an den Hals und verliert im nächsten Augenblick das Bewusstsein. Rosas Herz wummert.

Erneut prallt ein Schuss gegen die Tür. Das Holz hält. Zum Glück. Rosa blickt auf den bewusstlosen Wilko. Sie muss Hilfe holen. So schnell wie möglich.

Mit voller Konzentration pustet Rudi Luft in das vorletzte Gänseei. Bald ist es geschafft. Adelheid wäscht die ausgeblasenen Eier vorsichtig ab. Dörte, Gudrun und Ina haben bereits mit dem Verzieren begonnen. Ina malt filigrane Schneeglöckchen darauf, das sieht richtig klasse aus. Noch mehr freut sich Rudi auf das Schwarzbrot mit Rührei und Krabben, das Mudder Steffens ihnen zur Belohnung fürs Auspusten versprochen hat. Das haben sie sich auch redlich verdient. Er hört Muddern schon mit dem Schneebesen hantieren.

Sein Handy klingelt. Er wirft einen Blick aufs Display. Die Nummer kennt er nicht. Stirnrunzelnd legt er das Ei beiseite und nimmt das Gespräch an.

«Rudi», brüllt Rosa in sein Ohr, «auf Wilko ist geschossen worden! Benachrichtige deine Kollegen und schick uns den Rettungswagen. Wir haben uns im Haus verschanzt, aber die Schüsse hören nicht auf!»

Entgeistert sieht Rudi Henner an. Im Hintergrund hört er ein Stöhnen. «Moment», ruft Rosa, «ich muss die Blutung stillen.» Sie scheint an irgendwas zu zerren. Rudi hört Wilko Onneken irgendwas mit Handtuch rufen. Er ist schon drauf und dran aufzulegen, um die Kollegen loszuschicken, als sich Rosa wieder meldet. «So. Ich hab ihm sein Badehandtuch weggenommen und drücke es an seinen Hals. Er blutet stark. Schick so schnell wie möglich den Rettungswagen. Aber die sollen sich nicht wundern. Wilko ist nackig.»

Es ist richtig unheimlich, so still ist es im Flur. Endlich haben die Schüsse aufgehört. Was da draußen wohl vor sich geht? Rosa hat Angst wie noch nie in ihrem Leben. Inzwischen drückt Wilko selbst das Handtuch gegen seinen Hals, es hat sich bedenklich rot verfärbt. Eine Ecke des Badetuchs hat er sich über den Unterleib gezogen.

«Gibt es noch einen Hintereingang?», flüstert sie. «Nicht dass von dort jemand reinkommen könnte.» Das hat sie immerhin schon in vielen Filmen gesehen.

Wilko schüttelt den Kopf. «Alles abgeschlossen», flüstert er zurück. Und wenn einer durchs Fenster kommt? Rosa steht auf. Sie läuft von Zimmer zu Zimmer, nimmt die Schlüssel von der Innenseite und schließt jede Tür vom Flur aus ab. Da müsste jemand erst noch die Tür aufbrechen, um an sie heranzukommen. Dadurch gewinnen sie Zeit.

«Unterhose», flüstert Wilko, als sie beim Schlafzimmer ankommt. «In der Kommode. Bitte.»

Rosa nickt. Das Bett ist ungemacht, Klamotten liegen achtlos herum. Sie öffnet die Kommode und blickt auf einzelne Socken. Naturfarben, schwarz und blau. Langweilig. In der Schublade daneben befindet sich ein Haufen Boxershorts. Sie nimmt eine heraus und läuft zu Wilko zurück. Er sieht wirklich beeindruckend aus im Badetuch, auch in diesem geschwächten Zustand. Genau genommen sogar richtig sexy, aber mit der Ordnung scheint er auf Kriegsfuß zu stehen.

Noch während sie dabei ist, ihm in die Unterhose zu helfen, hört sie das Tatü-Tata einer Sirene. Gott sei Dank, der Krankenwagen kommt.

Dennoch wartet sie, bevor sie die Tür öffnet. Als es klingelt, linst sie durch den Spion. Es sind tatsächlich die Sanitäter. Erleichtert öffnet sie und deutet auf Wilko, der immer noch an die Wand gelehnt auf dem Boden sitzt. Jetzt immerhin in Boxershorts.

Henner kommt aus dem Staunen gar nicht wieder raus. Hat Rosa anscheinend doch wieder den richtigen Riecher gehabt. Als sie vorhin wie von der Tarantel gestochen vom Steffens-Hof gedüst ist, hat er sich noch mit der ganzen Tischrunde über sie lustig gemacht. Aber aus den wenigen Brocken, die er vom Telefonat eben aufgeschnappt hat, ist nun wirklich Holland in Not. Schüsse. Blut. Das hört sich nicht gut an. Immerhin scheint der Hobbyarchäologe noch zu leben. Sonst müssten sich die Ärzte ja nicht so beeilen.

Kaum hat Rudi seine Kollegen und den Rettungsdienst benachrichtigt, springt er auch schon auf und rennt zur Tür. «Los, Henner, komm mit, wir müssen Rosa helfen!»

«Wartet, ich komme auch mit!»

Rudi macht einen lahmen Versuch, Dörte abzuwimmeln, aber die bleibt ihnen hartnäckig auf den Fersen.

Mit Dörte auf der Rückbank rast Rudi mit seiner Ente vom Hof, dass die Hühner vor Schreck zur Seite springen. Selbst Hofhund Butscher hat die Ohren angelegt.

«Los, Henner, hol das Blaulicht raus und halt es auf dem Dach fest. Ist schließlich Gefahr im Verzug.»

Suchend blickt sich Henner im Fußraum um. «Wo ist es denn?»

«Hier!» Dörte reicht Henner das Blaulicht von der Rückbank. Zum Glück ist wenig Verkehr. Rudi beschleunigt nochmals. Schon passieren sie die Siedlung von Friedrichsgroden. Ein Geländewagen mit ebenfalls hohem Tempo kommt ihnen entgegen. Sieht fast aus wie der von heute am Acker. Allerdings hat Rudi den nur von hinten beim Wegfahren gesehen.

Jetzt befindet sich das Auto auf gleicher Höhe.

«Das ist doch Tannhäuser!», kreischt Dörte.

«Genau!», ruft auch Henner. Sofort steigt Rudi in die Eisen, wendet in einem der Stichwege und fährt dem Geländewagen hinterher. Wenn sich die beiden da so sicher sind, wird es schon stimmen.

«Henner, alarmier Schnepel.»

«Und wie soll ich das machen? Ich hab mein Handy vergessen.»

Rudi zieht seines aus der Jackentasche und drückt es Henner in die Hand. «Los, mach hinne! Dörte, übernimm das Blaulicht!»

In null Komma nichts geht der Wechsel vonstatten.

Zum Glück kennt Henner sich mit dem Gerät aus, Rudi und er haben das gleiche. Auch den Code zum Entsperren kennt er. Schnell wischt er das Z. Er wartet noch darauf, dass

Schnepel das Gespräch annimmt, da kreischt Dörte wieder: «Der biegt links ab. Pass auf!»

Mit quietschenden Reifen nimmt Rudi die Kurve und gibt danach erneut Gas. Lange kann seine betagte Ente nicht mehr mit dem Geländewagen mithalten.

Endlich meldet sich Schnepel.

«Tannhäuser flieht!», schreit Henner in den Hörer. «Haben die Verfolgung aufgenommen!»

«Gib ihm unsere Position durch», ruft Rudi.

«Wer ist Tannhäuser?», blafft Schnepel Henner an.

«Das ist ein Architekt», erklärt der. «Der ist gerade abgebogen. Richtung Altharlingersiel. Wir glauben, der hat auf Wilko Onneken geschossen.»

«Geben Sie mir mal Bakker. Ich versteh nur Bahnhof.»

«Das geht nicht, der fährt Auto.»

«Wollen Sie mich verarschen?» Schnepel klingt ungehalten. «Hat der keine Freisprecheinrichtung?»

«Nee, doch nich in seiner Ente.» Das müsste Schnepel eigentlich wissen, der tut doch sonst immer so schlau. Aber Henner hat ja zwei Hände. Er hält Rudi das Telefon ans Ohr. Der legt sofort los: «Helmut, ihr müsst eine Straßensperre errichten. Ich glaub, wir haben den Mörder.»

«Was für ein Auto fährt der denn überhaupt?»

«Einen dunklen Geländewagen! Wo seid ihr?»

«Wir sind in Höhe Altfunnixsiel.»

«Perfekt. Wir sind gerade durch Altharlingersiel durch. Tannhäuser ist auf der K12. Da könnt ihr ihm bei Schwarzehörn den Weg abschneiden.»

Schnepel schnauft. *Ihr müsst eine Straßensperre errichten.* Leichter gesagt als getan.

«Wie wollen wir denn eine Sperre errichten?», fragt ihn vom Beifahrersitz aus Kommissar Müller, den er als Begleitung mitgenommen hat. «Wir haben doch gar nichts dafür mit. Keine Absperrung, kein Nagelband ...»

«Dann müssen wir eben improvisieren», sagt Schnepel. «Festhalten!» Er tritt in die Bremsen und reißt das Steuer rum. Sofort dreht sich der Wagen um die eigene Achse und kommt quer auf der Straße zum Stehen. Schnepel reißt die Tür auf, rückt die Sonnenbrille zurecht und steigt aus.

«Kelle!», sagt er fordernd. «Blaulicht an!»

Augenblicklich blinkt das Blaulicht. Gleich darauf reicht Müller ihm die Polizeikelle.

«Signalhorn auch?», fragt Müller.

«Nein.»

Ein dunkelrotes Auto älteren Baujahrs nähert sich ihnen. Schnepel schwenkt die blinkende Kelle. Das Auto verlangsamt das Tempo und kommt zum Stehen.

«Was ist denn los?», fragt der Fahrer des Opel Corsa und steckt den Kopf durch die herabgelassene Fensterscheibe.

Schnepel beugt sich zu ihm hinab. Unwillkürlich zieht er die Nase hoch. Aber er kann auf den ersten Riecher keinen Atemalkohol feststellen. «Bitte bringen Sie Ihren Wagen ebenfalls in Querlage neben dem Einsatzfahrzeug», sagt er zu dem Mann. «Wir müssen eine Straßensperre errichten. Schnell! Es geht um Minuten!»

«Aber was ist, wenn jemand in meinen Wagen hineinbrettert? Wer kommt dann für den Schaden auf?» Der Fahrzeughalter sieht ihn skeptisch an.

«Quatschen Sie nicht! Machen Sie schon! Bürgerpflicht!»

In der Ferne erspäht Schnepel einen Geländewagen.

«Machen Sie schon», brüllt er. «Er kommt!»

Eine Straßensperre. Was für ein Scheiß. Heute geht aber auch alles schief.

Nein. Nicht nur heute. Schon seit einem verfluchten halben Jahr.

Dran vorbei komme ich nicht, da sind Entwässerungsgräben links und rechts der Straße. Keine Chance. Außerdem ist der Kleiboden durch den Regen so nass, dass er alles festhält und einsinken lässt.

In den Streifenwagen hineinrasen?

Auch keine Option.

Ich drossele das Tempo.

Die müssen mir erst einmal etwas nachweisen.

Zum Glück habe ich die Waffe in den Kofferraum geworfen, als ich vom Onneken-Hof fortgefahren bin. Ich hab mich von dieser Frau ablenken lassen. Überall taucht die plötzlich auf. Zu dumm, dass die ihn gleich ins Haus geschubst hat. Hätte ich bloß eher geschossen. Und genauer gezielt. Dann wäre Onneken jetzt tot. Und die Tussi auch. Verflucht!

Ich reiße mich zusammen. Setze ein gewinnendes Lächeln auf, als die beiden Beamten auf mich zukommen. Lasse die Seitenscheibe herabgleiten.

«Guten Tag, meine Herren, was ist denn hier passiert? Etwa schon wieder ein Unfall?»

In dem Moment, als Tannhäuser die Scheibe herablässt, zieht Schnepel seine Waffe. Sicher ist sicher. Falls Rudi recht haben sollte, hat der Typ drei Menschen auf dem Gewissen und vorhin versucht, einen vierten zu töten. Der Mann sieht so aus wie der auf der Aufnahme der Drohne. Das passt.

«Herr Tannhäuser?», fragt Schnepel. Vorsicht ist die Mutter der Porzellankiste. Besser, er überprüft den Namen noch mal.

«Ja?»

Bingo!

«Steigen Sie mit erhobenen Händen aus dem Wagen und legen Sie die Hände aufs Autodach!» Diesen Satz wollte Schnepel schon immer mal sagen. Er zielt mit der Waffe auf Tannhäusers Kopf.

«Was soll denn der Unsinn? Aus welchem Grund fuchteln Sie hier mit Ihrer Pistole herum?», ruft Tannhäuser aufgebracht.

«Ihnen wird vorgeworfen, Schüsse auf Herrn Wilko Onneken abgegeben zu haben. Und wir vermuten, dass Sie auch Tjark Ukena, Antje-Marie Plumhoff und Edo Wiemken getötet haben.»

«Das ist ja eine unglaubliche Unterstellung!» Noch immer bleibt die Fahrertür geschlossen.

«Aussteigen! Müller, öffnen Sie dem Herrn die Tür.» Schnepel umfasst die Pistole mit beiden Händen, stellt sich breitbeinig hin, streckt die Arme vor und richtet die Waffe auf den Architekten.

Schon geht Müller auf das Auto zu. Der Fahrer des Opel hat sich längst hinter einem Baum versteckt.

Widerstrebend steigt Tannhäuser aus.

In diesem Moment kommt Rudi Bakkers alte Ente herangebraust und hält mit quietschenden Reifen.

«Ich will meinen Anwalt kontaktieren», sagt Tannhäuser.

Haueisen lässt Tannhäuser in einen Verhörraum bringen.

«Ich verlange, dass Sie meinen Mandanten sofort auf freien Fuß setzen», fordert der Anwalt. «Es gibt keine rechtliche Handhabe für die vorübergehende Festnahme.»

Haueisen blickt ihn geduldig an.

«Ihr Mandant hat nachweislich und vor Zeugen auf einen Mann geschossen», sagt er ruhig. «Wir haben seine Waffe im Kofferraum des Wagens sichergestellt. Mit dieser Waffe sind mutmaßlich drei weitere Personen getötet worden. Das Gewehr wird bereits erkennungsdienstlich untersucht.»

Alarmiert blickt der Anwalt seinen Mandanten an. «Tillmann?»

Tillmann Tannhäuser presst die Kiefer aufeinander, das sieht Rudi.

Der Anwalt wiederholt: «Tillmann?»

Sein Mandant schweigt.

«Geben Sie es auf, Herr Anwalt», sagt Haueisen gelassen. «Wir haben sowohl Fotobeweise von dem Angriff auf Herrn Onneken als auch von einer anderen Tat. Und die Waffe wird zusammen mit den gerade genommenen Schmauchspuren die Beweise liefern.»

Mit einem Mal verändert sich Tannhäusers Gesichtsausdruck. Wo er eben noch herablassend und undurchsichtig war, wirkt der Architekt nun fahrig. Seine Hände zittern.

«Lass gut sein», sagt er an seinen Anwalt gerichtet. Tannhäuser überlegt einen Moment. Dann beginnt er zu reden. «Die wollten mich finanziell ruinieren. Alle vier. Die haben sich gegen mich verschworen. Ich konnte doch nichts dafür. Ich musste mich vor denen schützen!»

Überrascht blicken Haueisen, Schnepel, Rudi und der Anwalt Tannhäuser an.

Mit tränenerstickter Stimme spricht er weiter. «Ich habe mich vor Jahren spezialisiert. Auf Industriebau. Anfangs lief das gut. Aber in letzter Zeit habe ich zunehmend Schwierigkeiten. Neue Projekte als Architekt sind kaum noch umzusetzen. Die Planungs- und Vergabeaufträge gehen gleich direkt an Generalunternehmer. Und da kam mir der Auftrag für den Bau eines Logistik-Zentrums wie gerufen. Hab die große Chance gesehen, mich in diesem Bereich weiter zu etablieren. Hab mich ordentlich ins Zeug gelegt. Für den Hamburger Investor. Hab geplant und geplant. Bloß kamen bislang weder Vertrag noch Geld. Es ist schon das dritte Grundstück, wo es nicht klappt.» Tannhäusers Stimme bricht. «Ich stehe finanziell nicht nur am Abgrund, ich bin mitten im freien Fall. Überall habe ich mir Geld geliehen in der Hoffnung, endlich alles in trockene Tücher zu bekommen. Aber wenn der Antrag in der Bauausschusssitzung nicht durchkommt, bin ich raus. Und für alle Zeit am Ende. Es stand ja sogar schon in der Zeitung, dass der Investor dann einen anderen Standort sucht. Das war der Punkt, an dem ich handeln musste. Mir blieb nichts anderes übrig. Ich musste dafür sorgen, dass die ‹Frechen Friesen› bei der entscheidenden Ratssitzung keine Vertreter in den Bauausschuss schicken.»

«Und warum haben Sie Antje-Marie Plumhoff erschossen?», will Haueisen wissen. «Die passt doch gar nicht ins Bild.»

«Und wie die ins Bild passt», widerspricht Tannhäuser, und seine Augen verengen sich. «Sie war es doch, die alles erst so schlimm gemacht hat. Sie hat den Blog betreut und die Argumente in der Presse verbreitet. Das konnte ich nicht weiter dulden.» Seine Pupillen sind jetzt stecknadelkopfgroß. «Da hab ich mir das Boot von meinem Golffreund Hansen … sagen wir mal: ausgeliehen.»

Augenblicklich ärgert sich Haueisen, dass sie nicht stärker auf der Liste des Apothekers bestanden haben. Vielleicht hätten sie Tannhäuser dann eher festsetzen können. Und vielleicht würde Edo Wiemken noch leben.

«Was haben Sie gegen Wilko Onneken?»

«Onneken?» Ein Ruck geht durch Tannhäuser. Seine Augen flackern. «Onneken ist nicht nur einer der Nachrücker im Rat, sondern obendrein noch derjenige, der als Einziger nicht verkaufen will. Auch er muss weg.» Tannhäusers Blick geht zu seinem Anwalt. «Das verstehst du doch? Also sieh zu, dass du mich hier rausholst. Ich habe keine Zeit zu verlieren.»

EPILOG

Es ist wieder mächtig viel los am Ostanleger. Jedes Jahr werden es in Ostfriesland mehr Touristen. Pünktlich um 19 Uhr entzündet die Freiwillige Feuerwehr das Osterfeuer in Neuharlingersiel. Grauschwarzer Qualm steigt von brennenden Ästen und Zweigen und wird sogleich von den frischen Windböen bis zu den Krabbenkuttern und darüber hinaus getrieben.

Henner und seine große Familie halten sich etwas abseits, um nicht im beißenden Rauch zu stehen, nur Claras Enkelkinder toben ums Feuer. Rosa hat sich mit Dörte dazugesellt, und auch Rudi lässt nicht lange auf sich warten. Das Osterfeuer ist schließlich einer der Höhepunkte des Jahres in der Dorfgemeinschaft. Mit einer Flasche Bier in der Hand stapft Rudi auf die Runde zu. «Schön, euch zu sehen.» Er nimmt einen Schluck. «Sind mein Vater, Livia, Ava und Sven noch nicht da?» Die vier wollten erst zusammen essen gehen und dann zum Osterfeuer kommen. Ava und Livia sind schon ganz aufgeregt, so etwas kennen sie aus ihrer Heimat nicht.

«Nein, die kommen wohl noch», sagt Rosa und tritt neben ihn. «Sag schon: Hat er gestanden, dieser feige Kerl? Fast hätte der mich ja auch erschossen!», ereifert sie sich und steckt ihre Hände in die Jackentasche. «Und genau das verstehe ich nicht. Warum hat Tannhäuser überhaupt auf Wilko geschossen? Wenn der tot ist, kann er das Gelände des Hofes doch erst recht nicht mehr verkaufen. Das ergibt gar keinen Sinn.»

«Doch. Dann hätte der Hof Onnekens Bruder gehört. Und der hätte verkauft.»

«Wie tragisch. Hat das Ganze also doch was mit der Macht der Ostfriesen zu tun, wie ich es schon vermutete. Nur eben nicht so.»

«Ja.» Rudi nimmt erneut einen Schluck Bier und starrt Richtung Feuer. Die Verhöre von Tannhäuser haben ihn sichtlich erschüttert. Er hasst es, in menschliche Abgründe zu blicken. Ein Strafmandat für Falschparken ist eine solide Angelegenheit. Das vergibt er, ohne mit der Wimper zu zucken. Aber bei Tannhäuser ist das alles so komplex. Da hat er manchmal geradezu Schwierigkeiten gehabt zu folgen.

«Wie hat der Typ denn versucht, sich herauszureden?», fragt Rosa ungeduldig.

«Das ist nicht so schnell erklärt», weicht Rudi aus.

«Ich hab Zeit», erwidert Rosa.

«Los. Sag schon», drängelt Dörte. Auch Henner, seine Schwestern und deren Ehemänner sehen ihn voller Neugierde an.

«Ja, also ...», beginnt Rudi gerade, als Sigrid und ihr Mann zu der Gruppe hinzustoßen. Ludwig sitzt auf seinem Elektro-Scooter. Sofort hält Rudi den Mund. Dem Reporter will er keine Munition liefern.

«Red ruhig weiter», sagt Ludwig. «Ich war auf der Pressekonferenz. Da ist alles gesagt worden. Oder?»

«Na gut. Also: Tannhäuser leidet seit vielen Jahren unter einer Drogenpsychose. Die hat sich unter dem beruflichen Stress in den letzten Wochen verstärkt und ihm den Sinn für die Realität genommen. Ihr habt ja in der Presse gelesen, dass der Investor des Logistik-Zentrums angekündigt hat, sein Projekt an anderer Stelle zu realisieren, wenn es jetzt nicht endlich die Baugenehmigung gibt. Da sind Tannhäuser sämtliche Felle davongeschwommen. Ich erspar euch jetzt die Einzelheiten, aber er geriet von Tag zu Tag mehr unter Druck. Das hat zu einer wahnhaften Störung geführt, vermutet die Psychologin nach einem ersten Gespräch mit ihm. Er ist nach und nach durchgedreht. Bis die Psychologin Endgültiges sagen kann, braucht sie aber noch einige Zeit.»

«Wahnhafte Störung? Drogenpsychose?» Rosa schaut ihn irritiert an.

«Jo. Da fällt bei ihm einiges zusammen. Tannhäuser hatte wohl eine schwierige Kindheit. Die Mutter ist früh gestorben. Der Vater hat viel gearbeitet und war nicht zimperlich. Der junge Tannhäuser hat sich in den Schützenverein geflüchtet und jede freie Minute auf dem Schießstand verbracht. Bei den Sportschützen war er auch. Er soll richtig gut in den Wettkämpfen gewesen sein. Später hat er dann die falschen Freunde gehabt und zu viel Haschisch geraucht und andere Drogen konsumiert. Ist gar nicht so selten, dass die Synapsen im Hirn dadurch Aussetzer kriegen. Er war deswegen mehrmals in der Klinik und muss lebenslang Medikamente nehmen.»

«Was das alles gibt ...» Muddern schüttelt den Kopf. «Vielleicht sind die Holländer deshalb manchmal so seltsam. Die backen ja sogar Kekse mit dem Zeug. Angeblich sollen die toll gegen Schmerzen wirken, hat Tante Hedwig neulich erzählt.»

«Außerdem ist Tannhäuser hochverschuldet. Der hat seit

zwei Jahren keine richtigen Einnahmen mehr gehabt», versucht Rudi zum Thema zurückzukommen. «Er hat sich vollkommen auf das Projekt gestürzt und alle Finanzreserven aufgebraucht. Sogar darüber hinaus.»

«Der soll sich sogar in seinem Golfclub von allen möglichen Leuten Geld gepumpt haben», ergänzt Gudrun. «Jedenfalls habe ich im Salon gestern gehört, wie meine Kundinnen sich darüber aufgeregt haben, dass der sich was geliehen hat, aber immer Gründe vorgeschoben hat, um nicht zurückzahlen zu müssen. Da ist wohl ein ordentliches Sümmchen zusammengekommen.»

«Aber deswegen bringt man doch nicht einen nach dem anderen um», regt sich Ina auf und wirft ihrem Schwager Sacky einen sorgenvollen Blick zu. «Meinst du, wir wären die Nächsten auf seiner Liste gewesen?»

«Wer weiß das schon.» Sacky lächelt Ina zu. «Aber nun ist ja alles in Ordnung. Und auch wenn wir die Sitzung des Bauausschusses wegen der Todesfälle auf nach Ostern verschieben mussten, die Haltung der ‹Frechen Friesen› zu dem Logistik-Zentrum ändert sich nicht. Wir stimmen dagegen.»

«Na, dann kann Wilko sich ja jetzt in aller Seelenruhe um die Ausgrabung der Burg kümmern und den Tourismus weiter fördern», sagt Rosa zufrieden. Sie sieht sich selbst schon an der Kasse sitzen und Eintrittsgelder kassieren. Zumindest in den Ferien. Oder später, wenn Kinder da sind und sie in Elternzeit ist.

«Kann er sich sparen, das Ausgraben», fällt Ludwig ihr ins Wort. «Da is keine Burg unter der Ackerkrume.»

«Unsinn. Wilko hat uralte Steine und Bruchstücke gefunden, die er ans Amt für Denkmalschutz geschickt hat», protestiert Rosa.

«Dat is keine Burg. Ist ein alter Schweinestall», erklärt Ludwig. «Hab ich am Rande der Pressekonferenz aufgeschnappt.»

In diesem Moment schlendern Sven und Hoyko auf die Gruppe zu. Rudi ist fasziniert davon, wie ähnlich Opa und Enkel sich sehen. Hoyko legt Sven den Arm um die Schulter. Der überragt ihn um ein paar Zentimeter. Rudi freut sich, die beiden so innig miteinander zu sehen.

Ava und Livia folgen ihnen.

«Ihr Lieben, unsere Zeit hier geht zu Ende. Ich bin dankbar, dass ich nicht nur meinen Töchtern meine Heimat zeigen konnte, sondern hier auch noch meinen Sohn und meinen Enkel gefunden habe. Was für ein Geschenk! Und ihr alle müsst uns bald einmal in Kanada besuchen.» Er kneift Sven liebevoll in die Wange. «Ihr seid natürlich eingeladen.» Svens Augen leuchten, und Rudi ahnt schon, wohin es in den nächsten Sommerferien geht. Er hebt die Flasche und prostet Henner zu.

«Was meinste, kommste mit nach Kanada?», fragt Rudi seinen allerbesten Kumpel.

Der schüttelt den Kopf. «Nee. Ich glaub, das is nix für mich. Aber du kannst mir dann ja Fotos schicken.»

«Also, ich käme schon mit», sagt in diesem Augenblick Wilko Onneken, der plötzlich neben Ava steht. Um den Hals trägt er einen beeindruckend üppigen Verband. Wie der Ava ansieht! Er verschlingt sie ja förmlich mit den Augen. Rudi registriert, dass Rosa das ebenfalls nicht entgangen ist. Genauso wenig wie Dörte.

«Ich brauch jetzt einen Verdauungsschnaps, sonst wird mir gleich schlecht», sagt Rosa laut zu Dörte.

«Ich komme mit», erwidert die, ebenfalls lautstark. Arm in Arm gehen sie hinüber zum Bierwagen.

Eine Stunde später stehen sie noch immer da. Etwas weiter entfernt entdeckt Rosa Nobbi Freese mit seiner Frau Bea. Ob die beiden sich wieder versöhnt haben? Eigentlich kaum vorstellbar. Also Rosa zumindest würde ihren Mann ordentlich zappeln lassen, bevor sie ihm nach einer solchen Affäre auch nur den kleinen Finger reichen würde. Und was ist das da hinten? Ach nee. Rudi und Susanne Schnepel stehen nebeneinander am Feuer. Sehr in ein Gespräch vertieft. Wie ein Gockel reckt Rudi den Hals nach oben. Was soll das denn werden? Und Henner ist auch nicht besser. Der lacht entspannt und redet auf Maya ein, als hätte er Quasselwasser getrunken. Rosa ist entsetzt. Das geht doch nicht!

«Kennst du eigentlich Krabbenkuss.de?», fragt Dörte unvermittelt.

«Nee.» Rosa blickt Dörte an. Die grinst.

«Das ist eine Internetplattform. Angeblich verliebt sich da alle zehn Minuten ein Single.»

Rosa grient nun ebenfalls. «Das hört sich gut an. Ich glaub, ich bestell uns noch ein Bier.»

DAS STAMMPERSONAL DER SERIE

Unser liebenswertes Trio:

Rudi – ist Dorfpolizist. Und alleinerziehender Vater von Sven. Seine Frau Denise hat vor ein paar Jahren die Biege gemacht.
Henner – der Dorfpostbote ist Single und hatte noch nie eine feste Beziehung, dafür hat er acht Schwestern. Da er gegen Tierhaare allergisch ist, kann er den elterlichen Hof nicht übernehmen.
Rosa – lebt erst seit kurzem in Neuharlingersiel. Sie ist Lehrerin und Krimifan. Versucht sogar, selbst welche zu schreiben.

Die Wittmunder Polizisten:

Kriminalhauptkommissar Haueisen – sehnt den Ruhestand herbei. Unrasiert und mit tiefen Ringen unter den Augen wirkt er müde und angeschlagen.
Kriminaloberkommissar Schnepel – ein Wichtigtuer, der gern den großen Kommissar herauskehrt.

Weitere Personen in diesem Fall:

Apotheker Hansen und **seine Frau Ingrid**
Hoyko Manninga – Rudis verschollen geglaubter Vater.
Ava und **Livia** – seine beiden Töchter.
Wilko Onneken – Historiker.
Antje-Marie Plumhoff – Journalistin und Bloggerin.
Thorsten und **Martina Plumhoff** – ihre Eltern.
Tjark Ukena – sitzt im Rat für die «Frechen Friesen».
Petra Ukena – Tjarks Frau.
Edo Wiemken – Nationalpark-Ranger, sitzt im Rat für die «Frechen Friesen».

Und hier der Rest unseres Stammpersonals:

Dr. Valentin Emterbäumler – Rechtsmediziner, den es aus Bayern an die Nordsee verschlagen hat.
Klaus Kröver – Chef der Spurensicherung. Ein Womanizer.
Bernie Bütefisch – Rudis Kollege in der Polizeistation Esens. Er löst gerne Kreuzworträtsel und liebt Kuchen und belegte Brötchen.

Die Neuharlingersieler:

Sven – Rudis 17-jähriger Sohn.
Dörte – Henners Jugendfreundin arbeitet bei der NV-Versicherung und ist heimlich in Henner verliebt.
Ludwig Twenge – Frührentner, Mitmachreporter, ist stark gehbehindert.

Sigrid – Ludwigs Frau, hilft im Andenkenladen von Adelheid aus.
Gisela – größte Tratschtante Neuharlingersiels.
Erwin – Giselas Mann.
Anita – Inhaberin des gleichnamigen Frisiersalons, Zentrum des Tratsches.
Norbert Freese (Nobbi) – arbeitet bei der Versicherung in Neuharlingersiel.
Beatrix – Nobbis Frau.
Susanne Schnepel – Ehefrau von Helmut Schnepel, hat ihren Mann verlassen und wohnt in einer Pension in Neuharlingersiel. Sie arbeitet bei Gudrun im Frisörsalon.
Maya – gibt über dem Frisiersalon Yoga-Unterricht.

Henners große Familie:

Seine Eltern:
Gerda und **Heinrich Steffens** – haben sich inzwischen damit abgefunden, dass Henner den Hof nicht übernehmen kann.

Seine acht Schwestern:
Adelheid – führt den Andenkenladen. Ihre Freundinnen kommen jeden Morgen zum Elführtje.
Bärbel – ist Bademeisterin und lesbisch.
Clara – arbeitet als Vorarbeiterin in der Reinigungsfirma «Alles Sauber!». Rosa kommt auf diese Weise an manchen interessanten Tatort, denn Clara ist als Desinfektorin auch staatlich geprüfte Tatortreinigerin.
Doro – ist Inhaberin des Copy- und Internet-Shops. Den

stellt sie auch schon mal der Tierschutzgruppe für Treffen zur Verfügung. Henner trinkt gern einen Kaffee bei ihr.
Engeline – ist Hebamme und hat zusammen mit Friederike einen neuen Geschäftszweig für sich entdeckt: In Heimarbeit stellen die Schwestern Dildos in Gemüseform her.
Friederike – auch Frieda genannt, kam die Idee zu den Dildos, als sie ihren Job als Chemielaborantin verlor.
Gudrun – arbeitet als Frisörin im «Salon Anita». Da ist immer etwas los, und auch ihren Hund Schecki darf Gudrun mit zur Arbeit nehmen. **Thomas Sackschewsky** – Spitzname Sacky, ist Gudruns Mann und Vorsitzender der «Frechen Friesen».
(**Henner** ... Um in der Reihenfolge des Alphabets zu bleiben ... hatten wir oben ja schon ... und last, but not least:)
Ina – die jüngste des Steffens-Clans.

Seine Tanten:
Tante Hildegard – gehört das Haus, in dem Henner die Erdgeschosswohnung bewohnt. Über ihm wohnt Rosa. Tante Hildegard ist sehr redselig.
Tante Elvira – wohnt neben der Krabbenpulfabrik. Manchmal nervt sie Henner mit ihren Anrufen.

REZEPTE AUS MUDDER STEFFENS' KÜCHE

Plüschsofa (Getränk)

Pro Glas:
Je 1 Schnapsglas Wodka, Gin und Eierlikör

in ein Longdrinkglas geben. Mit Orangensaft auffüllen und mit einem Strohhalm servieren.

Slüntensoop für 4 Personen

1 kg grüne Bohnen, frisch, im Glas oder in der Dose
1 kg Rindfleisch mit Knochen, am liebsten Beinscheiben
2 Möhren
1 Porreestange
1 Kohlrabi
Ein paar Stängel Petersilie
1 kg Kartoffeln, festkochend
1,5 l Wasser
Salz und Pfeffer

Die Slüntensoop ist das Leib- und Magengericht von Erwin Frerichs – und zwar seit Kindheitstagen. Seine Frau Gisela wäscht das Rindfleisch ab und gibt es in das leicht gesalzene Wasser im Suppentopf. Nun kommen die kleingehackten Möhren und Kohlrabistücke dazu sowie die in schmale Ringe geschnittene Porreestange. Das alles lässt sie eine Stunde köcheln. In der Zwischenzeit schält Gisela die Kartoffeln und schneidet sie in kleine Stücke. Im Sommer nimmt sie frische Bohnen, bei denen sie das obere und untere Ende abschneidet und sie halbiert oder drittelt, je nach Größe. Zusammen mit den Kartoffeln gibt sie die Bohnen nach einer Stunde dazu und kocht alles weitere 20 Minuten. Zum Schluss streut sie die kleingehackte Petersilie darüber und schmeckt alles noch einmal mit Salz und Pfeffer ab. Kommt zufällig Besuch vorbei, kann man noch einen Schuss Wasser dazugeben. Dann werden auch die Gäste satt.

Reissuppe mit Milch für 4 Personen

100 g Reis
1,5 l Milch
Zimt
Muskat
Butter
Brauner Zucker
Rote Grütze

Als Erstes wäscht Muddern den Reis mit kaltem Wasser und kocht ihn mit ebenfalls kaltem Wasser kurz auf. Anschließend gießt sie den Reis in ein Sieb und schüttet das Wasser ab.

Nun kocht sie die Milch auf und gibt etwas Zimt, frisch geriebene Muskatnuss und einen Esslöffel Butter dazu. In diese Mischung schüttet sie den Reis und lässt ihn auf kleiner Flamme 20 Minuten vor sich hin köcheln. Anschließend überstreut sie alles mit ein wenig braunem Zucker. Gerne reicht sie auch Rote Grütze dazu (siehe Rezept in «Miss Wattenmeer singt nicht mehr»).

Eingelegte Bratheringe

2 grüne Heringe pro Person (unter 20 fängt Muddern erst gar nicht an)
Salz und Pfeffer
Mehl
Margarine oder Butter zum Braten
¼ l Essig
⅛ l Wasser
1 EL Senfkörner
1 große Zwiebel

Dieses Rezept ist eine Variante zu dem in «Miss Wattenmeer singt nicht mehr». Die Heringe sollten ganz frisch sein und noch nicht riechen, deswegen kauft Muddern sie direkt in der Fischereigenossenschaft. Als Erstes werden sie geschuppt und dann ausgenommen. Gudrun hat ihrer Mutter schon vor längerer Zeit ein Schuppmesser gekauft. Mit der geriffelten Klinge geht das ganz einfach.

Als Nächstes entfernt Muddern Kopf und Schwanz. Anschließend wäscht sie die Heringe noch einmal ab und tupft sie mit Küchenpapier trocken. Nun salzt und pfeffert Muddern die Fische innen und außen, anschließend wälzt sie sie in Mehl. Ist das erledigt, wird Margarine oder Butter in der Pfanne erhitzt, und die Heringe werden von beiden Seiten braun gebraten.

Gleichzeitig lässt sie die Essig-Wasser-Mischung aufkochen, gibt die Senfkörner dazu und die in dünne Ringe geschnittene Zwiebel.

Die gebratenen Heringe schichtet sie in einem Steintopf übereinander und begießt sie mit der Essigmischung. Jetzt müssen die Bratheringe 2 bis 4 Tage an einem kühlen Ort ruhen.

Wenn die Fische auf den Tisch kommen, macht Muddern meistens auch noch einen Schalottenstipp dazu.

Schalottenstipp: 3 bis 4 feingeschnittene Zwiebeln in Butter ausbraten. Dann einen Löffel Mehl dazugeben und verrühren. Anschließend löscht sie die Mischung mit Bouillon ab und gibt noch ein bisschen Essig, Salz, Butter und Senf dazu. Dann dünstet sie alles auf kleiner Flamme.

Schmorkartoffeln mit Zwiebeln und Speck

1 kg Kartoffeln
2 Zwiebeln
Speckwürfel
Butterschmalz zum Braten
Salz, Pfeffer, Majoran

Muddern schält die Kartoffeln und schneidet sie in nicht zu dünne Streifen. Dann gibt sie Butterschmalz in die Pfanne und lässt es heiß werden. Hier gibt sie die kleingeschnittenen Zwiebeln und die Speckwürfel hinzu, lässt die Zwiebeln glasig werden, röstet die Speckwürfel an und nimmt alles heraus. In die Pfanne werden nun die Kartoffelscheiben gelegt und mit Salz, Pfeffer und Majoran gewürzt. Mudderns Trick ist es, jetzt den Deckel auf die Pfanne zu geben und die Kartoffeln ca. 15 Minuten bei kleiner Hitze gar werden zu lassen. Am Ende nimmt sie den Deckel ab, erhöht die Temperatur noch einmal, gibt die Zwiebeln und den Speck dazu und brät alles erneut zwei Minuten an.

Vaddern isst gern Brataal dazu, den muss er aber immer selbst braten. Und draußen, weil selbst Muddern der Geruch im Haus zu viel ist.

Brataal

1 kg frischer Aal (küchenfertig)
Butter
Zitrone
Mehl zum Wenden

Den Aal gründlich waschen, Kopf ab, den Rest in fingerlange Stücke schneiden, mit Zitrone beträufeln, in Mehl wenden und in einer Pfanne in Butter goldgelb braten. Man kann natürlich auch Brot oder Salat dazu essen, wenn man keine Schmorkartoffeln möchte.

Rührei mit Krabben

Min. 2 Eier pro Person
Milch
Salz und Pfeffer
Zwiebel
Schnittlauch
Butter zum Anbraten
Krabben

Muddern hat das Glück, Eier von eigenen Hühnern zu haben. Die schmecken einfach am besten. Sie schlägt die Eier auf und gibt sie in einen Rührbecher. Nun gibt sie noch einen Schuss gute, fette Milch oder Sahne dazu und verrührt alles mit dem Schneebesen, bis es schön fluffig ist. Dann gibt sie die kleingehackte Zwiebel und die Gewürze dazu und verrührt noch einmal alles mit dem Schneebesen.

In der Pfanne erhitzt sie nun die Butter, gießt die Eierflüssigkeit hinein und lässt alles bei mittlerer Hitze stocken. Behutsam schiebt sie mit dem Holzlöffel durch die sich verfestigende Masse. Im Sommer nimmt sie frischen Schnittlauch aus dem Garten dazu. Sie schneidet ihn mit der Schere in kleine Ringe und streut sie darüber.

Die Krabben holt Muddern aus der Fischereigenossenschaft und lässt alle am Tisch mitpulen. Am Schwanz mit zwei Fingern festhalten, mit einer Drehbewegung den Kopf und die Schale abziehen, fertig. Manche essen die Krabben auch mit Schale. Aber das kommt bei Muddern nicht in die Tüte!

Labskaus

2–3 Dosen Rindfleisch im eigenen Saft
1 kg Kartoffeln
5 Zwiebeln
4 süßsaure Gurken
Rote Beete
Eier (für Spiegeleier)
Rollmops oder Matjes

Mudder Steffens schneidet das Fleisch in Würfel, ebenso die Zwiebeln und 2 süßsaure Gurken (Gewürzgurken). Dann kocht sie alles in etwas Wasser gut durch. In einem anderen Topf kocht sie die geschälten Kartoffeln. Wenn die fertig sind, stampft sie die zu Brei.

Hierzu gibt sie die Fleischmasse und ein Stück gute Butter und schmeckt alles mit Salz und Pfeffer ab.

Wenn Vaddern sich an den Tisch setzt, brät sie die Eier. Sie gibt das Labskaus auf einen Teller, schneidet eine Gewürzgurke fächerförmig, legt sie dazu, genau wie den Rollmops, einige Scheiben Rote Beete und die zwei Spiegeleier.

Nach dem Essen trinkt Vaddern gern noch einen Aquavit. Zur Verdauung, wie er sagt.

Im Winter essen sie übrigens gern noch Ostfriesische Ananas (eingelegten Kürbis) dazu. Das Rezept dazu steht in «Krabbenbrot und Seemannstod».

Quarkfutjes

125 g Mehl
20 g Hefe (oder 1 Pckg. Trockenhefe)
2 EL Zucker
6 EL warme Milch
25 g Butter
125 g Quark
3 EL Rosinen
Pflanzenfett zum Ausbacken

Das Mehl in eine Schüssel geben, dazu die frische Hefe, den Zucker und die warme Milch. Die Hefe etwas gehen lassen. Dann Butter, Quark und Rosinen hinzugeben und alles gut verrühren, sodass der Teig geschmeidig ist. Den Teig 20 Minuten gehen lassen (auf der Heizung) und dann Pflanzenfett in einem Topf erhitzen.

Nun mit 2 Esslöffeln Futjes aus dem Teig stechen und im heißen Fett von beiden Seiten backen. Mit einer Schaumkelle die Futjes aus dem heißen Fett nehmen.

Am besten schmecken sie – wie Berliner –, wenn sie noch warm sind. Und Vaddern stippt sie gern in Zucker, bevor er sie isst.

UND ZUM SCHLUSS …

Nun ist also der sechste Fall gelöst. Wir danken allen, die uns bei diesem Buch unterstützt haben. Vor allem danken wir unserer Lektorin Nina Grabe, die unsere drei von Anfang an ins Herz geschlossen hat!

Und Ihnen und Euch: unseren begeisterten LeserInnen und den vielen engagierten BuchhändlerInnen, die ebensolchen Spaß an unserem Trio haben wie wir.

So stürzen wir uns mit Begeisterung in den nächsten Fall, in dem es gewohnt turbulent zugeht.

Bis bald also!

Herzlich
Christiane Franke und Cornelia Kuhnert
www.kuestenkrimi.de

Weitere Titel von Christiane Franke & Cornelia Kuhnert

Henner, Rudi und Rosa

Krabbenbrot und Seemannstod

Der letzte Heuler

Miss Wattenmeer singt nicht mehr

Mörderjagd mit Inselblick

Muscheln, Mord und Meeresrauschen

Zum Teufel mit den fiesen Friesen

Mord macht hungrig